푸른 눈썹

푸른 눈썹

하아무 소설집

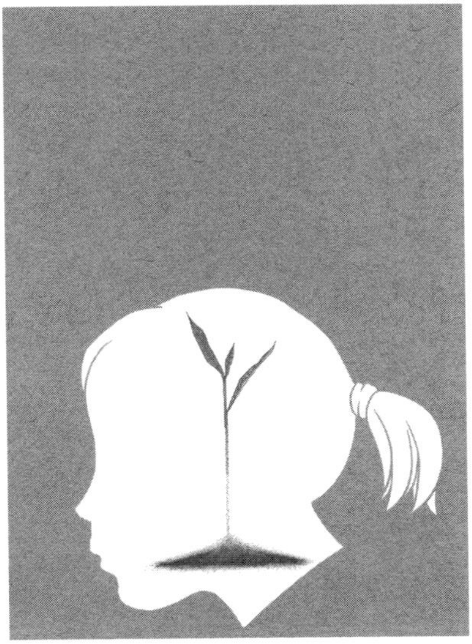

도서출판 북인

작가의 말

자주 정비소에 가야 했다.
내가 투덜거리자 사장님이 대꾸했다.
"연식 오래된 중고차는 관리가 중요합니다."
돈 없으면 조금씩 고쳐서 쓰는 수밖에 없다.
빈대떡이나 부쳐 먹든지.

연식 오래된 소설가도 관리가 중요하다.
이제 막 출고된 소설가와 다르다.
조금씩 고쳐서 쓰는 수밖에 없다.
빈대떡이나 부쳐 먹든지.

밤마다 배를 열어 여기저기 손을 보았다.
부식된 생각은 떼어내고 어긋난 뼈는 새로 조립했다.
다행히 손을 빌려준 이들이 많아 스패너가 필요치 않았다.
덜거덕거려도 이대로 조금만 더 굴러가주기를 바란다.
빈대떡도 부쳐 먹고.

정품 부속을 갈아넣기 위해 동전을 조금씩 모으고 있다.

2020년 벽두에

Contents

작가의 말 • 5

푸른 눈썹 9

날마다 죽는 사내 31

갓길에서 53

부서지고, 부서져서, 부서지니 75

y의 근현대여성사 101

빨간 피터 127

멘붕시대 151

어떤 전쟁 175

꼬마실비집 211

해설 상처를 치유하는 푸른 힘 | 정호웅 • 234

푸른 눈썹

푸른 눈썹

물을 달여 햇차를 끓이다 생각한다
누가 나에게 이런 간곡한 사연을 들으라는 것인가
마르고 뒤틀린 찻잎들이 차나무의 햇잎들로 막 피어나는 것이었다
소곤거리면서 젖고 푸른 눈썹들을 보여주는 것이었다

— 문태준, 시 「햇차를 끓이다가」 중에서

차철이다.

지난 겨울 냉해를 입어 녹차밭이 온통 말라버렸다. 연둣빛으로 물들어야 할 차밭이 짙은 갈색으로 변해버렸다. 여기저기서 한숨과 함께 올해는 틀렸다는 푸념이 터져나왔다. 아버지도 일찌감치 작파하고 나앉아버렸다. 냉해도 냉해지만 어머니의 부재가 더 큰 이유일 터였다.

그럼에도 차철은 다시 돌아왔다. 한파를 견디느라 힘겨웠고 그 때문에 조금 늦었지만 어김없이 새 순을 밀어올렸다. '백설 덮인 상상봉에 싹을 내는 차나무는 강풍에도 겁이 없다'고 하지 않았던가. 양이나 질이나 예년만 못하겠지만 손끝맺고 주저앉아 있을 수만은 없다. 차밭을 건사하고 찻잎을 덖은 후 포장하기까지 어머니가 했던 일을 고스란히 떠맡아야 할 터였다.

재은이 허리를 펴자 이모 하저구댁의 모습이 눈에 들어왔다. 소쿠리를 들고 막 차밭으로 들어서고 있었다.

"그냥 집에 누워 있으라니까."

"침 맞고 한께내 행결 낫그마는……."

하저구댁은 뒷말을 얼버무린다. 보건소에서 침 맞고 물리치료를 받고 오자마자 차밭으로 나선 것이다. 아버지는 이모가 차에서 내린 후 뒤도 안 보고 매연만 남긴 채 가버렸다. 늘 가는 방파제에 낚싯대 던져 놓고 멀거니 바다만 바라보고 있을 터였다.

"오늘은 나도 조금만 따고 말 거라고 했잖아."

"그래도 내일이 곡우穀雨인데 꼬부댁기리먼 되는가. 농사라는 기 다 때가 있는 법인데."

"몸부터 먼저 생각하래도……."

"느 아부지꺼지 저리 손을 놔삐릿으니…… 우짜것노, 나라도 꼼작기리봐야제."

하저구댁은 재은을 쳐다보지도 않고 반대편으로 방향을 잡는다.

재은은 "나라도"란 이모 말에 헛손질을 하고 만다. 그게 마치 제 탓이라도 되는 것처럼 아무 대꾸도 하지 못하고 고개를 돌린다.

일을 하는 사이사이 불혹을 앞둔 조카는 허망한 눈으로 엄마를 빼닮은 이모를 바라보곤 했다. 이제 칠순을 앞둔 이모도 애처로운 눈빛으로 조카를 바라보곤 했다. 둘은 서로가 서로의 눈치를 봐가면서 그렇게 안타까운 눈빛을 보내곤 하는 것이다.

두 사람은 따가운 봄볕 속에서 하루 종일 같은 일을 반복했다. 여린 녹차 잎의 모가지를 꺾는 일은 매우 단조로우면서도 가슴이 시려오는 일이었다. 엄마와 이모는 차밭에 들고날 때면 꼭 합장을 하고 숨을 크게 들이쉬었다가 내뱉었다.

참새 혓바닥 같은 찻잎을 보며 재은은 무시로 아이를 생각했다.

— 엄마, 오늘 영준이가 춤추다가 뒤로 꽈당 넘어졌어. 춤추면서 나를 보다가 그랬대.

유치원에서 있었던 일을 빠짐없이 재잘거렸다. 같은 이야기를 퇴근한 제 아빠한테도 들려주었다. 엄마의 반응까지 보태어서.

— 엄마가 언제 그랬니? 니가 그랬지. 영준이가 귀엽다고.

재은의 말에 아이는 엄마가 그랬다고 맞섰다. 엄마 말에 대꾸하다가 급기야 웃음을 터뜨린다. 참새 같은 아이 웃음소리가 차밭 여기저기서 싱그럽게 솟아오른다.

"미주야……."

재은은 아이 이름을 입안으로 굴리며 두리번거린다. 이내 하저구댁의 눈과 마주치자 무심결에 고개를 떨어뜨리고 만다. 물감이 번지듯 모든 것의 형태가 빠르게 이지러지고 색감도 급격히 어두워진다.

피네 피네 찻잎 피네 화개동천 작설찻잎
따세 따세 차를 따세 연두색깔 봄을 따세
따세 따세 차를 따세 임 생각도 함께 따세

하저구댁의 노래가 들릴 듯 말 듯 잦아든다. 옛날부터 찻잎을 따면서 불렀던 민요라고 했다. 노래하면서 고단한 일상을 잊고 스스로를 위무했을 것이다. 하지만 재은은 노랫말이 마음에 들지 않았다. 임 생각은 도무지 딸 수가 없었던 것이다.

재은은 가만히 주위를 둘러보았다. 이 무렵이 되면 지리산으로부터 살을 받고 섬진강으로부터 피를 받은 이 고장은 온통 꽃몸살을 앓는다. 강물을 머금어 꽃망울을 맺고, 산은 어린아이의 재롱을 보듯 미소를 지어보였다. 햇살이 조도를 한껏 높이면 꽃망울은 제 몸을 두루 익혀 튀밥처럼 펑펑 소리내어 터지곤 했다. 이렇게 꽃들이 몸살하고 아우성을 쳐대는 모습에 재은은 슬그머니 눈을 감으며 돌아서고 만다.

*

재은이 찻잎 속에서 묵은 잎이나 줄기, 부스러기 따위를 골라내는 동안 하저구댁은 웅개(엄나무 순)나물을 무치고 달래된장국을 끓인다. 막 올라오는 머구(머위)도 조금 뜯어온다. 쌉싸름한 머구쌈을 싸먹을 생각을 하자 입에 침이 먼저 고인다.

"밥부터 한 숟가락 뜨자. 점심도 썬찮게 묵고 차 덖을 힘이나 있것나."

나중에 먹겠다는 재은의 손목을 잡아 밥상 앞까지 끌어온다. 허깨비처럼 끌려온 재은에게서 저항감이 전혀 느껴지지 않는다.

재은의 손등 여기저기에 생채기가 생기고 피가 말라붙어 있다. 여느 해 같지 않게 올해는 봄까지 한파가 몰아치더니 냉해를 입은 차나무 가지가 말라버렸다. 죽은 가지들 안쪽에서 힘겹게 올라오는 새 잎을 따려면 손을 가지들 속으로 집어넣어야 한다. 그러다가 부러져 날카로워진

가지에 찔리기 일쑤다. 수확량은 줄어들었는데 일하기는 더 까다로워진 셈이다.

"에구, 보건소 간 김에 고등어라도 한 손 사올 걸. 생각도 몬허고……."

하저구댁은 뒤늦게 자책한다. 재은이 육고기를 좋아하지 않아 읍에 나갈 때면 으레 생선을 사오곤 했는데 이번엔 그마저도 잊어버린 것이다. 치매가 온 게 아닐까 싶어지자 우울해진다.

"지금 나물이 한창인 철에 이 정도면 됐지, 고등어는 무슨 고등어……."

"갱조개(재첩)도 아직이고. 그거라도 있으면 갖다도라 쿠것그마는."

돼지 주둥이의 아래턱처럼 생긴 동네라는 뜻의 하저구下猪口는 재첩이 많이 나는 동네다. 하저구댁은 어릴 적 친구집에서 진하게 우린 재첩국 한 말과 녹차를 물물교환하듯 나누곤 했다. 하지만 본격적인 재첩잡이는 한두 달 뒤에나 시작할 터였다.

"머구쌈이면 됐다니까 그러네."

재은은 일부러 이모 보란 듯이 쌈을 싸 입에 넣고 오물거린다.

하저구댁은 여전히 안쓰러운 표정을 풀지 못한다. 통통하던 얼굴이 반쪽이 된 데다가 봄볕에 제법 탄 얼굴에 기미가 끼기 시작하고 있다. 늘 보아오던 조카 대신 시골 아낙이 앞에 앉아 있다. 문득문득 낯설다.

"오늘 딴 찻잎은 고마 나뚯다가 내일 비비자. 너무 작애서 괜히 힘만 들것다."

일꾼을 쓰지 않았기도 했지만 두 사람이 딴 것 치고도 평소보다 적은

양이다.

"이모, 뭔 소리 하노. 그날 딴 찻잎은 그날 만든다!"

그건 차를 만드는 사람들 사이의, 일종의 불문율과도 같은 것이다. 그래야 제대로 차맛을 낼 수 있다고 믿기 때문이다. 재은의 아버지는 한 술 더 떴다. "찻잎을 딴 다음 그대로 두세 시간만 지나도 차맛이 떨어진다"면서 되도록 오전에 딴 것은 오전에, 오후에 딴 것은 오후에 곧바로 덖었다. 어쩔 수 없을 경우라도 다음날로 넘기는 일은 없었다. 게다가 곡우 전에 찻잎을 딴 우전차를 만들 수 있는 시간이 하루 이틀밖에 남지 않았다.

"이년아, 니 꼬라지를 함 봐라. 얼굴 함 보라고. 그기 원래 니 얼굴인지."

"이모도 참. 이젠 이게 내 얼굴이야."

재은은 배시시 웃는다.

하저구댁은 그런 재은을 애써 외면한다. 그녀가 키우다시피 한 조카는 지금의 재은과 너무나 달랐기 때문이다.

아버지는 아이들을 시골에서 키우고 싶어하지 않았다. 아들 재석을 중학교부터 서울에 올려보냈다. 재은은 고등학교 진학할 무렵에 올려보냈다. 집에서 학교 다닐 때도 차밭이나 제다실 무쇠솥 근처에 얼씬하지 못하게 했다. 다른 집의 경우, 한창 바쁜 철에는 고양이 손도 빌린다고, 낼모레 칠성판 질 노인네부터 아이들까지 종일 차밭에서 살다시피 했다. 하지만 재석과 재은은 그런 친구들과 달랐던 것이다. 아버지의 '정토차淨土茶'를 찾는 사람들이 많았다. 아버지의 평생을 바친 것이 정토차요, 정토차가 곧 아버지였다. 그런 아버지의 정토차만 마신다는 스님들 덕이 컸다. 정토차라는 이름도 오래 전 돌아가신 스님이 지어준 것이었다. 자신과는 다른 삶을 살게 하려고 서울에 아파트 한 채를 사서 학교에 다니게 했다. 원양어선을 타던 남편이 남태평양에서 맞닥뜨린 태풍에 실종되는 바람에 일찍 혼자가 된 이모가 파견근무를 하기 위해 차출되었다. 자연히 재석과 재은에게 차밭이나 논두렁보다는 아파트나 버스, 지하철이 더 익숙했다. '이 산으로 가면 뻐꾹뻐꾹 저 산으로 가면 뻐뻐꾹 뻐꾹' 하는 새소리보다 '열차가 들어오고 있습니다. 승객 여러분께서는 한 걸음 밖으로 물러나 주시기 바랍니다'라는 경고음에 귀가 먼저 열렸다.

"차암 뽀오얗고 이뻤는데……."

하저구댁은 한숨을 포옥 내쉬며 재은의 스무 살 때를 회상한다. 그녀는 미술을 전공한 재은이 그림에 집중하고 있을 때 뒤에서 물끄러미 바라보곤 했다. 무슨 그림인지 이해할 수는 없었지만 조카의 하얀 목덜미와 팔목에서 밝은 빛이 새어나오곤 하였다. 그런 조카가 낳은 딸도 제 엄마를 닮아 뽀얗고 너무나 예뻤다. 그토록 작은 입이 오물거리며 이모할머니를 부를 때면 무어라 말할 수 없는 감동에 가슴이 벅차오르곤 했다. 낳지만 않았을 뿐이지 딸처럼 여겨졌다. 그에 비해 재석은 명석한데 비해 무뚝뚝하고 정이 없었다. 이제는 캐나다에 이민을 가버려 만나는 것조차 쉽지 않다.

"그 일만 없었어도 이리 되지는 안 했을 낀데……."

이모의 한숨이 거듭되자 재은은 수저를 내려놓으며 일어선다. 이모가 무슨 생각을 하는지 짐작하고도 남는다. 이 년 넘게 반복되어온 일이다. 공기밥이 절반도 줄어들지 않았다.

"그거라도 다 묵고 하라니까!"

하저구댁의 말에 재은은 등을 보이는 것으로 대답을 대신한다. 조카인들 어찌 마음이 아프지 않겠는가 싶고, 그런 조카 앞에서 또 청승을 떨고 말았다 싶자 자책감이 든다. 그러지 말아야지 하는데도 도무지 그게 잘 안 된다. 부지중에 다시 한숨이 터져 나온다.

접동접동 접동새야 네가 울면 봄이 가고
봄이 가면 한 잎 두 잎 화개동천 꽃 지는데
이 소쿠리 차 소쿠리 언제 채워 집에 갈까

소쿠리가 영원히 채워지지 않을 것만 같아 겁이 난다. 요즘 들어 자주 주저앉고만 싶어진다.

입하가 얼마 남지 않았는데도 봄밤의 공기는 여전히 냉랭하다.

*

무쇠솥이 달궈지는 동안 다시 한번 찻잎을 꼼꼼히 뒤적여본다. 큰 잎이나 묵은 잎, 줄기와 부스러기 따위를 가려낸다. "봐라. 이건 안 돼. 우전 이파리론 크다니까." 아버지의 지청구가 꼭뒤를 때리는 것 같다. 다른 잎과 크기가 엇비슷해 보이는데도 아버지는 여지없이 골라내곤 했다. 처음엔 그렇게 버려지는 잎이 아까웠다. 하지만 재은도 이제는 찻잎이 약간만 달라보여도 미련두지 않고 골라낼 정도가 되었다.

무쇠솥 위로 얼굴을 들이대고 열기를 가늠해본다.

“십 분쯤 있다가 시작하면 될 것 같네.”

재은은 자신에게 동의를 구하듯 중얼거렸다.

작년까지만 해도 물을 한 대접 부어서 열기를 깐보았다. 피시식거리는 소리가 나고 증발하면 열기가 아직 덜 올라온 것이었다. 위잉위잉거리며 물이 방울져 솥 안을 돌면 비로소 열기가 충분히 올라왔다는 표시였다. 불이 약하면 풋내가 나거나 발효가 되고 너무 뜨거우면 특유의 차맛이 사라지기 때문에 솥의 온도는 절대적이다. 이제는 아버지처럼 맨얼굴로 열기를 가늠할 수 있을 정도가 되었다.

“시작해볼까.”

소리내어 말하고 ‘그래 시작해보자’ 속으로 대답한다.

찻잎 한 소쿠리를 탁 털어 솥에 쏟아붓는다. 푸르름을 죽이는, 살청殺青 과정이다. 숨을 죽이고 수분을 제거하는 것인데, 찻잎이 지닌 고유의 성분과 녹색을 유지하는 것이 관건이다. 찻잎을 덖으면 그 맛이 구수해지고 향기가 좋아진다. 본연의 성분을 오래 보존하면서 부패나 변질되는 것을 막을 수 있어 운반과 보관이 편리해진다. 무엇보다 차는 오미五味와 오기五氣를 가지고 있으면서 성질이 차갑다. 그 차가움을 뜨거운 불로 다스리고 중화시켜 안심하고 마실 수 있도록 하는 것이다.

“옴 기리나라 모나라 훔 바탁[1] …….”

---

1) 옴 기리나라 모나라 훔 바탁 : (불교에서) 여러 가지 불안에서 평안을 구하는 진언.

입으로는 계속 마음을 가라앉히는 주문을 윈다.

2킬로그램이 될까 말까한 양이다. 이모와 둘이 딴 것이지만 보통 한 사람이 딴 양 정도에 불과하고, 한번 덖는 양 치고 다소 적은 편이다. 그러나 욕심을 낼 수 있는 형편이 아니니다. 어쨌든 지금은 아버지 없이 모든 작업을 해내야 한다. 물론 해마다 아버지의 차를 찾는 분들에게 판매할 수 없을 것이다. 아마 효명스님은 내내 아쉬움에 혀를 찰 게 분명하다. 재은이 아버지가 만든 법제에 따라 만들겠지만 당연히 정토차라는 상표를 붙일 수는 없을 것이다. 그럼에도 재은은 그 어느 때보다 더 열과 성을 다하고 있다. 마치 무언가에 이끌리는 듯한 기분이었다. 그것이 무엇인지는 자신도 알 수 없었지만.

300도가 넘는 무쇠솥 속에서도 찻잎은 생기를 잃지 않는다. 증명이라도 하듯 찻잎의 싱그러운 향이 콧속으로 얼굴로 짓쳐들어온다. 갑작스러운 공세에 마음이 바빠진다. 두 손으로 찻잎을 재빨리 저어 뒤집고 털기를 반복한다. 이때 찻잎이 서로 붙지 않고 낱낱이 떨어지도록 해야 한다. 그래야 모든 잎이 제대로 익는다. 잎이 익기 시작하면 서로 뭉치기 때문에 잘 털면서 덖는 것이 관건이다. 익지 않은 찻잎이 하나라도 섞이면 차맛이 떨어진다. 어물전 망신은 꼴뚜기가, 과일 망신은 모과가, 차맛 망신은 설익은 찻잎이 시킨다. 아니, 아버지 우려대로라면 정토차 망신은 재은이 시키고 있는지도 모른다.

"이것도 차라고 만든 기가!"

일주일 전 재은이 처음 덖은 차를 본 아버지가 버럭 화를 냈다. 힐끗 보았을 뿐 마셔보지도 않고서였다.

“색깔도 이기 아니고, 향도 이기 아이라.”

재은의 대답을 기다리지도 않고 뜸들이기 위해 널어둔 차를 쓰레기 버리듯 창밖으로 던져버렸다.

“아니, 애써 만든 긴데 맛이라도 한번 보든가 안 하고…….”

이모가 옆에서 어쩔 줄 몰라 하며 발을 굴렀다.

“똥인지 된장인지 묵어봐야 아는가. 한번 딱 보면 알지. 만든 사람이 머가 어디서부터 잘못됐는지 알것지. 그런 것도 모리면 솥단지 근처에 아예 얼씬거리지 말아야지.”

일갈한 아버지는 바람소리 나게 돌아서 나가버렸다.

재은은 멍하니 바라보고만 있다가 주저앉아 펑펑 눈물을 쏟았다. 옆에서 이모가 아버지의 냉정하고 정 없음을 비난하면서 어린아이 달래듯 위로했지만 소용이 없었다.

사실 아버지의 반응을 미리 예상하지 못한 건 아니었다. 혹시나, 어쩌면, 그 정도는 넘어갈 수도 있지 않을까 했던 일이 있었던 것이다. 찻잎을 털고 뒤집을 때마다 뜨거운 기운이 그녀의 눈과 코, 귀로 훅훅 끼쳐졌다. 어느 순간 여린 잎이 뜨거움을 견디지 못해 비틀리고 타들어가기 시작했다. 그때 아이가 그 속에서 괴로워하며 몸을 비트는 장면이 겹쳐져 보였다. 전순간에 등줄기에 소름이 돋고 눈물이 왈칵 쏟아졌다. 눈물이 방울져 솥단지로 떨어졌다. 손이 느려졌다. 가까스로 폭발하려는 울음을 삼키고 팔에 힘을 주었다. 하지만 그 짧은 순간 더뎌진 손길 때문에 많은 열기를 받아 바스라지기 시작한 잎이 생긴 거였다. 그걸 놓치지 않은 아버지의 감각이 대단하다는 생각이 들었다. 그럼에도 서운하고 설움이 복받치는 건 어쩔 수 없었다.

그렇게 사흘 동안 아버지는 재은이 만든 차를 쓰레기 취급했다. 물론 그 뒤에도 크게 달라지지는 않았다. 어제도 아버지는 차를 한 주먹 쥐어 보고 향을 맡아본 후 말없이 고개를 저었다. 이모는 창밖으로 던져버리지 않은 걸 보면 다행이라고 했지만 재은은 조금씩 애가 타기 시작했다.

흩어지려는 마음을 모으고 집중하기 위해 진언을 외고 또 왼다. 그러면서 애써 고개를 젓는 아버지의 영상을 지운다.

"옴 기리나라 모나라 훔 바탁……."

곁에서 이모는 멍석 위에 흰 무명천을 깔고 차 비빌 준비를 하며 흥얼거린다.

쌍계 칠불 깊은 절에 쇠북소리 범종소리
우전 세작 귀한 차는 부처님께 공양하고
입하 지난 중작 대작 일년 내내 집안 약차

*

찻잎끼리 동그랗게 말리면서 뭉치기 시작한다. 찻잎이 익기 시작했다는 표시다. 손을 더욱 재게 놀려 뒤집고 털기를 반복한다. 찻잎이 익을수록 머금고 있던 수분이 제거되기에 열에 더 약해질 수밖에 없다.

"조금만 더, 조금만 더……."

허리가 찌르르 아파온다. 허리뿐만 아니라 팔도 당기고 견갑골도 덜

거덕거리기 시작한다. 겨우내 무기력하게 지내다 차철이 되어 갑자기 무리하게 움직였으니 당연한 일이다.

'안 돼. 또 그럴 수는 없어.'

위험 신호다. 일주일 내내 이 무렵이면 갑자기 솥단지의 열기가 훅 끼쳐지면서 약해진 몸과 마음의 틈새를 비집고 과거의 영상이 재생되었다.

영상 속에서 미주는 노란 어린이집 가방을 메고 혼자 차를 타고 있다. 솜털이 보얀 미주는 입을 살짝 벌린 채 곤히 잠들었다. 다른 아이들이 모두 하차한 어린이집 차는 곧 한여름 열기에 휩싸인다. 얼굴이 빨개져 잠에서 깬 아이는 어쩔 줄 몰라 하며 버둥거린다. 차 안 온도는 50도를 훌쩍 넘기고 어느새 60도, 70도를 넘나든다. 아이는 엄마를 애타게 부르다 지쳐 무쇠솥 속의 찻잎처럼 말라간다. "미주야, 엄마 여기 있어." 말을 건네보지만 이제 아이는 들을 수 없다. 어린이집 차 운전기사는 원장의 시아버지다. 60대 후반인 그는 아이를 데리러 오기로 했다가 오지 않은 재은에게 책임을 미뤘다. 갑자기 못 간다고 하는 바람에 자신을 헷갈리게 했다는 거였다. 원장은 보험회사의 정해진 기준에 따라 손해배상을 했으면 할 도리는 다한 것 아니냐, 계속된 경찰 조사와 나빠진 평판 때문에 폐업까지 했는데 뭘 더 바라느냐는 표정이었다. "애보다 전시회가 더 중요해? 그까짓 전시회가 뭐라고 애를 저 지경으로 만들어!" 남편도 재은을 탓했다. 아내의 그림을 누구보다 좋아하고 자랑스러워했으며, 첫 개인전이라고 당사자보다 더 기뻐하고 축하해주던 그였다. 처음에는 어린이집의 책임을 묻고 질책하던 이들이 나중에는 엄마도 문제가 있었네 하는 식으로 덧붙이기 시작했다. 시댁 식구들도 마찬가지였다. "네가 애를 데리러 가기만 했어도 그런 일은 없었을 거 아니냐. 전시회가 애를 방치할 만큼 중요한 일이냐"고 질책할 때 재은은 온몸을 바들바들 떨었다. 전시회를 취소하고 준비해둔 그림을 모두 찢어버렸다. 재은은 집안에 틀어박혀 바깥으로 나가지 않았다. 하루 종일 벽이나 천장을 보고 있거나 불도 켜지 않고 흐느껴 울었다. 남편은 겉으로 배돌기 시작하더니 점점 귀가하는 날보다 하지 않는 날이 늘어갔다. "도저히 더는 안 되겠어. 당신을 보면 죽은 미주가 생각나서 못견디겠어." 결국 아이가 떠난 지 일 년이 채 되지 않아 두 사람은 협의이혼 서류에 도장을 찍었다. 재은은 사람들이 무서워 견딜 수 없었다. 도저히 그들 속에서 살 수 없을 것 같아 친정으로 돌아왔다. 산중이라 재은에게 손가락질은 고사하고 마주칠 사람조차 드물었던 것이다.

그런데 솥단지의 열기 속에서 그 모든 것이 되살아났다. 미주의 안타까운 손짓과 엄마를 부르는 외침이 고스란히 되풀이되었다. 원장과 운전기사의 냉담한 표정, 남편과 시부모, 몇몇 이웃들의 뒷소리와 손가락질이 솥단지 열기와 함께 재은을 찔러댔다. 게다가 내내 속만 끓이다가 별안간 지난 가을 세상을 떠난 어머니의 애처로운 눈빛까지 고스란히 떠올랐다. 그런 것들이 재은의 눈을 가리고 팔을 붙잡고 늘어졌다. 견갑골과 허리의 근육을 풀어헤쳤다. 그러는 사이 찻잎은 열기에 과다 노출되고 향과 색을 잃어버렸다.

"재은아, 정신 바짝 채리라이."

이모가 퉁을 준다. 첫 덖음 때마다 재은이 과거에 빠져 들어가는 걸

지켜보아온 터다.

재은은 가까스로 느슨해지려는 힘줄을 북돋워 추스른다. 본래 첫 덖음은 고온으로 차가 지닌 차가운 성질을 제거하는 것이 주목적이다. 재은은 경쾌하게 고개를 저었다. 가볍게 눈을 부릅뜬 그녀는 차의 냉성을 걷어냄과 동시에 공세적인 사람들의 차가운 시선과 손가락질을 간단히 걷어낸다. 의외로 그것들은 찻잎이 떨리는 사이로 쉽게 흩어진다. 어느새 그녀의 이마에 땀이 송글송글 맺힌다.

아주 뜨겁게 익혀낸 찻잎을 꺼내 무명천에 옮긴다. 뜨거운 잎을 식혀가면서 세게 비벼주어야 하는데 이를 유념揉捻 작업이라 한다. 한자 그대로 주무르고 비비는 것인데, 힘차게 오래 비벼주어야 차가 잘 우러나고 찻물이 맑다. 잎의 얇은 막을 깨뜨려 세포막을 열어주는 것이다. 그렇다고 너무 심하게 비비면 찻잎의 조직이 뭉개져 차의 색이 탁해진다. 반면 너무 약하게 비비면 차를 우릴 때 차 성분이 제대로 녹아 나오지 않는다.

“니는 가서 냉수 한 모금 하고 오니라. 내가 비빌낀께네.”

화마처럼 엄습하는 과거 영상을 떨쳐내는 것이 얼마나 어려울지 짐작하고도 남는다는 어투다. 재은은 그런 이모가 고맙다.

“난 괜찮아. 이모는 허리도 안 좋으면서.”

재은은 이모와 마주 보며 차를 비빈다.

“이번에는 찻잎이 불을 억수로 잘 묵은 거 같다야.”

“정말 그래, 이모?”

“학실히 그렇다니까. 이거 봐라. 착착 잘 감긴다 아이가.”

찻잎이 잘 익으면 잎맥이 강해져서 힘을 주어 비벼도 잘 찢어지지 않는다. 하지만 덜 익으면 뭉개지면서 미끄덩거린다. 충분히 비빈 찻잎은 서로 붙지 않게 잘 떨어준다.

재은은 평상에 찻잎을 고루 흩어서 식게 한다. 이모는 재은이 널어놓은 자리를 그대로 뒤따르면서 다시 들여다보고 조금이라도 엉겨 뭉쳐진 것이 보이면 일일이 떼어놓는다.

"아아, 차향 조오타."

이모는 만족한 듯 두 손으로 허리를 받친 채 쭈욱 편다. 이번에도 이모의 노래는 이어진다.

청동화로 곱돌솥에 돌돌돌돌 차를 달여
우리 낭군 감기몸살 씻은 듯이 풀어주고
우리 아기 이질 설사 닦은 듯이 낫게 하세

재은은 멈칫한다. 이모가 그 부분을 노래할 때면 늘 당혹스럽다. 재은은 화장실에 가는 척하며 밖으로 나간다.

봄밤의 공기는 아직 차갑다. 마당가에 선 매화가 은은한 향기를 보내온다. 답답한 가슴을 지긋이 눌러준다.

재은에게는 이제 돌돌돌돌 정성스레 물을 끓여 차를 달여주고 싶은 낭군이 없다. 그는 이혼 후 채 반 년이 되기 전에 재혼을 했다. 감기몸살에 걸려도 누군지 알 수 없지만 그와 결혼한 그녀가 알아서 할 일이다. 더군다나 이질 설사를 낫게 해줄 아이도 이 세상에는 더 이상 없다.

곁에만 있어준다면 그깟 이질이나 설사가 문제겠는가. 혀로 핥아서라도 낫게 할 것이다. 그런 사정을 모르지 않으면서 태연히 흥얼거리는 이모가 괜스레 야속해진다. 본래 옛날부터 전해져온 노랫말이 그러니 별 생각 없이 불러서 그런 것이겠지만 조카가 겪은 일을 조금만 생각한다면 그럴 수 있겠나 싶다. 한편으로는 이해 못할 바도 아니다. 이모가 무슨 악의를 가지고 그러지는 않았을 것이다. 다른 버전의 민요 〈차잎타령〉도 내용이 어슷비슷하다. "초잎을 따서 상전께 주고/ 중잎을 따서 부모님께 주고/ 말잎을 따서 남편께 주고/ 늙은 잎을 따서 차약[茶藥]을 만들어/ 봉지봉지 담아놓고 우리 아이 배 아플 때/ 차약 먹여 병 고치고/ 우리 아이 무럭무럭 자라서/ 경상감사 되어주소서." 무수한 아낙들이 산비탈을 톺아오르며 야생차를 따면서 불렀을 것이다. 부르면서 신세한탄을 노래에 싣고 스스로를 달래기도 했을 것이다. 마치 이모가 그래왔던 것처럼 말이다. 이모는 어쩌면, 죽을 듯이 괴롭고 아픈데 "그래도 산 사람은 살아야지 않겠어. 마음 단단히 먹고 이젠 잊으라고" 조언하는 것과 비슷한 마음일지도 모른다. 이모부가 일찍이 불귀의 객이 되고 어린 아들마저 교통사고로 잃었지만 나도 이렇게 살아가고 있다 아이가, 하듯이. 니 엄마나 아부지가 그리 애끼던 아들이 지 식구들 데리고 덜렁 카나단가 카나리안가로 이민을 가삐린 뒤 얼매나 실의에 빠져 있었나. 거기다가 니까지 그런 험헌 일을 당했으니, 니도 니지만 부모 마음도 니 이상으로 무너질 수밖에 없는 기라. 겔국 느그 엄마도 가삐리고 아부지마저 저리 마음을 못 잡고 헛낚시나 댕기고 있는데, 힘들것지만 니가 일부러라도 힘을 내야 안 되것나, 하듯이. 이모의 말에 다 동의할 수는 없다. 그러나 그 진정을 도외시할 수만도 없는 일이다.

재은은 다시 제다실로 향한다. 다음 작업으로 들어가지 않으면 아버지는 다시 차를 창밖으로 던질지 모른다.

*

덖고 비비는, 살청과 유념 과정은 몇 번 더 반복된다. 효명스님은 차밭에서 시작해 제다실까지의 경로가 수행 그 자체라고 했다. 재은이 절에 들어가 온갖 번뇌를 끊고 심신을 닦고 싶다고 했을 때였다. "차밭이며 제다실이 절이고 법당인데 굳이 절을 찾을 필요가 있나. 차 만드는 일 자체가 인욕忍辱 수행이야." 재은이 친정에 내려와서도 제다실 근처에 가지 않다가 찻잎을 따고 무쇠솥 앞에 서게 된 계기였다.

한때 구증구포九蒸九曝 즉, 아홉 번 덖고 아홉 번 비벼서 말리는 제다법이 전통방식이라는 주장이 회자된 적이 있었다. 물론 지금도 그 제다법을 따르는 이들이 있고 여전히 논란이 되고 있지만 아버지는 굳이 그 횟수를 정해두지 않았다. 찻잎의 상태나 조건에 따라 달리 적용해온 것이다. 재은도 아버지의 법제를 따랐다.

"인자 그만 덖어도 안 되겄나?"

뒤집어 털 때 솥에서 차르르 차르르 소리가 나자 이모가 말했다.

"이번만 끝내고 재우면 될 것 같아……."

30도 정도 되는 뜨거운 방에 한지를 깔고 덖은 찻잎을 널어놓는다. 이것을 일러 차를 재운다고 하고 뜸을 들인다고도 한다. 차맛을 그대로 내기 위한 마지막 과정이다.

그렇게 차가 만들어진다. 한아름이던 찻잎이 한 줌 차가 된 것이다. 한두 됫박이나 될까. 그 전후의 모습을 생각하면 저도 모르게 굵은 눈물이 후두둑 떨어진다. 미주는 그 작은 몸을 화장하고 한 줌 분골의 모습으로 재은에게 돌아왔다. 남편이 이것밖에 안 되느냐, 유골을 제대로 다 수습한 것 맞느냐고 따져 물었다. 화장장 직원은 어른의 경우 종이컵 서너 개 정도가 되지만 아이들은 한 컵 정도 나오는 게 맞다고 건조하게 대답했다. 미주의 분골함과 차를 싼 한지 봉지가 겹쳐진다.

재은은 눈물을 훔치고 밤을 정면으로 직시한다. 달도 별도 없는 밤은 더 깊고 아득하다.

*

"요새 낚시를 다닌다면서요? 물고기 비늘 맛이라도 보여주려나 싶어 와봅니다."

효명스님이 차실로 들어서며 농을 건다.

"허허, 자시기만 한다면야 비늘 맛뿐이겠습니까. 어서 오시이소."

아버지도 마주 합장하며 스님을 맞는다.

곧 두 사람은 다탁 앞에 마주앉아 첫물차의 색과 향을 음미한다. 한껏 오그라들었던 찻잎이 다관 속에서 기지개를 켜듯 푸른 눈썹으로 되살아난다. 언제 보아도 신묘한 광경이 아닐 수 없다.

스님은 찻잔을 향해 경건하게 합장하고 두 손으로 받쳐든다.

“올해는 정토차를 못 마시게 되는 거 아닌가 걱정했습니다.”

“엄밀히 말해 정토차는 아니지요.”

“그래도 법제를 따랐으니 아주 아니라고 할 수도 없겠지요.”

“지가 따로 이름을 짓든지 하것지요.”

스님은 빙긋이 웃으며 한 모금 더 마신다.

“차맛이, 좋습니다.”

“제 입에는, 깊은 맛이 덜하지 않나 싶은데…….”

“오히려 조금 가벼워서 청명해지는 느낌인데요.”

아버지는 스님의 말을 확인하기라도 하는 듯 차를 마시며 가만히 고개를 끄덕인다.

두 사람 옆으로 난 통유리창 너머로 찻잎 따는 재은과 이모 하저구댁의 모습이 그림처럼 비쳐든다.

날마다 죽는 사내

날마다 죽는 사내

1…

그날 아침, 그는 면도를 하다가 입술 아래쪽에 상처를 내었다. 자판기 커피로 목을 축이다 셔츠 앞자락을 조금 적셨다. 앞 손님이 붙여둔 껌이 나중에 탄 손님의 스커트 엉덩이 쪽에 붙어 한바탕 곤욕을 치렀다. 게다가 공사현장 근처를 지나다가 나사못 하나가 바퀴에 박혀 하필 한창 손님 많을 시간에 정비소에 가야 했다. 정비소 TV 화면이 비추는 바다 위로 바닥을 드러낸 배와 함께 '속보'라는 글자가 둥둥 떠 있었다.

그날은, 4월 16일이었다.

2…

그는 눈을 떴다, ……고 생각하지만 아무것도 보이지 않는다. 뜬 건지 감은 건지 확신할 수 없다. 잠을 자고 있는 건지 깨어 있는 것인지도 정확하지 않다. 잠 속의 잠, 꿈속의 꿈속, 꿈속의 꿈속의 꿈일지도 모른다. 어쩌면 꿈과 현실 사이에 자리잡은 심연 속으로 끝없이 빠져들고 있는 것일지도 모르고. 그는 악몽이 어디에서 시작될지 몰라 허둥댄다. 머리끝에서 시작해 하늘이 무너지는 날벼락을 맞기도 하고 발밑에서 시작하는 바람에 난데없이 허방에 빠져들기도 한다. 혀끝, 콧구멍, 배꼽, 경추나 빗장뼈, 심지어 항문으로부터 꼬물락꼬물락 시작되기도 한다. 일단 악몽이 시작되고 아이의 울음소리가 귓가에서 맴돌기 시작하면 그는 정신을 차리지 못한다. 땀에 흠뻑 젖어 수백 개의 고통스러운 얼굴이 다가오는 꿈속을 헤엄친다. 속으로, 눈을 돌리면 더 이상 고통스럽지 않을 거라고 되뇌어보지만 번번이 실패하고 만다. 그가 알고 있는 사람들의 얼굴과 이름이 뒤섞이고, 그 속에서 아이의 얼굴을 구별해내기란 불가능에 가깝다.

좌절감에 휩싸여 있을 때 홀연 눈앞에 선명한 그림자 하나가 나타난다. 그림자는 원고잔공원에 올라 정상에 있는 바닥분수대를 지나더니 망설임 없이 단원고등학교에 들어선다. 뒤따르던 그가 멈칫하자 그림자가 뒤돌아서는데 벌거벗은 채 성기를 훤히 드러내고 있다. 그가 눈살을 찌푸리며 한 발 물러서는데 벌거벗은 그림자는 비로소 얼굴을 발보인다. 놀랍게도 그것은 눈살을 한껏 찌푸린 그 자신이다. 당황한 그를 향해 주위를 배회하고 있던 수백의 벌거벗은 얼굴들이 한꺼번에 달려든다. 모두 그를 닮아 있어 어느 것이 자신의 몸인지 알 수 없다. 멍청하게 자신의 몸을 잃어버린 그는 어찌할 줄 모르다가 스스로 옷을 훌훌 벗어던지고 성기를 드러낸 채 벌거벗은 그들 사이에 섞여든다. 정말 멍청하고 바보 같은 짓이야, 그는 중얼거린다. 보고 싶은 아이는 보이지 않고 멍청한 어른들 천지다. 장소가 바뀌기도 한다. 화정천에서 안산문화예술의전당으로 갔다가 화랑미술관이 보이는 분수광장에서 끝난다. 아이가 크면 전시회를 하고 싶다던 곳이다. 하지만 그림자라든가 성기를 드러낸 얼굴들, 멍청한 어른들 따위의 이야기는 바뀌지 않고 되풀이된다. 꿈속에서라도 아이를 만나고 싶지만 어찌된 일인지 볼 수가 없다. 한번만이라도 좋으니 나와달라고 꿈속에서, 꿈 밖에서 애원해도 이룰 수가 없어 애가 탔다.

언제나 마지막은 모든 풍경이 기우뚱 기울고 차가운 바닷물이 온 세상에 차오르는 장면이다. 어릴 적 배웠던 개헤엄도 소용없고 거북이나 물고기로 도섭을 부려도 마찬가지다. 숨을 곳도 없고 탈출은 꿈도 꿀 수 없고 그럴만한 시간도 주어지지 않는다. 이내 신음소리를 삼키고 짠 바닷물이 위와 폐를 가득 채워버리고 마는 것이다. 꿈에서 벗어나면 된다고 되뇌어보지만 꿈의 문을 열면 또 다른 꿈속이다. 문을 열고 나가도 꿈속이고 잠 속이다. 도대체 동시에 몇 개의 꿈을 꾸고 있는지 짐작조차 할 수 없다. 문을 열고 나가기를 반복하다가 그는 녹초가 되고 만다.

그럴 때쯤이면 전화벨이 울린다. 악몽으로부터 필사적으로 기어나와 전화기 액정을 확인한다. 아내다. 당신, 지금 어디야? 그러면 그는 떴다고 믿는 멍한 눈으로 두어 번 두릿거리다 대답한다. 응, 나 지금 어딘가에 끼어 있어. 어딘지 모르겠고 힘도 없어서 도저히…….

3…

그가 사고를 내거나 당하지 않은 것은 거의 기적에 가까운 일이다.

아이를 잃고 복귀하자 회사에서 두 달의 휴가를 주었다. 그런데 쉬는 게 안 되었다. 팽목항에 무시로 드나들고 추모공원에도 가고 광화문에도 갔다. 난생처음 피켓을 치켜들며 구호를 외치고, 농성을 하며 가두

서명을 받고, 유가족 모임이나 회의에 참여했다. 그럴수록 아이에 대한 그리움은 더욱 사무쳤다. 집에 있을 수도 없었다. 회사 동료, 시청 공무원, 동장, 통장, 심지어 아파트 부녀회장까지 쉴 새 없이 벨을 눌렀다. 힘내세요, 말 한마디로 힘이 나지 않았다. 괜히 친하지도 않은 사람들이 찾아와 힘내라는 한마디 외에 더 무슨 말을 해야 할지 몰라 손톱여물만 써는 건 피차 할 짓이 아니었다. 위로의 말도 듣고 싶지 않았고 눈치를 보며 언행을 조심하는 그들의 모습도 싫었다. 심지어 사진기까지 들이대는 사람들과 언쟁을 벌이기도 했다.

그런 와중에도 밤이면, 아이는 정확하게 귀가시간에 현관문을 열고 들어왔다. 조용히 신발을 벗은 다음 물을 뚝뚝 떨어뜨리며 제 방으로 들어갔다. 막상 아이 방의 문을 열면 그 어디에도 아이는 없었다. 그러면 그는 미친 사람처럼 발작을 시작하고 온 집안을 서성거리며 울었다. 술이 답을 주지 않는다는 것을 알면서도 다른 방법이 없었다. 자고이래로 물에 빠져서 죽은 사람보다 술독에 빠져 죽은 사람이 더 많다고 했던가. 술을 마셔야 그나마 조각잠이라도 들 수 있었다. 그러나 온밤 내내 악몽에 몸부림쳤다. 악몽을 꾸고 술로 인해 속을 버리고 어금니를 악물어야 간신히 견딜 수 있는 고통을 당하는 건 그다지 중요한 게 아니었다. 자신이 어떻게 되든 중요한 것은 이 세상에 아이가 없다는 그 사실이었다. 스스로를 무너뜨리고 무수한 상처를 덧내는 것은 그에게 아이를 기억하는 가장 좋은 방법이었다.

회사에 복귀를 하고 다시 운전대를 잡았을 때 잠시나마 일상으로 돌아온 듯해 안도가 되었다. 군복무 하면서 사단장 1호차 운전한 것을 자랑스러워했던 그였다. 빚보증으로 몽땅 다 날리고 겨우 작은 아파트만 남게 되어 마흔 줄에 택시 운전을 시작했지만 그것도 그리 나쁘지만은 않았다. 아내가 있고 두 딸이 있고, 그도 건강했기 때문이었다. 일시적인 실패는 아내와의 균열을 일으키기도 했지만 그를 무너뜨리지는 못하였다. 손님을 태우고 거리를 달릴 때면 껌딱지처럼 몸에 달라붙어 있던 절망감이나 고통은 차창 밖으로 쉬이 날아갔다. 하지만 이번에는 그렇게 되지 않았다. 그렇게 좋아하던 운전이지만 도무지 집중할 수가 없었다. 손님의 행선지를 자꾸만 잊어버렸다. 가는 도중 어디로 가자고 했는지 생각나지 않으니 다시 묻게 되고 손님도 한 번이 아니라 두 번, 세 번 물으니 화가 날 만도 했다. 항상 다니던 길인데 갑자기 낯설게 느껴지는 일도 일어났다. 분명 안산 시내인데 어느 순간, 어, 여기가 어디지? 고개를 갸우뚱거리곤 했다. 분명히 좌회전해야 한다고 생각하고서도 직진을 해버리기도 하고, 신호가 빨간불이라는 걸 빤히 보면서도 진행을 해버린 적도 있었다. 그 때문에 무진사거리의 차들이 뒤엉켜 경적을 울려대었고, 손님은 죽일 셈이냐며 문짝을 걷어찼다. 심지어 뒤에 손님이 타고 있다는 사실조차 잊어버리기도 다반사였다. 등하교 시간이 되면 자신도 모르게 삼삼오오 재잘거리며 지나가는 아이들을 물끄러미 쳐다보고 있었다. 그 시간이 되면 마치 그러기로 한 것처럼 학교로 핸들을 꺾었고 아이가 다니던 학원이 끝나 집에 돌아갈 시간엔 학원으로 향했다. 한번은 학원 앞에서 아이를 발견하고 차창을 내려 이름을 부르기도 했는데 자세히 보니 엉뚱한 아이였다. 일부러 학생들이 그의 택시를 세우면 못 본 척 그냥 가버리기도 했다. 보기만 해도 감정이 격해지는 마당에 학생들이 차안에서 서로 재잘거리면 참고 있던 눈물이 터질 것만 같아서였다. 낮에는 물론이고 밤에도 선글라스를 써야만 했다. 시도 때도 없이 흐르는 눈물을 승객들에게 들키지 않으려면 어쩔 수 없었다. 운전 중에도 꾸는 악몽, 그런 와중에도 다행스럽게 사고 한 번 나지 않았던 것이다. 그는, 큰애가 아빠 사고 안 나게 봐주고 있는 것 같애, 대신 너무 슬퍼하지 말라고 하면서 말이야, 하면서 또 눈물을 질금질금 흘렸다.

처음 얼마간 그는 아이의 친구들을 열심히 찾아다녔다. 아니, 아이의 흔적을 찾으러 다녔다. 아이가 이슬처럼 사라지고 나자 아이에 대해 아는 게 별로 없다는 사실을 깨달은 것이다. 가족 앨범은 초등학교 저학년 무렵을 끝으로 비어 있었다. 디지털카메라니 휴대폰으로 찍어서 인화나 현상을 할 필요가 없어진 탓도 있지만 더 큰 이유는 저학년 이후로는 어딜 가본 적이 별로 없기 때문이었다. 변변한 가족사진 한 장 없고 딱히 생각나는 추억의 페이지 한 장도 없었다. 누구 말대로, 어릴 땐 그토록 물고 빨고 좋아죽던 딸아인데 딱 그 무렵에 머물러 있는 거였다. 몇 반인지, 담임선생님이 누군지 담당 과목이 무엇인지, 친했던 친구가 얼마나 있고 이름이 뭔지, 남자친구는 있는지, 좋아하는 가수나 배우가 있는지, 또 자신의 미래를 어떤 빛깔로 그리고 싶어했는지, 학교에서 뭐하고 지냈는지. 어찌 보면 아무것도 아닌 일상생활의 작은 부스러기라도 하나 찾고 듣기만 해도 고마웠다. 혹시라도 아이와 함께 찍은 사진 한 장 있나 싶어 친구들을 찾아다니며 수소문했다. 동아리 활동을 하는 친구들한테 받은 사진, 소풍 가서 찍은 사진 등을 받으면 아이를 다시 만난 것처럼 기꺼워하였다. 그것도 쉽지는 않았다. 같이 배를 탔다가 살아온 여학생 하나는 큰애와 친했는데, 그를 만나기 싫어했다. 사람들이, 지 친구들은 다 죽었는데 놔두고 지들만 살아왔다, 그런 말을 너무 많이 들어서라고 했다. 우울증과 불안감, 불면증 때문에 심리치료를 받아왔는데 조금 괜찮아졌다가 최근 다시 병원에 다니고 있다고 했다. 아저씨, 저는 친구들 분향소에도 한번 못 갔거든요, 너무 힘들어서 갈 수가 없어서 그랬는데, 아저씨도 도저히 볼 수가 없고 무슨 이야기를 나눈다는 것도 그렇고……, 정말 죄송한데요, 저 그냥 내버려두시면 안 될까요, 그의 시선을 피하며 속삭이듯 말하는 그 애를 보는 것은 괴로운 일이었다. 결국 그 여학생을 만나지는 못하였다. 저도 오죽 힘들었으면 저러겠나 싶어 돌아섰다. 다른 아이는 대부분 만났다. 그렇게 아이가 사무치게 보고 싶으면서도 집에 들어갈 때마다 제 방에서 불쑥 나올 것만 같은데 나오지 않는 것이 안타깝고 마음 아팠다. 결국 견디지 못하고 이사를 결정했다. 하지만 기껏 5분 거리에 이웃한 아파트였다. 멀리 가면 아이와 영영 멀어질 것만 같아서였다. 가까운 데 있으면서 아이의 발자취라도 찾기 위해서. 여전히 꿈에라도 나와달라고 꿈속에서, 꿈 밖에서 빌어보았지만 아이는 모습을 드러내지 않았고.

어느 날 작은애가, 아빠 요즘 유령이 되어버린 것 같아, 언니의 혼백을 찾아 주위를 맴도는 유령 말이야, 했다. 맞는 말이라고 생각한 그는 구슬픈 표정으로 고개를 끄덕였다. 큰애에게도 미안하고 예민할 나이인데도 신경써주지 못한 작은애에게도 미안했다. 그날, 그는 거울에 비친 자신의 몰골을 한참이나 뜯어보았다. 아이가 지상과 천상의 중간계에 끼어 오도가도 못하는 신세가 되어 있을 것만 같아 스스로 원귀가 되어 중천中天으로 들어간 사내의 지치고 감때사나운 모습을.

회사 사장은, 이해는 하지만 유령이든 원귀든 더 이상 운전대를 잡게 할 수는 없다며 권고사직을 권했다. 그대로 두었다가는 그도 승객도 진짜 귀신 만들 것 같아 두렵다고 하면서.

4…

하지만 진짜 기적은 그에게 오지 않았다. 조선 중기의 문신인 강희맹이 중국에 사신으로 갔다가 연꽃 씨를 가져와 관곡지에 심었다던가. 지역 뉴스에서 올해도 다시 연꽃이 소담스레 피었다고, 곧 연꽃축제가 열릴 거라고 하건만 아이는 돌아오지 못했다. 인당수에 빠진 심청이 연꽃으로 다시 세상에 태어났던 일은 현실에서 일어나지 않았다. 물론 기적이 일어나기 어렵다는 건 그도 잘 알고 있었다. 알고 있었지만 처음엔 다른 부모들과 마찬가지로 절망과 광기 속에서 그것을 꿈꾸었다. 어리석게도 무능한 정치인과 행정관료들의 세 치 혀, 기자들의 부러진 펜에 헛된 희망을 품었다. 하지만 배가 가라앉을 때까지 달랑 고무보트 몇 대 떠다니는 것, 밤하늘에 무수히 떠 있는 별빛보다 못한 조명탄 몇 발의 추락과 쇠락을 무기력하게 바라보고만 있을 수밖에 없었다. 어느 순간, 체육관 구석에 맥을 놓고 앉아 있던 아내가 돌연 벌떡 일어나, 나 저기 가볼래, 했을 때의 눈빛을 그는 잊지 못한다. 애가 물속에 있는데 엄마가 이렇게 가만있으면 되겠느냐, 하던 아내의 말은 그대로 그의 가슴을 푹 찔렀다. 마치, 아빠라는 사람이 그렇게 무기력하게 주저앉아서 도대체 뭐하고 있느냐, 하듯이. 그는 바다가 무서웠다. 그때부터 무서워졌다. 본래 그는 바다를, 수영을 좋아했다. 고향에서 친구들과 강 건너편까지 헤엄치기 내기를 하면 언제나 선두 그룹에 끼어 있었다. 아내를 말리면서 빈 말이라도, 당신은 여기 있어, 내가 들어가볼게, 하지 못했던 건 너무나 무서웠기 때문이다.

한 달여 만에 아이가 나왔을 때 다들 그래도 찾아서 다행이라고들 했다. 차디찬 바다에서 부모 곁으로 돌아왔으니 축하한다고들 했다. 절망과 고통이 쓰나미처럼 휩쓸고 간 팽목항은 그런 분위기였다. 물론 실종자 가족들에 비하면 다행이고 고마운 일이고 그들에게 미안한 생각까지 들 정도였다. 하지만 그것도 잠시, 돌아온 아이와 마주하면서 그는 전혀 다행스럽게 느껴지지 않았다. 왜 이제야 왔냐고, 아빠는 그동안 뭐하고 있었냐고 아이가 따져 물을 것만 같았다. 진즉 바다로 뛰어들지 못한 못난 자신을 책망하며 두고두고 후회하였다. 감식원은, 디엔에이 검사 결과 따님이 맞고요, 워낙 물속에 오래 있어서 안 보시는 게 좋을 것 같은데……, 하며 말끝을 흐렸다. 시트를 걷지 말라고, 손대지 말라고 하는 말 따위는 귀에 들어오지 않았다. 물에 퉁퉁 불어 제대로 알아보기 어려운데다가, 그만 보지 말아야 할 것을 보고 말았다. 처음엔 아이의 얼굴을 한번 쓰다듬어 보고 볼에 입이라도 맞춰주고 싶었다. 손 마주잡고 마지막 가는 길 아무 걱정 말고 잘 가라고 미소라도 지어주고 싶었다. 그런데 두피와 얼굴 피부가 벗겨져 훼손되어 있는 것에 눈이 가고 말았다. 순간 눈앞이 흐려져 아무것도 보이지 않았다. 아내는 아이의 마지막 모습을 봐야겠다고 고집을 부렸다. 하지만 아내도 작은애한테도 보여주지 않았다. 보지 말라고, 그냥 아이의 생생했을 때 모습만 기억하라고, 아내의 원망이든 질타든 나머지는 자신이 가져가겠다고 했다. 도저히 보여줄 수가 없었다.

이 날로 그의 삶도 끝났다,고 그는 생각했다. 누구도 예상하지 못한 때, 예기치 못한 형태의 끝이 아이에게 찾아온 것처럼 이런 형태와 시간이 그의 끝이라고 해서 하나도 이상할 것이 없지 않은가. 화장하지 않았지만 화장한 것과 다름없고 무덤에 들어가지 않았지만 무덤에 들어간 것과 하나도 다를 게 없었다. 몸이 훼손되지 않았지만 그의 마음은 이미 퉁퉁 불어서 피부가 벗겨지고 군데군데 뼈가 드러날 만큼 훼손되었다. 그는 일천 도에 가까운 화장로에 들어갔다나온 것처럼 전부 타버리고 재만 남았다. 물론 그는 알고 있었다. 아이를 잃은 부모들의 애통하고 절통한 마음은 누구나 마찬가지였다. 권력의 있고 없음, 돈의 많고 적음, 어떤 종교를 가졌거나 또는 무신론자거나, 성별과 나이 따위도 상관없었다. 동시에 비극의 결말은 털끝만큼도 변하게 하지도 못했다. 부모는 곧 아이였으므로 아이만큼 고통스러워하면서 생을 마감하였고, 아이와 함께 삼도천三途川을 건넜다. 알고 있음에도 불구하고 그에게는 자신의 아이와 자신의 죽음만 보였고, 그것만 보았다. 그의 눈앞에서 아이는 매순간 나비처럼 경쾌하게 날아다니고, 차츰 보일 듯 말 듯 오련하여지고, 마침내 사라져갔다. 영롱하게 빛나다가 사라지는 아침 이슬처럼 순식간에 없어져버렸다. 애지중지 아끼고, 아까워서 손조차 대지 못하였는데 눈 깜짝하는 사이에 도둑맞고 말았다.

그날 이후 아내는, 우리 이혼해, 담담한 표정으로 허공을 응시한 채 억양 없이 말하곤 했다. 자신과 마찬가지로 아내의 얼굴에서 짚불처럼 사위어가는 초라한 영혼을 보았다. 그는 말없이 손을 잡고 어깨를 붙안으며 식은 눈물 한 방울로 대답을 대신했다. 아내도 말라붙은 눈물샘으로 건조한 눈물을 보태며 작은 몸을 떨곤 하였다. 살아 있는 것은 죽음보다 못하고, 이 세상은 악마가 살기에 더 어울리는 곳이었다.

5…

마음이 죽은 아내의 절망은 바이없는 지경이었다. 삼 년 전 친정엄마가 돌아가셨을 때와 판이하게 달랐다. 그때는 일이 주, 잘해야 이삼 주 정도 눈물바람이다가 그럭저럭 진정이 되었다. 하지만 그 4월 16일이 또 한번 왔다가 가고 계절이 바뀌었는데도 전혀 변화가 없었다. 십 년이 아니라 백 년이 가도 여전히 그날에 굳건히 못이 박혀 있을 것만 같았다. 모든 것이 그날에 맞춰져 있고, 큰애 방이나 쓰던 물건, 옷가지 따위의 작은 것 하나까지 그대로 두었다. 이웃이나 친척들이 와서 아이가 쓰던 물건과 걸려 있는 사진 좀 치우고 이제는 잊으라고 위로했다. 그러면 난리가 났다. 아내의 괴성에 등을 떠밀려서 그들은 하릴없이 혀를 차며 등을 돌리곤 했다. 산 사람은 살아야 하는 것 아니냐고(사실은 살아 있는 듯 보이는 사람일 뿐이지만), 괴로운 일은 잊어야 새 희망을 꿈꿀 수 있는 것 아니냐고, 판에 박힌 말을 늘어놓았다. 뜻하지 않은 사고로 인해 그동안 수없이 들어왔기 때문인지 사람들은 이제 그런 말이 가지고 있는 이상한 울림을 알아채지 못하고 있었다. 아내는 눈을 모로 뜨고, 흥, 누구 좋으라고 잊어, 절대로 못 잊어, 내가 살아 있는 동안은 절대 안 돼, 아니, 내가 죽고 나서도 절대로! 이를 갈아붙였다. 아내는 배가 침몰한 데 대한 책임을 가진 자들이 망각을 원한다고 생각했다. 자신들의 책임을 회피하기 위해, 그들의 부끄러운 언행을 숨기기 위해 아이들의 죽음을 도둑질하고 독차지하고 앉아 유족에게는 모르쇠 한다는 것이었다. 저승으로 가기 위해 망각의 강 레테를 건너는 순간 이승에서의 모든 시름과 기억이 잊힌다고 했던가. 하지만 이미 마음이 죽은 그와 아내는 아무것도 잊지 못하고 있다. 세월의 무덤에 묻은 과거의 기억은 썩어 흙이 되고 세월로 환원될지 몰라도 그들의 가슴에 묻은 아이는 다시 새록새록 싹을 틔우고 있었다.

본래 아내는 활달하고 친구가 많았다. 여고동창회를 비롯해서 아이들 학부모 모임, 도서관 독서모임, 걷기동호회 등 빠지지 않고 다녔다. 일주일에 한두 번, 많을 땐 두세 번 이상 참여했다. 그러나 아이를 잃은 후 모임을 끊었고 아는 사람들과의 연락도 모두 끊었다. 심지어 친한 친구들과 전화는 물론이고 문자, 에스엔에스까지 모두 차단해버렸다. 그들이 건네는 위로의 말도 불편했지만 떠나간 애인 잊으라고 하듯이 무심하게 내뱉는 '잊으라'는 조언, 게다가, 이제는 저 분향소 철거할 때 되지 않았느냐, 누구는 보상 많이 받아서 이민 갔다던데 니네는 얼마나 받았느냐, 따위의 무자비한 폭력을 당하고 싶지 않아서였다. 친정 부모와 시댁 식구들, 형제자매들도 마찬가지였다. 그들이 오는 것도 전혀 반갑지 않았고 전화 연락도 하지 않게 되었다. 자연스레 분향소와 하늘

공원 가는 것 외에는 집밖으로 잘 나가지 않게 되었다. 혼자 있을 때면 어두운 구석에 쪼그리고 앉아 중얼거렸다. 망각하면 우리 애를 두 번 죽이는 거야. 모습을 잊어버리면 두 번 죽이는 거고, 추억을 잊어버리면 세 번 죽이는 거고, 이름마저 잊으면 영원히 죽이는 거야. 흑마술의 어두운 주문을 외듯, 아이를 다시 볼 수 있는 유일무이한 희망이라도 되는 듯 아내는 끝없이 중얼거렸다. 체념과 죄책감, 무기력과 우울증, 그리고 불만과 분노는 서서히 자살충동으로 변해갔다. 그것은 사람들이 미처 깨닫기도 전에 지옥의 검은 덩어리가 되어 몸과 마음을 차지해 버리고 말았다. 지옥은 집요하게 아이와 즐겁고 행복했던 생전의 모습을 상기시킴으로써 자신의 지독함을 극대화시켰다. 그림대회에서 상을 받고 활짝 웃는 장면, 맛있는 것 해달라고 귀엽게 칭얼대던 장면, 고등학교에 올라가 새 교복을 입어보고 셀카를 찍던 장면, 무수한 장면들을 파노라마처럼 펼쳐놓고는 결정적인 때 '아이가 없음'을 떠올리게 만들었다. 세상에, 이렇게 교활하고 지독한 악마가 또 어디에 있겠는가!

아내가 집밖에 나가지를 않으니 그가 마트에 가서 이것저것 주섬주섬 사가곤 했다. 무얼 사다 줄지, 뭐가 필요한지 물어도 대답하지 않았다. 그 전에 사던 것들을 사갈 수밖에 없었다. 그런데 조금만 배가 불러도 수저를 놓던 아내가 수저질을 멈추지 않았다. 며칠 먹을 빵을 다 먹어치우기도 하고 아이스크림 큰 통을 혼자 다 먹기도 했다. 옆에서 보고 있으면 먹는다기보다 꾸역꾸역 밀어 넣고 있다고 느낄 정도였다. 그러니 탈이 나지 않을 수 없었다. 배탈이 나고 체하기를 되풀이했다. 소화제나 위장약을 사가면 먹지 않고 끙끙 앓는 소리를 내면서도, 그냥 놔둬, 했다. 나중에 내가 더 큰 병에 걸려도 병원에 데려가지 말고 수술도 하지 마, 했다. 수술을 무엇하러 하냐고, 치료받고 싶은 마음도 없는데 그렇게라도 빨리 가면 큰애 만날 수 있고 좋지 않느냐는 것이다. 작은애도 있는데 그런 말하면 어떻게 하냐고 해도 서글픈 눈으로 큰애의 영정 사진만 바라볼 뿐이었다. 중동호흡기증후군 메르스인지 뭔지가 한창 성행할 때도 마스크를 착용하지 않았다. 마치 그러기를 바라는 사람처럼 그 전염병에 감염되어도 병원에 가지 않을 거라고, 혼자 방에서 죽든지 살든지 그냥 놔두라고, 당신도 그런 줄 알라고 했다. 아이의 사진을 보다가, 혹은 아이의 옷가지를 부여잡고 통곡하다가 혼절해 몇 차례나 구급차에 실려갔다. 그러나 정신이 들면 검사고 치료고 마다하고 부득부득 집에 돌아왔다.

단 하루도 위태롭지 않은 날이 없었다. 습관처럼, 우리 이혼해, 중얼거렸고 아픈 데 없이 계속 아팠지만 아프다고 말하지 않았다. 시간이 갈수록 소화불량에 만성두통, 신경쇠약, 허리통증, 생리불순, 협심증 따위의 증상이 순서 없이 나타났고 아내는 이만 악물며 버티었다. 진도 체육관에서의 생활을 비롯해 도보행진, 광화문에서의 풍찬노숙 등에 따른 후유증이었다. 그가 제어할 수 있는 범위 안에 있다고 믿었던 것이 그 밖으로 빠져나가는 듯했다. 그런 사실을 애써 부인하려는 듯이 그는 아내의 주위를 맴돌았다. 농성장으로 가든, 추모공원으로 가든, 재판이 열리는 광주지방법원으로 가든 늘 같이 갔다. 따로 밖에 나갈 일이 있으면 아내 걱정에 귀가를 서둘렀고, 다른 직장을 구하는 것도 주저하였다. 혼자 있지 않게 하기 위해서.

6…

작은애도 부쩍 어디에 마음을 붙잡아두지 못하는 듯하였다. 한번은 저녁에 씻으러 욕실에 들어갔는데 한동안 나오지 않았다. 아내가 살그머니 문을 열고 보자 물만 틀어놓고 울고 있었다. 아내도 같이 울었다. 작은애한테 집착을 보이며 밖에 내놓기를 힘들어하기도 하였다. 우리는 네 식구였고 당연히 지금도 네 식구여야 하는데 셋이 되었잖아, 어느 날 갑자기 둘이 되면 어떻게 해, 또 그러다가 나만 혼자 남는 건 아닐까, 생각하면 너무 무서워, 아내는 치를 떨었다. 학교에서 상담을 하면서 자기는 괜찮은데 엄마가 걱정이라고, 이러다가 엄마에게 무슨 일이 생기지 않을까 작은애도 염려하고 있었다. 크리스마스 때, 이래서는 안 되겠다 마음먹고 그는 케이크를 샀다. 큰 나무로 우뚝 설 테니까 아빠를 믿고 기대라고, 큰애까지 끝까지 품는 큰 나무가 되겠다고 선언했다. 작은애는 나중에 결혼 안 하고 엄마 아빠랑 평생을 살 거라고 했다. 엄마 아빠가 언니가 없으니까 너무너무 힘들고 날마다 우니까 결혼 같은 거 안 하고 같이 있을 거야, 엄마 아빠 안 외롭게 함께 살 거야, 했다. 아내와 그는, 그런 걱정하지 말라고, 진실이 밝혀지기 전까지는 절대로 안 죽는다고, 다시 일어설 거라고 하며 또 셋이 부둥켜안고 울었다.

작은애가 고등학생에 올라갈 때는 일부러 먼 곳에 있는 학교로 보냈다. 아이가 유가족이라는 것을 모르는 환경에서 자연스럽게 지냈으면 하는 바람에서였다. 그러면서 친구들이 불쌍하게 보지 않도록 언니 얘기는 안 하는 게 좋겠다고 했다. 그랬더니 한동안 그 문제로 고민하는 눈치였다. 본래 큰애에 비해 새침데기인데다 다소 이기적인 면도 있었지만 언니의 죽음이 아이를 변하게 했다. 호불호가 분명했던 아이는 되도록 부모 말을 따랐고 일부러 아무렇지 않은 듯 지내려고 노력했다. 아이도 볼 것은 다 보고 들을 것은 다 들었다. 하지만 묻지 않고 있는 그대로 받아들이는 방법을 일찍 배워버렸다. 어느 날, 아내가 눈이 빨개져서 작은애의 일기장을 들고 나와 그에게 보여주었다. 늦잠을 자고 서둘러 등교하면서 침대 옆에 둔 모양이었다.

요즘 우리 집은 큰 무덤이 되어가고 있다. 커튼 대신 죽은 사람이 입는다는 수의가 창문마다 걸려 있다. 잔디와 나무의 뿌리들이 천장에서 아래로 뻗어내릴 것만 같다. 잠들어 있는 동안 뿌리들이 나와 엄마와 아빠를 휘감을지도 모른다. 죽음이 지배하지만 정작 죽음이라는 단어는 우리 집에선 금기어에 속한다. 그러면서 우리는 모두 좀비처럼 웃지도 않고 계속 언니만 그리워하고 있다.

하지만 나는 안다. 언니는 옆방에 있다. 불을 끄고 누워 있으면 언니의 웃음소리가 작게 들려온다. 어제부터는 말하는 소리가 들리기 시작했다. 같이 있는 친구들 이야기, 선생님 이야기, 배에서 만난 사람들 이야기. 아직 엄마 아빠한테는 말할 수 없지만 분명하다. 내일이나 모레쯤이면 언니는 내 방문을 열고 들어올 거다. 환하게 웃으면서…….

7…

얼마 후, 그는 인근 시흥에 일자리를 구했다. 아내와 작은애를 봐서라도 그는 강해져야 했고, 강해지지 못하면 그런 척이라도 해야 했다. 대형 마트 창고에서 재고 관리를 주로 하는 것이어서 위험한 일도 아니었다. 때마침 작은애도 방학 중이라 엄마 곁에 있는 시간이 늘어 조금은 가벼운 마음으로 출근할 수 있었다. 그렇기는 해도 시간마다 집에 전화를 걸어 아내와 통화하려고 노력하였다. 그곳에선 소개를 해준 동창 외에 그가 세월호 참사로 아이를 잃었다는 사실을 아는 사람은 없었다. 과도한 관심과 배려, 동시에 쓸 데 없는 관여와 참견이 싫었다. 다행히 새로운 업무를 파악하고 익숙해지느라 바쁘기도 했고 다른 사람들과 접할 기회도 많지 않아 그런 불필요한 감정 소모가 적었다. 그는 여전히 직장을 마치자마자 집으로 향했고 회식 자리도 이런저런 이유를 만들어 빠지거나 참석했다가도 일찍 자리를 떴다. 악몽을 꾸는 빈도도 줄었고 그 전처럼 탈출 불가능한 여러 겹의 꿈을 꾸는 일도 확연히 적어졌다. 집에 돌아와서는 직장에서의 일, 가령, 잔소리가 심한 나이 어린 상사나 직원 간에 흔히 있는 알력, 진상 손님의 우스꽝스러운 횡포 따위를 최대한 익살스럽게 늘어놓았다. 그는 분명 용기 있고 강한 사내였다. 아내가 이혼하자고 습관처럼 늘어놓던 말도 하지 않게 되었고, 작은애도 자기만의 비밀을 간직한 평범한 여고생의 모습으로 제자리를 찾아갔다.

그런데 취업 후 한 달하고 반이 지났을 무렵이었다. 하루는 면도를 하다가 입술 아래쪽에 상처를 내었다. 출근해서 자판기 커피로 목을 축이다 셔츠 앞자락을 조금 적셨다. 그제야, 이게 뭘까, 무얼 의미하는 일일까, 하는 생각과 함께 묘한 기시감이 들었다. 날짜가 적힌 TV 화면과 드러누운 배, 그리고 '속보'란 글자가 바다 위에 둥둥 떠 있던 장면이 연이어 떠올랐다. 등줄기로 차가운 바람 한 줄기가 스쳐 지나갔다. 그는 엄습하는 불안감에 아내에게 전화를 걸어 별일 없음을 확인하고도 계속 두릿거리며 눈동자를 굴려야 했다.

불안감의 실체는 채 십 분도 안 되어 모습을 드러냈다. 지점장이 그를 자신의 사무실로 부른다는 거였다. 몸피가 그의 두 배는 충분히 됨직한 지점장은 하릴없이 커피잔을 홀짝이며 선뜻 말을 꺼내지 않았다. 그러다가 기껏 꺼낸 말은, 에, 나도 애들을 키우는 아버지 입장에서 말이지요, 아이를 잃는다는 게 얼마나 아플지 충분히 공감하고 이해를 하는데……, 였다. 그는 입을 앙다물고 지점장의 찢어진 눈을 응시했다. 세월호 참사 유가족이라는 사실을 어떻게 알았는지 모르겠지만, 섣부른 위로가 아니면 그다지 마음이 실리지 않은 격려의 말 정도일 터였다. 그러나 두꺼비를 연상하게 하는 지점장의 입에서 나온 말은 전혀 예상하지 못한 것이었다. 정부에서도 그렇고 국회에서도 보상이라든지 선체 인양을 위해서 최선의 노력을 하고 있다고 알고 있는데……, 할 때부터 뭔가 분위기가 이상했다. 그러더니, 광화문 농성장에도 유족들은 거의 안 나온다던데……, 에서는 그의 눈치를 살폈다. 이어, 이제는 좌익운동권에서 세월호를 이용해서 불법폭력시위를 뒤에서 조종하고……, 한번 시작하자 빤히 예상되는 말들이 치렁치렁 뽑혀져 나왔다. 그가 짐짓 진지한 어조로, 지점장님, 하시고 싶은 말씀이 뭡니까, 하자 갑작스레 역습을 당한 생쥐의 표정이 되어서, 아니, 뭐, 특별히 얘기하려는 게 아니라……, 얼버무리려 들었다. 그가 특별히 하실 얘기가 없으면 일하러 나가보겠다고 하자 지점장은 부러 틀거진 목소리로, 사람 그렇게 안 봤는데 왜 그리 강팔라? 그러지 말고 여기 와서 앉아봐요, 했다. 결국 지점장은 그가 아내와 함께 광화문 농성장을 수차례 찾아간 사실을 이야기하면서, 뭐, 밖에서의 일이야 일일이 왈가왈부할 건 없지만 국가적으로 봐서도 그런 불온한 사람들과 자주 접촉하고 부화뇌동하는 건 문제고, 그러니 직장 동료들까지 물들게 하는 건 좌시할 수 없고……, 끝없이 주절거릴 태세였다. 지점장의 눈에 비친 그는 좌익종북세력에 물들거나 그들과 같은 불온세력에 다름아니었다. 지점장과의 면담은 아침마다 사흘째 이어졌다. 사흘째 되던 날, 그는 곧바로 사직의사를 밝히고 지점장실을 빠져나왔다. 서너 시간이 지난 후 그곳을 소개해준 동창이, 며칠 전쯤 경찰서 정보과 형사로 보이는 사람이 와서 지점장하고 한참 이야기하다 갔다고 하더라, 말해주었다.

8…

그는 다시 악몽을 꾸기 시작한다. 맹골수도의 짜고 거친 바닷물을 뚝뚝 흘리며 아이가 돌아오면 그는 술에 의지해 조각잠에 빠져든다. 잠 속에서 그는 이마로부터, 혹은 턱, 어깨, 팔꿈치나 손가락 끝, 엉치뼈나 정강이로부터 시작하는 악몽을 꾼다. 몸을 잃은 그가 멍청한 어른들과 뒤섞이고 종내는 모든 풍경이 바닷물에 잠기고 만다. 몇 겹이나 되는지도 모를 꿈속을 헤매고 꿈의 문을 열고 도망치기를 되풀이한다. 꿈과 현실 사이, 지상과 천상의 중간계에 끼어 깊이를 알 수 없는 심연에 갇혀 허우적댄다. 이 세상에서 가장 소중하고 값진 딸, 금은보화보다 귀한 딸의 죽음을 도둑맞아 꿈속에서나 꿈 밖에서나 그는 망연자실해 있다. 아니, 넌 죽은 게 아니야, 넌 중간계의 틈바구니가 아니라 영원히 우리 안에 살아 있는 거야, 끊임없이 되뇐다.

그런데 일 년 넘게 반복되던 꿈의 줄거리에 변화가 생긴다. 꿈속에서나마 그토록 나타나주기를 바라던 아이가 등장한 것이다. 몸을 잃고 우두망찰 서 있는데 그림자 하나가 다가오더니 벌거벗은 그에게 옷을 내밀어 가려준다. 그림자는 곧 도섭을 부려 딸의 모습으로 변한다. 아빠, 우린 지금 팽목항 갈 건데, 아빠도 내려갈 거지? 묻는다. 가만히 둘러보니까 수많은 그림자가 일제히 단원고 아이들로 변해 있다. 그는 그만 아뜩해져서, 안 돼, 거기 가면 큰일나, 가지 마! 붙잡으려 한다. 딸은 쓸쓸하게 미소 지으며 돌아선다. 그는 달려가 잡으려고 하지만 단 한 걸음도 떼어지지 않아 허우적거리기만 한다. 아, 이게 아닌데, 거기에는 절대 가면 안 되는데, 제발 가지 마! 소리조차 나오지 않는다. 소리 대신 글자 하나마다 노란 리본이 되어 나뭇가지에 걸리더니 하늘거린다. 딸과 아이들은 알겠다는 듯 모두들 도섭을 부려 노란 나비가 되어 팽목항으로 향한다. 그는 이미 일어난 일이라는 생각을 하면서도 손을 내두르며 이제는, 같이 가, 나도 갈게, 얘들아, 잠깐만, 나도 간다니까! 소리를 지르다 눈을 뜬다.

딸 대신 아내가 측은한 표정으로 그를 바라보고 있다.

9…

그는 이제 강한 사내가 되기 위해 부러 노력하지 않는다. 스스로 나약한 존재임을 인정한다. 그가 어떻게 생각하건 사회는 그들의 방식대로 생각하고 기계적으로 움직인다. 사회는 산자와 죽은자의 경계를 분명히, 그리고 신속하게 긋고 죽은자는 보이지 않는 곳에 묻거나 버리고 만다. 어떤 관용도 예외도 없다. 그러니 비정하고 야만스럽기 이를 데 없는 사회가 그를 두 번, 세 번 죽이면 두 번이고 세 번이고 죽어준다. 어차피 아이와 함께 죽은 그였기에 열 번이고 스무 번이고 죽어줄 수 있다고 마음을 다진다. 성실하고 정직한 사람이었다가 안쓰럽고 불쌍한 사람이 되기도 한다. 사찰을 당하기도 하고 속절없이 불순한 의도를 가진 좌익종북세력으로 매도되기도 한다. 사회가 이리 밀면 이리 밀리고 또 저리 밀면 저리로 밀린다. 그래서 결국 그는 이 사회가 떠미는 대로 그의 아내와 함께 다시 농성장으로, 거리로 나선다. 다시 한번 말하지만, 그와 그의 아내가 거기로 향한 것이 아니라 떠밀려서 거리에 설 수밖에 없는 상황인 것이다.

*민주사회를 위한 변호사모임, 『4·16 세월호 민변의 기록』(생각의길, 2014)과 CBS 노컷뉴스 〈세월호 육성〉 2015년 4월 6일~16일 기사를 참조하였다.

갓길에서

갓길에서

17 : 45

바퀴에 무언가 부딪치는 소리가 들렸다. 고속도로에 이물질이 떨어졌거나 야생동물일 수도 있었다. 개나 고양이, 고라니 따위가 훼손된 채 널브러진 장면이 떠올랐다. 소름이 돋고 치가 떨려왔다.

"이런 젠장."

주대는 갓길에 차를 세우기 위해 실내거울과 반사거울을 번갈아 살폈다. 차체가 심하게 흔들리면서 속도계가 순식간에 100에서 80, 60으로 뚝뚝 떨어졌다. 무언가와 부딪친 것과는 사뭇 달랐다. 그렇다면 차에 이상이 생긴 게 분명하다 싶었다. 사방은 이미 어두워졌고 차들은 더욱 속도를 높여 내달렸다. 차선을 바꾸기가 어려웠다. 예닐곱 대를 보내고 난 뒤에야 겨우 이차선으로 밀고 들어갈 수 있었다. 하지만 이십오 톤은 됨직한 컨테이너 차량이 깜빡이등을 켜고 경적을 울려대면서 바짝 다가오는 통에 등에 식은땀을 흘려야 했다. 비상등을 켜서 비상상황을 알렸지만 소용이 없었다. 그따위 수작으로는 내 앞에 끼어든 걸 용서할 수 없다는 투였다. 대형 화물차의 경적소리는 삿대질을 해가며 욕설을 내뱉는 것처럼 들렸다. 어렵사리 갓길에 차를 세운 후에야 주대는 안도의 한숨을 내쉬었다. 차체나 바퀴 어디에도 동물이 부딪힌 흔적은 없었다.

'그나마 다행이다.'

역시 타이어 펑크가 원인이었다. 왼쪽 뒷바퀴가 완전히 주저앉아버렸다. 휠링에 짓눌려 타이어가 씹힌 자국이 여실히 드러나 있었다. 타이어 골이 선명한 것으로 보아 노후했다고 할 정도로 마모된 건 아니었다. 그렇다면 나사못이나 쇳조각이 박혀서 공기압이 새었을 가능성이 컸다. 그러나 육안으로 확인하기는 어려웠다. 완전히 어두워진데다 차가 쉴 새 없이 내달리고 있었다. 더구나 갓길이 좁아 위험했다. 차바퀴가 이차선에 살짝 물려 있을 정도였다. 트렁크를 샅샅이 뒤져 삼각대를 찾아보지만 보이지 않았다. 할 수 없이 비상등만이라도 켜둘 수밖에 없었다.

나사못이든 쇳조각이든 언제 박혔던 것일까. 출발하기 직전에 박혀 급격히 공기압이 빠졌을 수도 있었다. 그렇지 않고 제법 시간이 흘러 조금씩 빠져나갔을 수도 있었다. 어느 쪽이든 그것을 전혀 알아차리지 못했고 신경 쓰지도 못했다.

'여덟 시 반까지 가려면 시간이 빠듯하겠는데.'

인터넷으로 검색해본 결과, K시 문화예술회관에 도착하려면 적어도 두 시간이 걸리는 것으로 표시되었다. 그런데 벌써 다섯 시 사십오 분이 넘었다. 보험회사 긴급출동 서비스를 불러도 삼십 분 이상 걸릴 것이다. 고속도로여서 오히려 시간이 더 걸릴 가능성이 크다. 타이어 펑크 수리가 다행히 빨리 된다고 해도 막상 K시 시내에서 막힌다든지 길을 헷갈려 헤매기라도 하면 늦어질 수밖에 없다.

마음이 급해졌다. 서둘러 긴급출동 서비스를 요청하는 게 급선무였다.

"전화기를 어디 뒀더라……."

운전할 때 주로 전화기를 두는 기어변속기 앞 컵홀더에는 없었다. 조수석에도 대시보드 위에도, 혹시나 바닥에 떨어졌을지도 몰라 운전석과 조수석 아래까지 살폈지만 없었다. 가능성이 적은 뒷좌석까지 살펴보지만 역시나 보이지 않았다.

17 : 58

"아, 씨펄 큰났다."

두 번, 세 번 찾고 또 찾아보았지만 전화기는 없었다. 이 정도로 뒤졌는데 차 안에 있다면 보이지 않을 수 없었다. 결국 차 안에는 없다는 얘기였다. 그렇다면 어디에 있단 말인가.

주대는 하루 종일 자신이 다녔던 장소를 찬찬히 복기해보았다. 고속도로에 나오기 전 대필을 의뢰받은 자소서(자기소개서)를 한 시간 남짓 서둘러 써서 보내느라 집에 있었다. 겨우 이만오천 원 때문에 미리 출발하지 못했지만 어쩔 수 없었다. 지금 주대의 주수입원이기 때문이었다. 대필 소개업체를 실망시킬 수 없는 일이었다. 대필 때문에 늦는다면 아내 재은은 불같이 화를 낼 것이다. "일 같지도 않은 일 그만하고 제대로 된 일자리를 구하라고!" 어쨌든 전화기가 집에 있을 가능성이 가장 높았다.

그 전에는 꽃집에서 꽃다발을 산 후 문학관에 들렀다. 늦가을이고 한 해가 마무리되어가는 때라 문학관에서 해야 할 일은 없었다. 시로부터 위탁받을 때를 대비해 자신을 각인시키기 위해 꾸준히 눈도장을 찍어두는 것이었다. 청원경찰 임 씨와 계약직 공무원 지은 씨가 컴퓨터에 코를 박고 무료한 시간을 죽이고 있었다. 황금비율이라는 믹스커피를 홀짝이며 황금 같은 금요일 오후를 허비하다가 자소서 대필 의뢰 전화를 받았다. 서둘러 문학관에서 나오느라 거기에 전화기를 두었을 가능성도 있다.

그 전에 내년도 시쓰기교실 강의계획서와 프로필을 제출하러 도서관에 들렀다. 도서관장과 점심을 먹기 위해 식당에도 갔다. 하지만 두 군데 다 전화기가 있을 리는 없었다. 문학관에서 대필 의뢰 전화를 받았기 때문이었다. 집에서 전화를 걸거나 받은 기억은 없다. 서둘러 자소서를 끝내기 위해 집중하느라 인식하지 못했을 수도 있었다. 어쨌거나 집이 아니면 문학관이었다.

'집에 있어야 하는데…….'

동절기 문학관의 퇴근시간이 다섯 시다. 이미 퇴근했을 시간이라 만약 거기에 전화기가 있다면 일은 더 복잡하게 꼬이게 된다.

어쨌거나 지금은 보험회사에 전화부터 해야 한다. 주대는 차에 비상등을 켜고 나가서 지나가는 차를 향해 손짓을 해댔다. 하지만 속도를 줄이는 차는 단 한 대도 없었다. 오히려 두어 대가 이차선을 달리다 주대를 발견하고 놀란 듯 일차선으로 급히 차선을 변경했다.

문득 몇 달 전 한 주간신문사 대표의 칼럼을 대필해준 것이 생각났다.

고속도로에서 가벼운 접촉사고를 수습하려다 교통사고를 당하거나, 곤경에 빠진 다른 운전자를 도우려다 사고를 당하는 등 고속도로 2차 사고가 끊이지 않고 발생한다. 최근 5년간 고속도로 2차 사고 사망자는 연평균 37명, 치사율도 52.7%로 일반 교통사고보다 6배나 높은 수치다.

기본적인 정보와 통계를 넘겨받아 대신 써준 것이었다. 제목이 「고속도로 2차 사고, 예방이 최선」이었을 것이다. 아무리 주간이라지만 그 정도 칼럼조차 혼자 써내지 못하는 사람이 신문사 대표를 맡고 있다는 것에 놀랐다. 하지만 주대에게 그는 오만 원짜리 대필 의뢰인일 뿐이었다. 오히려 그에게는 고속도로 2차 사고에 대한 내용이 더 눈길을 끌었다. 2차 사고는 주로 먼저 발생한 교통사고나 고장난 차를 수습하기 위해 도로에 나와 있던 탑승자가 뒤에 오던 차량에 치이면서 발생했다. 대개 고속도로에서 100㎞/h 이상 빠른 속도로 차가 달리기 때문에 이러한 돌발상황에 대처하지 못하고 사고로 이어지는 경우가 다반사라는 것이었다. 이렇게 2차 사고로 인한 사망자의 66%가 야간에 사고를 당했다는 통계도 있었다. 그러니 주간보다 야간에 더 많은 주의를 기울여야 한다는 당부도 덧붙였다.

"안 세우는 게 당연하지."

그렇게 중얼거리면서도 다른 도리가 없었다.

고속도로에서 고장이나 사고로 차량이 정차했을 때 경찰이 조언하는 행동요령이 있었다. 차 안이나 옆에 있지 말고 갓길 등 안전한 곳으로 이동할 것, 삼각대를 설치하고 운전자는 가드레일 밖으로 이동할 것, 또 절대 사고지점에 서서 직접 수신호를 하지 말 것. 특히 경찰은 마지막 충고를 강조했다. 그것이야 말로 2차 사고를 당할 수 있는 가장 위험한 행동이라는 거였다. 얼마 전 고속도로 순찰대원까지 목숨을 잃는 사고가 있었다고 하지 않았던가.

"그래도, 누군가 신고를 해주지 않을까? 고속도로에서 웬 미친놈이 굳이 하지 말라고 하는 미친 짓을 하고 있다고. 그렇게라도 해주었으면……."

그렇게라도 해주면 미친 짓을 뜯어말리기 위해 고속도로 순찰대가 오든, 미친놈을 진압하러 경찰이 오든, 심지어 붙잡아 강제입원을 시키기 위해서 정신병원에서 오든 하지 않겠느냐는 게 주대의 계산이었다. 그러면 주대는 그들의 바짓가랑이를 붙잡고 사정을 설명하고, 그들은 당연히 그들의 본분에 맞게 뭔가 조치를 취할 수 있을 것이다.

하지만 삼십여 분 동안 아무런 일도 일어나지 않았다. 뒤돌아보지도 않고 달려가는 수많은 차 중에 경광등이나 사이렌을 울리며 나타난 차는 없었다. 나타나기는커녕 귀띔조차 해주지 않고 그것만이 제 본분이라는 듯 달리고 달리고 달리기만 했다.

터널 근처였다면 문제가 쉽게 풀렸을 것이다. 터널에 비치되어 있는 비상전화를 이용할 수 있기 때문이었다. 하지만 터널을 지나온 건 오 분 전쯤이었다. 최소한 팔구 킬로미터 이상 떨어져 있는 셈이었다.

18 : 36

"어, 추워."

십일월의 찬바람이 온몸의 빈틈을 비집고 들었다. 며칠 전 날씨예보에서 겨울이 시작되는 입동이라는 얘길 들었던 게 생각난다. 이 무렵에는 한해 농사를 마감하고 김장 담글 준비를 시작하고 동면하는 동물들은 땅속에 굴을 파고 숨는다고 했다. 치계미雉鷄米라는, 처음 들어보는 풍습에 대해서도 얘기했다. 입동에 어른들을 모시고 꿩[雉]이나 닭[鷄], 쌀[米]을 추렴하여 음식을 대접했다는 거였다. 꼭 꿩이나 닭이어야 하는 건 아니었겠지만 그 정도로 어른들을 후하게 모셨다는 뜻이었겠다.

하지만 주대는 그러지 못하고 있었다. 오히려 걱정을 하게 만들었다. 생각해보면 추석 이후로 어머니에게 가지 못하였다.

아내 재은은 추석 연휴에 시댁에 나타나지 않고 전화조차 받지 않았다. 여동생 정혜가 각방을 쓴 지 오래되었고 여전히 냉전이라고 어머니한테 미주알고주알 고해바쳤다. 그 바람에 명절이고 뭐고 집안 분위기는 한바탕 홍수가 휩쓸고 간 뒤처럼 엉망이 되고 말았다. 어머니는 내내 한숨에 눈물바람이었다. 주대는 심란한 마음을 어쩌지 못하고 일찌감치 술에 취했다. 동생 정대와 제매와 함께 초저녁에 이미 대취大醉했다. 나중에는 난취爛醉하고 굉취轟醉하고 광취狂醉해버렸다. 새벽녘에 먹고 마신 것들을 남김없이 몽땅 반납한 후에 네 발로 기어들어와 숙취로 종일 끙끙댔다. 그 며칠 후 어머니와 정희가 함께 재은을 만난 모양이었다. 하지만 주대가 보기에 아내의 태도는 바뀌지 않았다.

생각하니 이래저래 더 추워졌다. 일기예보는 밤부터 비가 오고 본격적인 추위가 시작될 거라고 했다. 주대는 손을 마주 비비며 운전석으로 들어갔다. 2차 사고의 위험에 대한 경고 따위는 차갑게 얼어붙고 말았다. 경고가 고드름이 되어 가슴을 찌른다고 해도 따뜻함을 포기하기 어려울 것 같았다.

"아, 젠장. 정말 큰일났네."

이러고 있을 때가 아니란 생각에 머리가 어지러웠다. 물론 밖에서 밤새도록 손을 흔든다고 해서 될 일도 아니었다. 주대 자신이라고 해도 차를 세우고 싶지 않을 것 같았다. 누군지도 모를 사람을 위해 위험을 감수하고 싶지 않았다. 곤경에 빠진 사람을 위해 갓길에 차를 세웠다가 뒤따라오던 차에 치어죽은 사람 이야기는 여러 번 뉴스로 보았다. 그중에는 남을 돕겠다는 정신을 기려 고속도로 의인이 된 사람도 있다지만 목숨을 버려가면서 의인이 되고 싶은 사람이 어디 있겠는가.

'이대로 밤을 새워야 하는 건가.'

길 위에 있지만 어딜 갈 수도 없고 완전히 고립되어버렸다. 갓길은 위급상황 또는 운전자의 휴식을 위해 차를 잠시 정차해놓을 수 있는 공간이라고 했다. 하지만 그게 안전지대라는 뜻은 아니었다. 고립된 데다가 언제 있을지 모를 위험에 노출되어 있다는 말이었다. 히터의 따뜻함에 엉덩이를 파묻고 있을 때가 아니었다.

주대에게도 봄날이 있었다. 결혼 후 재은이 변두리에서 시작한 논술학원이 제법 잘 되었다. 아이엠에프로 회사가 휘청거릴 때 주대도 학원일에 합류했다. 마침 강사를 더 써야 할 정도가 되었던 참이었다. 신문과 방송에서는 연일 회사가 줄도산하고 실업자가 폭증한다는 소식이 넘쳐나고 있었지만 주대는 다른 나라 이야기인 양 흘려들을 정도였다. 단지 자신은 아이들을 가르치는 일과 맞지 않는다고 생각했다. 아이들의 질문에 썩 친절하게 설명하지 못하고 성격도 급한 편이기 때문이었다. 하지만 그런 내색하지 않고 강의실에 들어가곤 했다. 월세방에서 전세로 전환했다가 오래지 않아 새 아파트를 분양받았다. 미주가 태어나고 처음으로 새 차도 뽑았다.

"좋아하는 일도 아닌데 고생했어. 보너스로 차 뽑게 해주께."

어느 정도 생활이 안정되자 재은은 석사 과정에 입학했고 주대는 다시 문학회 활동을 시작했다. 재은이 석사 학위를 받고 그 이듬해 주대가 한 문학잡지 신인상에 당선되었다. 석사나 시인이라는 명함이 부모, 특히 엄마들한테 잘 먹혔다. 그동안 강사를 뽑아 둘의 수업을 대신하게 했다. 그런데 재은이 박사 과정을 시작한 다음해부터 대학 논술전형 비중이 크게 낮아졌다. 학원 경영은 서서히 내리막길로 접어들더니 갈수록 어려워졌다. 하지만 재은은 박사 논문에 매달리느라 늘 시간이 부족했고 주대는 크고 작은 문학 행사에 기웃거리느라 나름대로는 바빠서 제대로 대처하지 못하였다. 원생들이 내는 학원비를 강사 월급이 추월하는 일이 잦아졌다. 마침내 재은이 박사 학위를 받은 해 봄, 학원을 정리하기에 이르렀다.

"시원하지? 애들한테 친절한 척 안 해도 되니까."

재은은 학원에서 대학으로 자리를 옮겨 수업을 이어갔다. 그녀는 두 개의 대학에 거의 고정으로 나갔는데 많을 땐 종합대학과 교육대학, 사립대학, 전문대학까지 네 개 대학에 출강했다.

"당신 너무 무리하는 거 아냐?"

언젠가 주대가 쉬엄쉬엄 일하라고 했다가 욕을 바가지로 들었다. 남편이란 작자가 놀고 있는데 쉬엄쉬엄이 되겠느냐는 반박이었다.

"나도 일하고 있잖아!"

주대는 항변했다. 처음에는 아르바이트로 한 지방신문의 문학 기사를 썼다. 사보와 잡지에 여행이며 시사 문제 등을 다루는 연재를 하기도 했고, 지역 축제의 기획이나 홍보 일을 한 적도 있었다. 그러던 중에 대필로 아파트를 샀다는 시인이 대필업체를 소개해주었다. 대필로 아파트를 사고 싶은 마음은 없었기에 자소서 따위의 간단한 일만 하기로 했다. 대필은 어디까지나 부업이고 '나는 시인이다. 그러니 내 시를 쓰겠다'는 생각이었다. 하지만 추석 지나고 대학 수시 모집과 기업 공채 기간이 다가오면 대필 의뢰가 넘쳤다. 자소서는 물론이고 업무수행계획서, 사업계획서도 썼고 잡지나 신문의 기사나 칼럼, 심지어 연애편지도 대신 써주었다. 그런데 어찌된 일인지 아파트를 살 수 있을 정도로 수입이 많지는 않았다.

"진짜 일을 하라고! 그런 일 말고."

재은은 박사 논문을 수정하고 보완해 단행본으로 출간했다. 주대의 시 쓰기는 지지부진했다. 등단이란 걸 한 지 십여 년이 되어가지만 시집을 엮기에 시쳇말로 '뭔가 이 프로가 부족'했다.

봄은, 올 때 그랬던 것처럼 간다는 말도 없이 신기루처럼 사라져버렸다.

18 : 50

"이럴 수도 없고 저럴 수도 없고……, 미치겠네."

미주가 추위에 떨며 밤새 아빠를 기다리고 있어야 할지 모를 일이었다. 낯선 도시에서 오지 않는 아빠를 기다리는 마음은 어떨까. 고속도로 갓길에 갇혀 전화도 할 수 없는 처지는 쓰리고 아팠다. 진퇴양난, 진퇴유곡, 진퇴무로, 산궁수진, 궁지, 딜레마 같은 단어들이 두서없이 떠올랐지만 아무런 도움이 되지 않았다.

미주는 전국학생연극제에 참가 중이었다. 예선을 거쳐 본선을 치르기 위해 K시에 간 것이었다. 학교에서는 마침 금요일이니 연극제가 끝나면 아이들을 기숙사로 돌아가게 하는 것보다 부모들이 집에 데려가기를 원했다. 아이들이 하는 연극을 응원해주었으면 좋겠다고도 했다.

"늦지 말고 가. 늦기만 해봐." 재은은 마지막으로 기회를 준다는 듯 말했다. 마치 그 기회조차 놓치면 더 이상의 기회는 없다는 듯한 어조였다. 교수가 참석하는 종강 모임만 아니라면 마지막 기회조차 주대에게 주고 싶지 않다는 표정이었다. 다음 학기 강사들의 수업시수가 그 교수 손에 달려 있었다. 주대는 호기롭게 대답했다. 걱정 말라고, 연극을 다 보기는 어렵겠지만 무대를 내려오는 미주에게 꽃다발을 안겨주겠노라고 호언했다. 조수석에 놓인 꽃다발이 그 마음만은 진심이라고 증언하고 있었다.

"기회는 개뿔. 기회가 아니라 그저 썩은 동아줄이었을 뿐이야."

그러나 이제 와서 그런 말은 소용이 없었다. 벌써 썩은 동아줄을 잡고 매달려버린 것이다. 손과 발에 참기름을 발라버린 셈이다. 추락하고 미끄러지는 것을 피할 수 없었다.

주대는 다시 밖으로 나갔다. 바람을 타고 빗방울 하나가 콧잔등에 떨어졌다. 일기예보에서 일부 지역에 비나 진눈깨비 소식이 있겠다고 했었다.

주대는 자신이 어디에 어떤 상황 아래 놓여 있는지 파악하려는 듯 주변을 두리번거렸다. 앞에도 뒤에도 산이 보이는데 거의 가운데 지점으로 보였다. 왼쪽 모퉁이를 돌아서 오른쪽 모퉁이로 진행하는 구조인데 보이는 도로 길이는 일 킬로미터쯤 되어 보였다. 산 위로도 골짜기 아래로도 인가는 전혀 없었다. 얼마나 가야 인가를 만날 수 있을지 알 수 없고 고속도로 이외의 길도 보이지 않았다. 이 도로를 다녀본 경험으로는 십여 분쯤 달리면 휴게소가 나올 것 같지만 펑크 난 차로는 어림도 없는 일이었다. 그렇다고 걸어갈 수도 없는 노릇이었다.

산은 쉴 새 없이 차를 밀어내기에 열중하고 있었다.

"차에 공구가 다 있을까?"

주대는 트렁크를 열어보았다. 예비용 타이어가 있고 공구 주머니에 필요한 간단한 장비가 있었다. 한번도 직접 타이어를 교체해본 적은 없지만 여러 번 본 적이 있어 그대로 하면 못할 것도 없다 싶었다. 휠렌치로 너트를 풀어 타이어를 빼내고 예비 타이어를 갈아 끼우면 되었다. 하지만 주대는 금방 좌절하고 말았다. 결정적으로 차체를 들어올릴 수 있는 자키가 없었다. 중고차를 사면서 모든 것이 새 차처럼 있으리라 기대하기 어렵겠지만 왜 그런 중요한 기구를 가져가버렸는지 이해할 수 없었다. 두어 번 중고차를 샀지만 그때마다 설명서도 삼각대도 소화기도 없었던 것 같다.

19 : 10

"네가 원하는 게 이거지? 옛다!" 뒤쪽에 있는 산이 선심 쓰듯 경광등을 매단 순찰차를 내어놓았다.

살면서 빨강과 파랑 불빛을 빠르게 번쩍이는 차를 좋아해본 적이 없었다. 오히려 대학 때 짱돌을 제법 던져본 적 있는 주대로서는 오랫동안 적의를 품기도 했다. 이발소나 미용실 사인볼까지 싫어했을 정도였다. 어쨌거나 순찰차의 경광등을 발견한 주대는 너무 반가운 나머지 고속도로 한복판으로 달려나갈 뻔했다.

주대는 순찰대원의 휴대전화부터 빌렸다. 보험회사 전화번호를 알아내어 타이어 수리 서비스를 요청하고 한숨을 돌렸다. 긴급출동 차가 올 때까지 순찰차를 타고 기다리기로 했다.

젊은 대원이 충고부터 했다.

"그렇게 밖에 나와서 손짓을 하시면 안 돼요. 2차 사고가 날 수도 있다고요."

"아는데, 도저히 가만히 있을 수가 있어야지요. 그나저나 신고를 받고 오신 건가요?"

"신고요? 아니오. 그냥 순찰 돌던 중이었어요."

"답답해서, 누가 위험하다고 신고라도 해주길 바랐거든요."

"저희가 도는 코스가 있거든요. 한 바퀴 도는데 두 시간쯤 걸립니다. 그렇게 돌아오느라 좀 걸렸어요."

주대는 그럴 줄 알았다는 듯 고개를 주억거렸다.

"아, 전화 한 통 더 쓸 수 있을까요? 기다리고 있을 딸한테 걸려고요."

막상 전화번호를 누르려고 하자 번호가 헛갈렸다. 가족이 함께 쓰는 뒷번호를 제외한 가운데 네 자리 번호 중 뒤의 두 개가 아리송했다. 즐겨찾기 항목에서 이름만 터치해서 통화를 했지 직접 번호를 눌렀던 적은 없었다. 먼저 생각난 번호를 누르자 전화를 받지 않았다. 공연 중이거나 소음이 커서 받지 못할 수도 있었다. 혹시나 해서 생각난 다른 번호를 눌러보았다. 전화기 너머에서 결번이라는 안내가 나왔다. 받지 않은 번호로 문자를 남기려고 했지만 그 번호도 정확한 것인지 자신이 생기지 않아 그만두었다.

"렉카 차가 오네요."

운전석에 앉은 대원이 뒤쪽을 가리키며 말했다.

긴급출동 차는 심드렁하게 주대 차 앞에 섰다. 타이어 수리하는 데 채 십 분이 걸리지 않았다. 펑크의 원인은 박힌 지 꽤 오래된 것 같은 나사못이었다. 별다른 말없이 제 할 일만 끝낸 수리기사는 올 때처럼 건조한 표정으로 가버렸다. 명함을 내밀며 다음에도 애용해주십사 웃지도 않고 본사에서 전화가 오면 좋게 평가해달라고 부탁하지도 않았다. 마치 한창 따고 있던 훌라판에서 갑자기 불려나온 도박꾼 같았다.

마음이 바쁜 주대로서는 오히려 그게 마음에 들었다. 잘 평가해드리겠다느니, 고맙다느니, 하나마나한 문답에 시간을 낭비하지 않아도 되기 때문이었다. 하지만 고속도로에 들어선 지 벌써 한 시간이 흘러버렸다. 곧장 K시로 간다고 해도 삼십 분 가량 늦을 수밖에 없었다. 미주에게 늦는다고 얘기해주지 않고 마냥 기다리게 할 수 없는 노릇이었다. 그러려면 휴대전화를 찾아야 한다. 게다가 대학 수시 모집과 기업 공채

기간이어서 자소서 수요가 넘쳐났다. 하루에도 몇 건씩 대필 요청 전화가 왔다. 도서관에서 진행하는 시창작교실 강사비보다 훨씬 짭짤했다. 주대로서는 놓칠 수 없었다.

주대는 가까운 톨게이트에서 차를 돌려 집으로 향했다.

19 : 50

집안에 어둡고 차가운 적막이 흘렀다.

"여기 어디쯤에 있어야 하는데……."

그러나 책상 주변 어디에도 전화기는 보이지 않았다. 화장실을 들여다보고 부엌 여기저기를 둘러보아도 마찬가지였다. 아내가 침실 겸 서재로 쓰고 있는 안방에는 근래 들어간 적이 없으니 찾아볼 필요도 없었다. 허둥대는 주대를 벽에 걸린 액자 속 아내와 딸이 비웃고 있는 듯했다.

"아, 이 멍청이, 등신, 머저리……."

주대는 소리를 지르고 싶은 걸 겨우 참았다.

그렇다면 전화기는 문학관에 있는 게 분명했다. 하지만 문학관 문은 굳게 잠겨 있을 터였다. 문학행사 때만 잠깐씩 일을 했기 때문에 그에게는 열쇠도 없고 그것을 가질 권한도 없었다. 곧 시로부터 위탁운영권을 받아 사무국장으로 일할 수 있게 하겠다고 약속했던 정 선배가 못마땅해지는 순간이었다. 일 년 반이 지났지만 위탁운영은 점점 더 요원해지고 있었다. 더구나 보수 일색인 시의원들 틈에서 진보정당의 비례대

표인 정 선배는 전방위적으로 공격을 받고 있었다. 시인이기도 한 정 선배의 야심찬 계획은 짙은 해무 속에서 표류 중이었다. 시에서 직영하는 방식으로는 문학관으로서의 역할을 다하기 어렵다는 설명은 정치 논리 앞에서 맥을 못 추었다. 임 씨와 지은 씨의 전화번호도 전화기에 저장되어 있으니 연락할 방법도 없었다. 이런 때 집 전화라도 있으면 여기저기 수소문을 해본다지만 그것마저 없앤 지 삼사 년이 넘었다.

"공중전화가 있을 텐데……."

거리 곳곳에 있던 공중전화가 지금은 찾기 힘들 정도가 되었다. 아파트 근처에서 본 적이 있는 것 같지 않았다. 우체국 근방이나 전신전화국, 시외버스터미널 주변에는 있을 것 같다. 그 중 시외버스터미널이 가깝다는 데 생각이 미쳤다.

터미널에 가는 도중 종합병원 앞에 있는 공중전화를 발견했다. 백 원짜리 동전을 밀어넣자 칠십 원이 떨어지고 삼십 원이 남았다.

미주는 이번에도 전화를 받지 않았다. 떠올랐던 번호 가운데 아리송했던 번호 중 하나는 중년 남자가 받았다. 그나마 맞다고 생각되는 처음 번호로 음성메시지를 남겼다.

"미주야, 가다가 타이어 펑크 나서 좀 늦을 것 같다. 지루해도 기다리고 있어. 추우니까 근처에 보이는 커피숍이나 식당 같은데 들어가서 기다려. 아빠가 거기 가서 전화할게. 전화기를 잃어버려서 전화해도 못 받을 거야. 지금도 공중전화로 메시지 남기는 거야. 지루해도 조금만 참고 기다리고 있어. 알았지? 조금 있다 보자."

20 : 15

톨게이트를 빠져나와 다시 고속도로에 들어섰다. 진눈깨비가 되지 못한 얼음싸라기가 앞유리를 두들겼다. 와이퍼에 밀린 얼음싸라기는 반쯤 녹으면서 흘러내렸다.

시계는 여덟 시 이십 분을 넘어서고 있었다. 열심히 달린다 해도 두 시간 정도 늦을 수밖에 없었다. 진눈깨비가 더 내린다면 또 다른 변수가 될 것이다. 입술이 바작바작 말라들어갔다. 음성 메시지를 들었는지 궁금해도 확인할 방법이 없었다. 휴게소마다 들러 전화를 하면 그나마 마음이 놓이겠지만 그만큼 더 늦어질 것이었다.

"정말 최악이야! 당신이 그러고도 아빠야?"

어둠 속에서 재은의 목소리가 들려왔다. 그녀의 목소리에는 서릿발처럼 차갑고 날카로운 가시가 돋아 있었다. 갈수록 그녀의 가시는 억세면서 독해지고 있었다.

장미축제에서 보았던 가시의 기원에 대한 이야기가 떠올랐다. 큐피드가 장미꽃의 아름다움에 반해 입을 맞추려다가 벌에게 입술을 쏘였다던가. 화가 난 큐피드의 어머니 비너스는 벌들의 침을 장미 줄기에 붙여버렸는데 그게 가시가 되었다지. 하지만 이상도 하지. 큐피드의 입술을 쏜 벌의 침을 뽑은 건 이해할 수 있다. 그런데 그걸 왜 장미 줄기에 붙여 화풀이를 하느냐 말이다. 그저 가만히 있었을 뿐인 장미에게.

"아니, 도대체 왜 나한테……."

주대는 가시를 달게 된 장미가 된 것 같은 기분이었다. 하노라고 했지만 일을 하다 보니 전화기를 두고 와버렸다. 펑크가 나버렸고 도저히 어떻게 손쓸 도리가 없었다. 예상하지 못한 사고로 차가운 고속도로에서 벌벌 떨어야 했다. 당신만큼 나도 마음고생을 했다, 항변하고 싶었다. 그러나 재은은 귓등으로도 주대의 말을 들어주지 않을 터였다. 그깟 이만오천 원짜리 자소서가 미주보다 중요하다는 말이냐, 미리미리 차를 정비했으면 이런 일을 당하지 않았을 것 아니냐, 생활력도 없고 문학도 그저 그렇고, 남편으로서 아빠로서 제대로 한 게 뭐 있느냐, 쏘아댈 것이다.

"춥네……."

집에 가면 두꺼운 옷으로 갈아입어야지 했었다. 하지만 서둘러 나오느라 까맣게 잊어버렸다. 괜히 차창 버튼을 죄다 올려보았다. 이십 년 가까이 된 차의 연식을 생각하며 고개를 주억거렸다. 따뜻한 커피라도 마셨으면 좋겠다 싶다가도 고개를 가로저었다. 그럴 시간이 없었다.

잇달아 나오는 두 개의 터널을 지나고 오 분쯤 가자 눈에 익은 길이 나타났다. 두 시간쯤 전에 펑크가 나서 서 있었던 갓길이 나온 것이다. 아까의 악몽이 되살아나는 것 같았다.

주대는 차창을 내리고 침을 뱉었다. 어릴 적 옻나무 근처를 지날 때마다 그쪽을 향해 침을 뱉어야 옻이 오르지 않는다고 믿었다. 그 후로 무언가 좋지 않은 일이 일어날 것 같으면 습관적으로 침을 뱉곤 했다.

"아까 펑크로 액땜이 된 셈이니까……."

20 : 30

눈이 자꾸만 시계로 향했다. 분 단위로 숫자가 바뀌는 시계가 미주와 만나기로 한 시각으로 바뀔 때였다.

아까의 갓길을 지나 오른쪽으로 모퉁이를 도는 순간, 바퀴에 무언가 부딪치는 소리가 들렸다. 야생동물과 부딪친 건 아니었다. 두어 시간 전과 흡사했다. 소름이 돋고 치가 떨려왔다.

"설마, 또……?"

주대는 실내거울과 반사거울을 번갈아 살폈다. 차체가 심하게 흔들리면서 속도계가 순식간에 100에서 80, 60으로 뚝뚝 떨어졌다. 아까와 같은 일이 일어나고 말았다. 차량이 많지 않아 이번에는 비교적 수월하게 갓길에 차를 세울 수 있었다.

"아, 이런 씨펄. 좆같은 일이……."

이번에는 조수석 쪽 앞바퀴가 쪼그라들었다.

공사장 인근을 지나쳐온 기억은 없었다. 혹시 누가 자신만 따라다니면서 애를 먹이고 있는 건가. 하지만 그럴 사람도, 그럴 이유도 없었다. 뒷바퀴에 박혔던 나사못처럼 오래 전 박혔던 못 따위 때문에 서서히 바람이 새어나간 것일 수 있었다. 그렇다면 아까 긴급출동 수리기사가 펑크가 난 바퀴 외에 다른 바퀴의 공기압만 체크했어도 발견할 수 있지 않았을까 싶기도 했다. 심드렁한 표정으로 서둘러 사라져버린 그가 원망스럽기조차 했다. 그러고 보니, 그 보험회사에서 서비스 만족도를 묻는 전화조차 오지 않았다. 다음번 자동차보험 갱신 땐 반드시 다른 회사로 바꾸고 말리라 주먹을 그러쥐었다가, 이내 풀고 말았다.

"아, 전화기가 없으니……."

또 고속도로 순찰차를 기다려야 할 판이었다. 하룻밤에 두 번씩이나 주대와 마주치게 될 순찰대원은 어떤 표정을 지을까. 주대는 비상등을 켜야 한다는 생각도 하지 못한 채 운전석에 더 깊숙이 몸을 기댔다. 순찰차가 한 바퀴 도는데 두 시간 정도 걸린다고 했으니까 방금 이곳을 지나쳐갔다고 가정하면 최장 두 시간을 기다려야 하는 셈이었다. 이미 여덟 시 반이 넘었으니 순찰차가 주대를 발견하고 긴급출동 서비스를 받은 후 출발하면 빨라야 자정이 되어야 K시에 갈 수 있다는 계산이 나왔다. 끝을 알 수 없는 싱크홀에 빠져드는 기분이었다.

주대는 낯선 도시에 있는 미주를 생각했다. 아빠가 데리러 갈 거라고 믿었는데 그 약속은 지켜지지 않는다. 갓길에서 오도가도 못하고 있는 자신의 처지도 다르지 않았다. 어쩌면 주대의 가족이 고속도로 갓길에 갇혀 잠시 정차해 있는 것일지도 모른다. 차 안에 있어서도 안 되고 옆에서 다른 차를 향해 손짓하는 것도 위험하다.

"이럴 수가, 연달아 두 번이나……."

생각은 엉뚱하게도 펑크로 가지를 쳐나갔다. 두 시간 이상 장거리를 가기 위해서는 미리 정비소에 들렀어야 했다. 최소한 출발 전에 바퀴를 유심히 보았다면 다른 바퀴에 비해 바람이 더 빠진 것을 발견했을지도 모를 일이었다. 아무리 사람의 눈으로 식별이 안 되는 것이라도 징후를 찾으려고 노력해야 했다. 아이를 낳고 십칠팔 년을 살아왔고, 또 그 이상 먼 길을 갈 생각이었다면 바람이 새는 것을 미리 막았어야 했다. 나사못이 박혀 있지 않은지, 미세하게 새어 다른 바퀴와 균형이 맞지 않은지 살펴보았어야 했다. 재은과 자신 사이에, 혹은 그녀에게. 왜 진즉 그 생각을 하지 못했을까. 자신은 자신대로, 아내와 딸은 또 그들대로 잘 살아간다고 믿었다. 그런데 언젠가부터 나사못이 박혀 펑크가 나버렸고 차는 움직일 수 없게 되었다. 차를 타야만 갈 수 있는 고속도로에서 움직일 수 없게 된 차는 도깨비로 변한 빗자루와 같았다. 아무리 쓰러뜨려도 놓아줄 리가 없었다. 주대는 고개를 떨구고 말았다.

얼음싸라기가 진눈깨비로 바뀌기 시작했다.

부서지고, 부서져서, 부서지니

부서지고, 부서져서, 부서지니

1…

협의 이혼 서류 보냄.

나머지 작성해서 이달 중에 제출했으면 함.

소송까지 하지 않고 원만하게 이혼했으면 함.

나, 너, 당신 따위의 인칭 대명사는 어디에도 없었다. 그것은 모르는 사람을 가리키는 미지칭未知稱이나 무턱대고 아무나 가리키는 부정칭不定稱보다 더 건조하게 서걱거렸다.

다른 한 장의 파란 색 포스트잇에는 '가족관계증명서, 혼인관계증명서, 주민등록등본 각 1통씩 필요함. 신분증, 도장 가지고 같이 법원에 제출해야 함'이라고 적혀 있었다. 클립에 함께 끼워진 이혼 서류에는 이미 처의 이름이 적혀 있고 붉은 도장이 찍혀 있었다. 혼인과 가족관계를 끝장내기 위해 그걸 증명하는 서류를 발급받고 내보여야 한다니.

나는 서류를 책꽂이 위에 던졌다.

2…

"아니, 뭐 안 가져간 거 있어요?"

경비원의 말에 등줄기가 서늘해졌다. 무언가 어긋나 빠져나간 것 같은 황망함에 걸음을 서둘렀다. 하지만 눈앞에서 엘리베이터는 그를 남겨둔 채 올라가고 있는 중이었다.

집은 거의 정확히 4분의 3 정도가 비어 있었다. 아내와 아들, 그리고 딸의 짐이 빠져나간 것이었다. 많지 않은 내 짐을 비롯해서 장롱과 소파, 냉장고, 식탁 따위가 남아 있지만 그렇다고 그게 4분의 1 이상으로 느껴지지는 않았다.

당연한 일이지만 아내는 돌아오지 않았다. 아들도 기숙사에서 생활하니 당분간 볼 수 없을 터였다.

"내가 나가겠다고 몇 번이나 말했잖아. 돈이나 빨리 만들어 보내줘."

아내는 제 할 말만 하고 전화를 끊었다.

일 년여 전부터 이혼하자고 졸라대던 터였다. 몇 달 전부터는 더 이상 내 얼굴을 보는 게 힘드니 나가서 살 수 있게 해달라고 했다. 언니한테 빌려서 전셋집을 구했으니 대출을 받든 집을 팔든 돈을 보내달라고 보챘다. 아내도 아파트를 담보로 대출을 더 이상 내는 것은 불가능하다는 사실을 모르지 않았다.

어쨌든 그렇게 집을 나간 게 반 년 전이었다.

"야, 오래 살면 욕이 많은 법이야. 니네 이십 년 살았으면 많이 산 거야."

최 부장이 술을 권하며 이기죽거렸다. 삼 년여 전쯤 오랜 기러기 생활 끝에 '돌싱'이 된 그에게는 이제 원룸밖에 남아 있지 않았다.

"오래 앉아 있으면 새도 살을 맞는다는 속담 몰라?"

그에 따르면, 십여 년 이상 살 맞대고 살았으면 이러저런 치욕스러운 일을 충분히 당할 만큼의 시간이었다. 이어 현대 결혼제도는 불합리하기 짝이 없다느니, 국가가 법으로 국민을 억누르기 위한 도구에 불과하다느니 주절주절 늘어놓았다.

나는 그 말이 선뜻 다가오지 않아 술잔을 거푸 비워냈다. 나와 아내가 무슨 일을 겪었는지, 딸에게 무슨 일이 벌어졌는지 최 부장에게 얘기해준 적 없으니 당연한 반응이었다. 내가 겪은 불행 때문에 동정을 받거나 오해를 사지 않고 싶었으므로 최 부장은 물론 회사 누구에게도 말하지 않았던 것이다.

3…

가을바람이 제법 쌀랑하게 느껴지기 시작할 무렵, 두터운 이불을 꺼내었다. 원앙 한 쌍이 수놓인 누비이불이었다. 장롱 속에 두터운 이불이라고는 그것밖에 남아 있지 않았다. 그것을 펴놓고 한동안 우두커니 앉아 바라보다가 다시 개어 넣고 말았다.

곧바로 나가 침낭을 사와 누에고치처럼 들어가 잠을 청했다. 화학약품 냄새가 코를 찔러 잠을 이룰 수 없었다.

하는 수 없이 다시 소주를 사러 나가야 했다.

4…

“저 새는 죽을 때까지 절대 떨어지는 일 없이 사는, 사이좋은 새라고

들 하지요. 저 두 사람처럼……."

생물교사인 윤 선배는 히죽거리며 말했다. 이내 사람들의 이목이 우리 부부에게 집중되었다.

아이들만 여전히 망원경으로 원앙을 쫓고 있었다.

환경단체 생태탐방에 참여한 사람들은 거의 다 익숙한 얼굴들이었다. 윤 선배는 저수지에 무리지어 있는 원앙을 설명하다 우리 부부를 턱짓으로 가리키고 있었다. 동의한다는 듯 모두들 고개를 끄덕였다. 몇몇은 "맞아", "그러네" 맞장구를 쳤고, 누군가 "아후, 저 환상적인 바퀴벌레 한 쌍" 하자 여기저기서 쿡쿡 웃음이 새어나왔다.

"천연기념물 327호로 지정될 만큼 이제는 보기 쉽지 않게 된 새입니다. 금슬 좋은 잉꼬부부의 상징이지요. 이런 속설도 있습니다. 원앙 한 쌍 가운데 하나가 먼저 죽으면 짝을 잊지 못해 남은 한 마리도 끝내 죽고 만다는……. 그런데 사실은 말입니다."

그는 장난기를 주렁주렁 매단 눈빛으로 말을 이었다.

"금슬이 좋기는 개뿔, 실제로 원앙은 바람둥이 새라 이겁니다. 여러 번 얘기했듯이 새들은 수컷이 대개 더 화려하고 예쁩니다. 암컷을 유혹해야 하기 때문인데, 원앙도 수컷이 화려하지요. 워낙 외모가 차이가 나서 옛날에는 수컷을 원鴛, 암컷을 앙鴦이라 불렀답니다. 다른 새인 줄 알았던 것이지요. 나중에 같은 새인 줄 알고 난 뒤 원과 앙을 붙여 부르게 된 것이지요. 그런데 말입니다……."

윤 선배는 다시 우리 부부를 의미심장한 표정으로 보았다.

"조류학자들이 살펴보니, 이놈들은 해마다 짝을 바꾸더라는 것이지요. 일 년에 한번씩 이혼하고 새 파트너를 구해 새 살림을 차리더라는…….”

뒤쪽에 있던 누군가가 맞받았다.

“아하, 금슬이 좋다고 해도 잘 살펴봐야겠네요. 뒤로 무슨 호박씨를 까고 있을지 모르니까…….”

다시 쿡쿡 웃음이 새어나왔다.

“아무리 농담이라도 어쩜 그렇게 말할 수 있어요.”

아내의 여고 동창 오가 눈살을 찌푸렸다. 하지만 그녀의 말에 아랑곳하지 않고 일행들은 이미 원앙을 관찰하기 위해 걸음을 옮기거나 망원경을 눈에 갖다대고 있었다.

우리는 마주보며 웃어넘기고 말았다.

5…

그 이틀 뒤, 초등학교 2학년 딸이 사라졌다.

“분명히 제 시간에 아파트 입구에 내려주었습니다.”

칠순이 다 된 피아노학원 차량 기사는 억울하다는 표정으로 같은 말만 되풀이했다. 원장의 친정아버지라고 했다. 같이 내린 옆 동 3학년 아이도 비슷하게 말했다. 학원 차에서 내리자마자 제 집을 향해 뛰느라 딸이 들어가는 것까지 보지는 못했지만 같이 내린 것만은 분명하다는 것이었다.

“경비원도 순찰 중이었던 것 같고 목격자가 전혀 없어서…….”

6월이었고 어둠이 내리기 직전이라 오가는 사람도 많았을 시각이었지만 경찰은 목격자를 찾지 못하였다. 오래된 아파트라 씨씨티비 화질은 남녀 구별조차 되지 않을 정도였고, 동 입구에는 그마저도 설치되어 있지 않았다.

집에 피아노 가방이 있는 것으로 미루어 집에 들어왔던 것은 분명했다. 하지만 그 이후 아이의 행방에 대해 아는 사람은 없었다. 6학년이던 아들은 동생이 사라지는 동안 학원을 돌며 의미를 알 수 없는 영어와 숫자 사이를 헤매고 있었다.

아내는 거의 미친 사람처럼 울며불며 사람들에게 매달렸다. 나 역시 이웃들을 비롯해서 딸과 관련됐다 싶은 사람들 수십 명을 만났다.

실종신고 이틀 후, 경찰은 딸을 '장기실종 아동'으로 분류했다.

6…

우리는 거의 제정신이 아니었다.

생태탐방 가서 찍은 사진(하나같이 활짝 웃는 사진들이었다) 중에서 가장 선명하고 예쁘게 나온 사진(원앙을 관찰하던 저수지를 배경으로 찍은 것이었다)으로 전단지를 만들어 뿌리고 곳곳에 붙였다. 딸의 학교와 친구 집을 수소문해 찾아갔다. 공원이나 터미널, 기차역 등을 이 잡듯이 뒤졌다. 신문사와 방송국을 찾아가 도움을 청했다. 전국에 흩어져 있는 실종전문기관과 실종아동가족모임을 찾아다녔다. 그런 기관이나 모임이 있는 줄 처음 알게 된 곳이 대부분이었다. 밤마다 혹시 우리가 놓친 징후나 단서가 없는지 복기에 복기를 거듭했다.

아내는 운영하고 있던 논술학원 문을 닫았다. 나 역시 얼마 후 직장에 사직서를 제출했다. 연차나 휴가를 당겨쓰는 것으로는 그 많은 곳을 찾아다닐 수 없었다. 수만, 수십만 장 찍은 전단지를 사람들 손에 모두 쥐어주어야만 했다. 달리 아이를 찾을 수 있는 방법이 없었다.

그러나 한번 숨어버린 아이는 다시 모습을 드러내지 않았다.

못찾겠다 꾀꼬리, 이제 그만하고 집에 가자. 떨지 말고 제발 그만 나오너라. 우리 너무 무서워. 제발…….

우리는 어두워지는 길에서 목놓아 울고 말았다.

7…

한번은 아내의 소형차를 피하던 강아지가 다른 차에 치여 죽었다.

낡은 내 차에 치인 고양이는 단 하룻밤 사이에 벨어놓은 껌딱지처럼 변해갔다.

우리는 그게 무슨 불길한 징조나 예언인 것만 같아 몸을 떨며 개와 고양이를 추모하고 명복을 빌었다.

제발 우리 아이에게만은, 제발…….

8…

“회식이 그렇게 중요해? 당신이 조금만 일찍 집에 들어갔으면 이런 일이 일어나지 않았을 수도 있었잖아…….”

아내가 날카로운 발톱으로 내 뺨을 할퀴었다. 피가 흘렀다. 내 차에 치여 죽은 고양이의 복수처럼.

“무슨 소리야. 당신이 학원 따위 시작하지 않고 집에 있었으면 됐을 거 아니야.”

나도 지지 않고 아내의 팔을 물어뜯었다. 살점이 묻어 나왔다. 아내의 차를 피하다 죽은 강아지처럼.

“대출금이며 애들 학원비는 누가 다 대고. 어머니 생활비며 당신 동생 등록금도 그렇고. 당신 월급으론 어림도 없다고, 당신도 동의해서 시작한 거였잖아.”

“그렇게 밤 늦게까지 일할 필욘 없었잖아. 아이가 혼자 집에 있는 걸 무서워한다는 걸 알면서도 말이야.”

상대의 피와 살을 탐닉하듯 할퀴고 물어뜯기를 반복했다. 사디즘에 빠진 것처럼 서로를 학대하고 마조히즘에 빠진 것처럼 아픔을 달게 받았다. 상처를 내고 이내 연민에 빠져 서로 부둥켜안고 서럽게 울던 우리는 강도를 더해 점점 더 깊게 더 오래 생채기를 물어뜯기를 지속하였다. 마침내 알팍한 연민의 감정을 이겨내고 더 이상 부둥켜안거나 눈물을 흘리지 않고 미워하며 증오하는 방법을 배워나갔다. 개와 고양이처럼.

가학과 피학의 쾌감은 아이에 대한 미안함을 일시적으로나마 잊게 해주었다.

9…

"아빠, 집에 언제 와요? 나 무서워."

이미 밖은 어둑해져 있었다. 서둘러 출발을 했지만 조금 늦었다. 기획취재 건으로 지리산 오지마을에 가야 했기 때문이었다. 딸아이를 대충 달래고 서둘러 차를 몰았다. 하지만 십여 분도 채 지나지 않았는데 휴대전화가 울었다. 아이는 전화기 속에 웅크리고 앉아 울먹였다.

"아빠, 무서워 죽겠어. 금방 뭐가 나타날 것 같아."

아내는 아직 일을 하고 있을 시간이고, 아들도 수학학원까지 마치고 오면 여덟 시가 지나야 한다. 이럴 줄 알았으면 근처 후배에게 부탁이라도 했겠지만 이미 늦었다.

"집에 불 다 켜고, 오빠 방에 있는 컴퓨터 켜서 게임 하고 있어. 아빠 금방 갈게."

하지만 오빠 방에 들어가는 것도 무섭단다. 전 같으면 텔레비전이라도 보고 있으라고 했겠지만, 고장이 난 후로 텔레비전을 안 본 지 몇 달 지났다.

조금 있다가 다시 전화가 왔다.

"침대에 이불 덮어쓰고 있어요. 아빠, 그래도 무서워, 빨리 오세요."

아이가 사라지고 난 후, 텔레비전이라도 고쳐놓았더라면, 하는 생각을 하기도 했다. 별별 생각을 다 하다 보니 그런 거였지만 텔레비전이 있을 때도 아이는 대개 제 방에서 그림을 그리거나 엄마의 화장대를 뒤지고 있었다.

생일 때 사준 저만한 곰 인형을 가리키며 널 지켜줄 거라고 해봤지만 그마저도 신통치 않았다.

"아빠, 무서워. 곰돌이도 무섭대요. 빨리 오세요."

어두워지기 시작하면, 아빠 나 무서워, 빨리 오세요, 불쑥불쑥 아이의 목소리가 들려오고, 이내 전염되듯 나는 무서움에 아이처럼 이불을 덮어쓰고 몸을 떨어야만 했다. 나는 눈을 질끈 감았다. 문 밖에서는 늘 늑대나 여우 까치독사 하이에나 같은 사나운 짐승들이 으르렁거렸다.[2)]

나는 떨고 있는 아이를 안고 맹수들을 피해 다리 근육이 한껏 부풀었다가 파열될 때까지 뛰고 또 뛰었다. 아이는 품에서 방싯거리고 자랑스러운 표정으로 나를 올려다보며, 아빠, 빨리, 더 빨리,를 외쳤다. 아이의 표정 때문에 방심한 탓일까, 어느새 품에 있던 아이는 연기처럼 흩어지고 품속에는 머리카락 한 올 남아 있지 않았다. 아이의 꿈을 꾼 날이면 아침부터 술을 찾거나 줄담배를 피우지 않을 수 없었다.

10…

일 년이 지나지 않아 각 방을 쓰기 시작했다.

"당신만 보면 미치겠어. 도무지 견딜 수가 없단 말이야."

아들이 아내를 닮은 데 비해 딸은 커갈수록 나를 닮아갔다. 성형외과에 돈 많이 갖다바쳐야 되겠다느니, 딸을 위해서 돈 많이 벌어야 되겠다느니 실없는 농담을 던지는 이들이 생겨났지만 그땐 웃어넘겼다. 그때와 달리 이젠 나만 보면 아이가 생각나 미치겠다는 거였다. 내 탓 네 탓

2) 박경리 시, 「옛날의 그 집」 중에서.

해가며 각치고 후벼파던 아내는 남편을 거부하고 스스로를 거부했다. 무리해서 아파트를 장만하고 딸이 태어난 후 시작한 학원 때문에 같이 있어주지 못한 시간을 벌충이라도 하려는 것 같았지만 아내도 나도, 아니 세상 모든 사람들이 알고 있었다. 이미 너무 늦고 말았다는 것을.

학원 전세보증금과 얼마 안 되는 예금, 보험 해약금까지 쓰고 아파트를 담보로 빌린 대출금까지 바닥을 드러내는 데 그리 많은 시간이 필요하지 않았다. 아이가 언제든 찾아올 집이 있어야 하므로 팔거나 이사를 갈 수는 없었다. 아무리 좋은 조건에 요금제를 제시해도 아이가 기억하고 있을지도 모를 전화번호를 바꾸지 못하였다. 그런저런 이유들 때문에 형제들과 처남 처형이 모아준 돈, 게다가 어머니가 더 이상 힘에 부쳐서 농사 못 짓겠다는 어설픈 변명을 대며 얼마 남지도 않은 논밭뙈기를 팔아치운 돈까지 밑 빠진 독에 부은 물처럼 흔적도 없이 사라져버렸다.

사춘기를 맞은 아들에게 신경쓸 겨를이 없었다. 아들은 우리 시야에서 사라져갔다. 어쩌면 딸이 거친 세상에서 아무 보호도 받지 못한 채 살아갈지도 모른다는 생각에 애써 외면하고 있었는지도 몰랐다. 그런 것을 의식해서인지 아들도 있는 듯 없는 듯 지냈다. 어느 날 아들이 친구와 통화하면서, 나도 흔적 없이 연기처럼 사라지고 싶다, 고 말하는 것을 엿듣고도 손을 잡아주거나 울어주지 못하였다. 우리의 손은 차갑게 변해버렸고 눈물샘은 사막의 신기루가 되어버렸다. 우리는 생명을 잃고 말라버린 한 그루 고사목이었다. 여전히 가족으로 보였지만 조금만 더 들여다보면 찰기를 잃어버린 모래알처럼 흩어지고 마는.

11…

나는 택시 운전을 시작하였다. 최소한의 생활은 해야만 했다.

차 안에 늘 전단지를 비치하여 두었고, 틈틈이 시간을 내어 터미널이나 기차역, 공원 같은, 사람이 많은 장소에서 전단지를 나누어주었다. 시외로 나가는 손님이 있으면 은근히 기대가 되기도 했다. 그곳에 딸아이가 있을지도 모른다는, 그래서 거기서 전단지를 돌리면 찾을 수 있을지도 모른다는, 가기만 하면 문득 아이가 나를 발견하고 앞에 나타날지도 모른다는, 무망하기 이를 데 없는 희망에 몸을 떨기도 하는 것이었다.

아내 역시 비가 오나 눈이 오나 딸을 찾아 거리를 헤매었다. 경차의 옆과 뒤 차창에 확대한 아이의 사진과 특징이 적힌 포스터를 붙이고 정복자가 영토를 차지해나가듯 지역을 넓혀가며 전단지를 돌렸다. 내미는 전단지에 선뜻 손 내밀지 않는 사람들에게 종이를 쥐어주었다. 제발 받아주세요, 그리고 자세히 좀 봐주세요, 내 딸이에요, 코 밑에 조그만 점이 있어요, 보시면 거기 적힌 전화번호로 제발 연락 좀 주세요, 애걸하기도 했다.

식당이나 가게 주인들은 가뜩이나 장사가 안 돼 죽겠는데 무슨 청승이냐고, 노골적으로 투덜거렸다. 사람들은 무심했다. 가게나 상품 판매를 위한 홍보 전단지 보듯 건성으로 보거나 아예 눈길 한번 주지도 않고 길에 버리기도 했다. 연인들은 다른 무엇의 틈입을 허용하지 않았고 자기 한몸 건사하고 살아가기조차 벅찬 사람들은 앞선 사람의 걸음을 쫓아 간격을 줄이는 데만 열중했다. 문득 돌아보면, 누군가 틀어놓은 라디오에서 흘러나오는 제니스 이안의 노래와 섞여 사람들 발길에

채이고 밟히는 아이가 '뜨거운 여름날의 기쁨과 사라져버린 겨울날들'을 뒤로 하고 '서서히 죽어가'는 것만 같았다.

여러 계절이 가고 여러 해가 지나는 동안 아내는 지칠 줄 모르고 천천히 미쳐가고 있는 듯했다.

12…

"너도 네 인생을 살아야지……."

그렇게 말하는 사람은 꼭 있게 마련이었다. 그만하면 할 만큼 하지 않았느냐고, 팔 년이면 이제 그만 잊어버릴 때도 되지 않았느냐고, 산 사람은 살아야 하지 않느냐고, 그만큼 찾아헤맸는데도 찾지 못한 걸 보면 살아 있다고 보기 어려운 것 아니냐고, 십 년을 채운다 해도 달라지는 건 없을 거라고 생각하지 않느냐고, 아이도 엄마 아빠가 자기를 찾기 위해 제 인생을 포기하는 것을 원치는 않을 거라고 생각지 않느냐고.

너무 지치고 고통스러워 심신이 물먹은 솜처럼 가라앉을 때도 그런 말을 들으면 돌연 '전투의지'가 솟구쳤다. 친구든 선배든, 동기간이든 친지든, 여자든 남자든, 아이든 어른이든, 상관없이 들이받았다. 아이가 부모를 기다리면서 떨고 있는데 그만두기는 뭘 그만두냐고, 살아 있으니까 더 찾으려고 하는 것 아니냐고, 아이를 잊어버리면 내 인생도 없는 것 아니냐고, 아이를 포기하는 순간 내 인생도 포기하는 것 아니냐고, 죽었다는 증거가 없는데 뭘 가지고 그런 막말을 함부로 내뱉느냐고, 침을 튀기며 공박했다. 혼자서든 소원해진 아내와 함께든 공공의

적을 맞닥뜨리기라도 한 듯, 그 한마디로 아이의 운명이 판가름나기라도 하는 듯 공세를 폈다. 그렇게 가깝고 먼 사람들이 하나둘씩 소원해져갔다. 그래, 니 딸이고 니 인생이니 니가 알아서 해라. 도와주려고 했더니 원…….

적은 물리쳐도 나타나고 또 나타나기를 반복했다. 마치 인해전술을 펴기라도 하는 것처럼. 밀려드는 적도 많지만 쓰러졌다 다시 일어나 공격하기도 했다. 죽음을 모르는 좀비처럼.

아내와 나는 눈가리개를 한 경주마처럼 변해 있었다. 눈 가장자리에 붙어 시선이 분산되지 않고 앞만 보도록 되어 있어 다른 사람을 생각할 수도 없고 장기실종 아이들에 대한 사회의 무관심과 불완전한 안전망, 미비한 법제도 따위를 돌아보지도 못하고 오로지 아이 찾는 일에만 매달렸던 것이다.

13…

뜻하지 않게 등단이라는 걸 하게 됐다. 소설가가 된 것이었다. 내 의지로 작가라는 문패를 달기 위해 그렇게 된 건 아니었다.

"딸아이 찾는 데 도움이 될지도 모르잖아."

신문사 다닐 때 함께 일했던 남 선배가 칼럼을 써보라며 덧붙인 말이었다.

열 달 전 서울에서 잃어버린 아이가 경기도의 한 시설에서 보호받고 있다가 디엔에이 검사를 통해 부모의 품으로 돌아갔다는 소식, 이십여 년 전에 실종됐던 아이가 시설과 입양기관을 거쳐 미국으로 입양간 사실이 밝혀졌다는 소식을 들은 직후였다.

지푸라기를 붙잡는 것보다는 낫겠다 싶어 응했다. 서너 번 칼럼이 나간 후, 여성잡지에 실릴 수 있게 소개해줄 테니 소설 형식으로 써보라 했다. 소설은 한번도 써본 적이 없어서 힘들겠다고 했더니, 마음만 먹으면 얼마든지 할 수 있어, 니 글 솜씨는 내가 안다,는 남 선배의 답이 돌아왔다. 딸아이 찾는 데 도움이 될지도 모르잖아,라는 말까지 덧붙여서.

그해 크리스마스 이브, 고만고만한 신문사 신춘문예에 당선됐다는 전화를 받고 뜨악했다. 이미 소설가로 두어 권의 작품집을 낸 남 선배가 그제서야 내 원고를 여성잡지가 아닌 신춘문예 응모에 보냈다고 말했다. 그 정도 신문사 신춘문예면 당선될 거라 믿었고, 상금도 많지 않지만 어느 정도 도움이 될 것이며 화제성도 있으리라 생각했다는 거였다. 어쨌거나 그렇게 해서 나하고는 전혀 관계없다고 생각했던 작가가 된 것이었다.

남 선배의 말은 어느 정도 사실이었다. 그 덕분에 몇 군데 언론에 장기실종 아동의 아버지가 아이의 이야기로 신춘문예에 당선했다는 박스 기사가 났고 인터뷰도 했다. 작은 문학잡지 두서너 군데로부터 원고 청탁도 받았다. 딸아이 찾는 데 도움이 될지도 모른다는 생각, 전단지 돌리는 것보다 나을 것이라는 생각으로 소설이 뭔지도, 어떻게 써야 하는지도 모르는 채 소설 아닌 소설을 억지로 써서 보냈다. 기대어 부풀어서, 하지만…….

결과적으로 말하면, 전단지나 소설이나 크게 다르지 않았다.

14…

아내와의 사이가 각 방을 쓰기 시작할 때보다 더 나빠졌다.

"딸내미 이야기를 이용해서 작가 되니까 좋아? 작가님 작가님 해주니까 뭐라도 된 기분이 들어? 이런 와중에 그러고 싶니?"

아무리 그게 아니라고 설명해도 소용이 없었다. 아이가 사라진 것이 그 어떤 설명으로도 해명이나 이해가 되지 않게 된 이후, 모든 설명은 아내의 귓등에서 튕겨나가는 것 같았다. 다만 아이가 사라질 당시의 정황만이 머릿속에서 소용돌이치면서 끝없이 그녀를 우울하게 만들었다.

처형이 억지로 끌고 가다시피 해서 정신과 상담을 받았다. 우울증 진단과 함께 약을 처방받아왔다. 하지만 아내는 약을 모두 변기통에 버렸다. 자신은 우울할 권리가 있거니와 결코 행복할 자격은 없다는 거였다.

"근데, 당신은 소설가가 되어서 쓰고 싶던 글도 쓰고 신문 방송 인터뷰도 하고, 좋겠네."

나를 보는 아내의 눈빛이 몹시 낯설었다.

15…

응급실에 누워 링거를 꽂고 있는 아내는 왼쪽 눈이 찢어진 데다가 여기저기 피멍이 들고 심하게 부어 있었다. 당직의사는 갈비뼈 하나가 부러지고 또 하나는 금이 갔다고 말했다. 안정을 취하고 날이 밝으면 입원을 하라고 했지만 아내는 괜찮다고, 아무렇지 않으니 집에 가겠다고 고집을 부렸다.

"성폭행을 당했습니다. 세 놈이었던 것 같습니다."

범인이라고 해도 믿을 정도로 큰 덩치에 우락부락한 경찰이 짧은 상고머리를 긁적이며 말했다. 아내의 질에서 정액을 채취했다며 금방 범인을 잡을 수 있을 거라고 자신했다. 그는 조심성 없는 말투와 턱없이 큰 목소리가 괜한 거부감을 불러일으켰다. 보이지 않는 범인보다 거칠고 조야한 그의 입을 향해 주먹을 휘두르고 싶을 정도였다.

무례하고 막돼먹은 그의 혀에 의하면, 아내는 낯선 그 도시의 한 시설을 찾아가 원장을 만나고 아이들을 살폈다. 성과 없이 떠나기 아쉬워 사람들 왕래가 많은 곳에서 전단지를 돌렸다. 어두워서야 돌아가기 위해 차를 주차해둔 곳으로 갔는데, 하필이면 인적이 드문 우범지역이었다. 지친 데다가 흠씬 두들겨맞은 아내는 속수무책으로 당할 수밖에 없었는데, 정신을 잃고 방치되어 있다가 순찰을 돌던 방범대원에게 발견되었다.

"큰일날 뻔했어요. 꽃샘추위 때문에 저체온증으로 위험할 뻔했는데, 그래도 다행히 발견이 돼서……."

하지만 아내는 전혀 다행이라고 생각하지 않고 있었다.

16…

"이혼해."

아내는 나를 바로 보지도 않고 높낮이 없이 차갑게 내뱉었다. 원앙이 당연하다는 듯, 일 년 넘었잖아, 이제 헤어질 때가 되었어, 하는 것 같았다. 이건 이유를 묻고 따지고 할 일이 아니야, 우리가 원앙의 탈을 쓰고 태어났고 종족이 생겨나기 시작할 때부터 그러기로 정해놓은 일이야, 당신도 너무나 잘 알듯이 말이야, 그렇게 말하는 듯했다.

나는 횡경막 아래에서 솟구치는 용암을 슬픔으로 짓누르며 아내의 요구를 거절했다. 그러면서 그녀의 요구에 들러붙어 있는 좌절과 분노, 감당하기 힘든 역겨움과 모멸감, 고통과 신산에 대해 헤아려보았다. 아이가 사라진 이후 나의 슬픔은 커질 대로 커져 있었으므로 충분하지는 않더라도 그런 것들을 누를 수 있을 거라고 생각했다. 원앙의 탈을 벗어 던져버리면 종족의 굴레로부터 일탈할 수 있을 거라고 믿어보기로 했다.

물론 아내는 병원에서와 마찬가지로 거세게 반발했다. 이혼을 해주지 않으면 소송을 걸어서라도 이혼하고 말겠다, 이혼해줄 때까지 전셋집을 구해 나가 살겠다, 이혼해주지 않고 고집을 피우면 극단의 선택을 할 수도 있다, 내가 원하는 대로 원만하게 헤어질 수 있게 해달라, 숨겨둔 카드를 꺼내놓듯 장군을 불렀다. 그렇다면 다음은 멍군을 불러야 할 차례이므로 나는 소송을 하려면 파국의 원인을 설명해야 하는데 아이의 실종이나 성폭행을 아내 스스로 얘기하기는 쉽지 않을 거라는 점, 아이가 찾아올 수도 있는 아파트를 나간다거나 극단적인 선택을 할 수도 없을 거라는 점, 또 아내가 원하는 대로 헤어지는 것이 결코 원만한 결과로 이어지는 것이라 보기 어렵다는 것을 들었다.

처형이 거듭 정신과 상담을 강권했지만 아내는 완강하게 도리질만 쳤다.

17…

그로부터 일주일 후 범인 셋이 모두 검거되었다는 전화를 받았다. 아내에게 무슨 말을 해야 할지 채 갈피를 잡지 못하고 집에 돌아와 현관문을 열었을 때, 집안의 4분의 3 정도가 비어 있는 것을 발견했다.

나를 구성하고 있던 것들이 하나씩 빠져나가고 있었다.

18…

아들이 군대에 가게 되었다. 대학에 가면서 기숙사 생활을 했기에 일 년 가야 한두 번 보는 게 고작이기는 했다. 방학 때도 아르바이트를 이유로 거의 집에 오는 일이 드물었는데, 기실 어수선한 집안 분위기를 보면 그럴 만도 하였다. 더하여 학자금 대출과 아르바이트로 등록금과 생활비 대부분을 스스로 감당하는 데 지친 아들이 입대하려는 마음은 십분 이해되고도 남았다.

그동안 해주지 못한 것이 적이 미안한 마음에 직접 훈련소에 데려다 주기로 했다. 내가 출근한 뒤에 야반도주하듯 이사를 나가버린 아내도 이번만큼은 함께 가기로 했다. 하지만 아침에 그녀에게서 문자 하나가 왔다. 난 그냥 집에 있을래, 그 사이에 우리 딸이 돌아올지도 모르잖아. 다시 한번 억장이 무너졌다.

"한 달 뒤 퇴소식 땐 엄마가 갈 거라네. 그냥 우리끼리 가자."

아들은 아무 대꾸도 없이 자리를 털고 일어섰다.

훈련소가 멀지 않은 한 시간 남짓한 거리에 있었다. 머리를 깎고 같이 이른 점심을 먹은 뒤 출발하기로 했다. 그렇게 고속도로에 들어섰는데 십 분여가 지났을까, 차 안에 매캐하게 타는 냄새가 들어찼다. 고속도로 한복판에서 차를 세울 수도 없어서 당황해하는데 마침 휴게소 표지판이 보였다. 겨우 휴게소에 진입하는데 입구에서 갑자기 시동이 꺼지고 보닛에서 불이 일어났다. 지켜보고 있던 주변 사람들 몇이 소화기로 진화하려 했지만 역부족이었다. 잠시 후 소방차가 출동해서야 불길을 잡을 수 있었다. 소방관은 이 주일 전에 차량 정비한 사실을 확인하고는, 엔진 주변에 먼지나 오일이 쌓여 전기 스파크가 일어난 것으로 보인다,고 일지에 적어 넣은 뒤 철수했다.

입소 시각이 임박해 부랴부랴 택시를 불러 아들을 태워 보냈다. 거의 절반이 타버린 차는 폐차해야만 했다.

전화기 너머에서 아내는 아들까지 위험에 빠트렸다고 비명에 가까운 소리를 질렀다. 사전에 정비를 해서 그런 일이 벌어지지 않도록 했어야 하지 않느냐고, 평소 미리 준비해두지 않고 일을 당하고 나서야 허우적대는 꼴은 여전하다며 강하게 질타했다. 내가 하는 해명은 아내의 귓등에서 튕겨져 나와 구구한 변명이 되었다. 곧 아내의 목소리는 맥이 풀리면서 훌쩍이기 시작했다.

"가만, 내가 이러고 있을 때가 아니지."

부스럭거리는 소리에 뒤이어 무언가 서두르는 소리.

"우리 딸 학교에서 올 시간이야. 간식 준비해야 돼."

가슴속 깊은 데서 무언가 '툭' 끊어지는 소리가 났다. 별거 뒤에도 간신히 붙어 있다고 믿고 있었던 아내와의 끈이 무연히 단절되는 소리.

무슨 소리냐고, 정신 차리라고 소리쳤다. 한동안 말이 없던 아내의 장탄식, 그리고 소리 없는 흐느낌.

"우리 딸이 너무 보고 싶어. 불쌍한 우리 딸, 어디서 길을 잃고 헤매고 있는지, 밥은 먹었는지. 난 엄마 자격도 없어. 딸을 지켜주지 못하면서 몸뚱이만 더럽히고……."

스스로에게 화살을 돌리는 아내의 비감어린 음성에 나는 더럭 겁이 났다. 아니야, 그건 당신 탓이 아니야, 그런 소리 하지 마. 보지도 않았던, 아내가 베란다 창밖으로 몸을 던지는 장면과 목에 굵은 줄을 거는 장면이 실제로 보았던 장면처럼 영사되었다. 내가 지금 바로 갈게, 조금만 기다려, 알았지?

19…

연이어 어머니가 돌아가시는 일이 벌어지고 말았다. 대전 형님네에 올라가 계시면서 터미널 앞에서 전단지를 돌리고 있었는데 피자 배달 오토바이에 치었다고, 머리에 충격을 받아 헐레벌떡 달려온 형과 마지막 인사도 미처 하지 못하고 가셨다고 했다. 텃밭을 일구는 것 외에는 형과 누나, 동생, 그리고 가까운 친척들 집을 돌면서 사라진 손녀 찾기에 주력했다. 그만하시라고 하면, 아니다, 내가 늙어서 뭐 하겠냐, 아들딸네 다니면서 놀다가 틈틈이 하는 거지,라고 했지만 실상은 그게 아니라는 것을 왜 모르겠는가.

우리는 어머니 앞에서 통곡하며 울부짖었다. 아내와 나는 죄인이었다. 형제들과 외가 쪽, 친지들 앞에서 얼굴을 들지 못하고 내내 눈물만 찍어낼 수밖에 없었다. 아이가 사라진 후 더 이상 흘릴 눈물이 남아 있지 않다고 생각했는데 신기한 일이었다. 아내도, 우리 때문에, 나 때문에 어머님이 이렇게 되셨으니 이 일을 어째, 울다가 까무룩 혼절하였다. 한참 뒤 깨어나서 시누한테 한 말이 이랬다.

"형님, 우리 딸 피아노 마치고 올 시간 돼서 얼른 갔다올게요."

나는 아내의 어깨를 잡아 흔들면서 소리쳤다.

"왜 이러니, 응? 제발 정신 좀 차려! 우리 딸은 피아노 간 게 아니야!"

아내는 도리어 그게 무슨 정신나간 소리냐는 듯 물끄러미 나를 바라보다가 어느새 아이가 실종된 것을 알아차린 듯 몸부림치며 보고 싶다고, 빨리 돌아오라고 울부짖었다. 장례를 치르는 내내 아내의 행동은 반복되었고 나는 어머니와 아내 사이에서 허둥거렸다.

마침내 어머니는 섭씨 일천 도로 타오르는 화장로 속으로 들어갔다. 할 수만 있다면 어머니 대신 내가 그 속으로, 뜨거운 불길을 거친 후 타지 않은 유골들을 모아 분쇄하는 분골기 속으로 슬그머니 들어가고 싶었다. 보통 화장하는 데 걸리는 시간은 일백여 분이 소요된다는데 어머니는 오십팔 분여밖에 걸리지 않았다. 한평생 자신을 의탁했던 육신이 재가 되는데 걸리는 시간이 겨우 일백 분 남짓인데 어머니는 그마저도 삼분의 이 정도밖에 되지 않았던 것이다.

그렇게 내 발밑 돌이 또 하나 빠져나갔다.

20…

아내가 사기를 당했다. 전세금이라고 어렵사리 구한 돈이 전부 사라져버렸다.

"아니, 사기꾼을 어디서 만나 어떻게 당했는지, 인상착의가 어떤지 아무것도 모르겠다고 하면 어쩝니까. 맨바닥에 헤딩하라는 것도 유분수지……."

턱이 유난히 날렵한 경찰은 대놓고 투덜거렸다. 하지만 정말 아내는 거의 아무것도 기억하지 못하고 있었다. 아니, 기억하고 있지만 너무 많아서 이웃집 사람이기도 하고 심지어 가까운 친지나 나와 똑닮은 사람도 있었다. 무간지옥과도 같은 절망과 고통과 슬픔이 바닥을 모를 만큼 깊어진 우울증과 더해져 모든 인상착의가 뒤섞여버린 듯했다.

그들은 하나같이 길에서 전단지를 돌리는 아내에게 아이를 찾아주겠다면서 접근했다. 딸만 찾을 수 있다면 무엇이든 하겠다며 매달리고 애원하는 아내에게 그들은 용의주도하게 돈을 빼냈다. 단서가 될 만한 것은 남아 있지 않았고 절박함 때문에 아무것도 의심하지 않는 아내는 너무나도 쉬운 상대였다. 심지어 대부업체에서 대출을 받게 해서 빼내가기도 했다.

"이런 말 하기 그렇지만 큰 기대 안 하시는 게 좋을 것 같네요."

턱을 만지작거리며 경찰은 고개를 가로저었다.

"그러니까 빨리 이혼했으면 좋았잖아. 그까짓 것, 지금이라도 안 늦었어. 빨리 도장 찍어서……."

아내는 시르죽은 웃음을 흘렸다.

21…

한번 빠져나가기 시작하자 새끼줄에 엮인 굴비처럼, 손 안의 모래처럼, 밑 빠진 독의 물처럼 줄줄 새어나갔다. 그럴수록 내 속은 비어갔고 걸을 때마다 빈 독 소리가 뱃구레에서 흘러나왔다. 그것은 윗돌은 괴지도 않고 아랫돌만 빼가는 것 같은, 파괴공학으로 단 몇 초 만에 건물을 해체하는, 세계무역센터가 속절없이 주저앉는 것과 같은 소리였다.

아직 도장을 찍지 않았고 법원에 가는 일도 없을 것이다. 아마도 이대로라면 아내와 나는 더 무너지고 파괴될 것이다. 더 이상 무너지고 파괴될 것이 없으면 딸처럼 문득 이 세상에서 사라질지도 모른다. 그것도 나쁘지 않다. 무너지고 파괴될 것이 남아 있다는 건 어쩌면 딸을 다시 만날 수도 있다는 의미가 될 수도 있지 않을까. 형태야 어찌 되었든 우리의 기억은 같으니까.

막상 무너지고 보니 자빠지고 깨어진 잔해들도 그 나름대로 그 속에 질서가 있고 체계가 있음이 눈에 들어왔다. 폐허 속에서 피는 꽃이 있듯이 그 속에서도 살아가고 성장하며 또한 소멸하는 일련의 과정이 있다. 무너지고 무너져서 흔적도 없이 사라질 줄 알았는데 일그러졌으나마 온기는 사라지지 않은 세계, 딸도 우리보다 앞서 발견하고 살아가고 있으리라 생각하자 또 다른 빛 하나가 다가왔다.

오늘도 아내와 나는 초등학교 때 찍은 딸의 사진이 붙은 광고판과 전단지를 들고 집을 나선다.

y의 근현대여성사

y의 근현대여성사

1…

얘, 너 H 아니니? 맞지? 너 여기서 일하고 있었구나.

처음 보는 여자가 강사실을 나서는 H를 보고 반색을 한다. H는 어리둥절한 표정으로 여자를 바라본다.

교양동까지 가려면 곧장 가야 늦지 않는다. 하지만 여자는 들뜬 표정으로 H를 놓아주지 않을 태세다.

나 모르겠니? 나 Q야, 새우골에 살았잖아.

정말 오랜만에 들어보는 지명이다. 새우가 많이 난다고 해서가 아니라 새우처럼 구부정하게 생긴 골짜기라 해서 붙은 지명이지만 새우보다 늘 할머니의 굽은 등을 떠올리게 했던, 할머니도 엄마도 이제는 없는, 이십여 년 전 떠나온 후로 가본 적 없는 고향이다.

그렇기는 해도 Q의 얼굴은 기억나지 않는다. 당황스럽다. 기억 저편에서 소환할 수 없다는 사실보다도 어린 시절의 자신을 알고 있는 사람이 나타났다는 사실 때문에 더 그렇다.

나 이번에 전임교수로 임용됐잖아.

정치권 실세의 후광을 업고 임용된 사실을 모를 리 없다. 그것도 이제껏 비정년트랙으로만 뽑다가 이번에만 정년이 보장되는 정년트랙으로 선발했다는 것이다. 그게 너였구나, 싶었지만 그 말을 목구멍으로 다시 삼킨다. H는 학위를 받은 지 오래 되었지만 임용 순위에 들지도 못하였다.

아아……, 그, 그래. 근데 지금 수업 들어가야 돼서……. 끝나고 보자.

H가 출석부를 들어보이자 Q는 순순히 물러난다. 기억나지 않는 동창을 만났을 땐 하기 싫은 업무나 약속이 오히려 반갑기도 하다. Q는 돌아서는 H의 등을 보며 소리쳤다.

너무너무 반갑다 얘, 대충하고 빨리 와, 기다리고 있을게.

2…

교양과목이라 해도 공대생 대상 수업은 힘들다. 다들 공업수학의 온갖 수식이나 크고 작은 역학에너지의 틈바구니에서 길을 잃은 표정들이다. 게다가 두 시간 연강인데다 8,9교시 마지막 수업이다.

아까부터 묵지근하던 어깨가 망치로 얻어맞은 것처럼 아파온다. 다시 목디스크가 재발한 것일까. 한의원에 갈까, 정형외과에 가야 할까?

운전석에 앉아 출발하려는데 무언가 차 앞을 가로막는다. Q다. 묻지도 않고 조수석에 올라탄다.

하마터면 늦을 뻔했네.

H는 Q를 물끄러미 바라본다.

아직 퇴근 안 했니?

니가 수업 끝나고 보자고 했잖아.

내가, 그랬나?

진한 허브향 향수 냄새와 함께 담배냄새가 훅 끼쳐져온다. 가까이서 보니 화장도 생각보다 두꺼워 보인다. 그래서 그런가, 사십대 중반의 나이가 고스란히 드러나는 H에 비해 Q는 훨씬 젊어보인다. 삼십대 중반, 적게는 초반까지도 볼 수 있을 것 같다.

미안, 내가 너무 지쳐서 그래.

오늘 수업 많았나 보네. 가자, 맛있는 거 먹고 옛날 이야기하면서 수다도 떨고. 아님, 술 한 잔 할까? 너 술 잘하니?

H는 그만하라는 듯 그녀를 향해 손을 들어 보인다.

Q야, 나도 널 만나서 반가운데 사실 나, 급히 어딜 좀 가봐야 할 것 같아. 저녁에 약속도 있고.

병원은 이미 진료를 마쳤을 것이고 뜨거운 탕 속에 몸을 푹 담그고 싶다. 약속 같은 건 없다. 어쨌거나 Q와 같이 있고 싶지 않고 새우골이니 얼굴도 기억나지 않는 친구들 이야기 따위 하고 싶지도 않다.

왜, 너 어깨 아픈 것 때문에?

니가 그걸 어떻게 알아?

아는 방법이 있지. 뭐, 비밀 같은 것도 아니잖아.

그건 그렇지만…….

하기야 다른 시간강사나 대학원생한테 들었을 수도 있을 것이다.

그래, 몸이 재산이니 몸부터 챙겨야지. 할 수 없지 뭐. 내일, 아니지, 내일은 토요일이니까 다음 주가 돼야 하겠네.

그래야 되겠네. 미안하다 얘.

Q는 차에서 내리다 문을 닫으려다 말고 덧붙인다.

헌데, 아까 황교수 님 잠깐 만났는데 '여성사' 얘기하시더라. 빨리 진행해야 하는데 지나치게 더디다고 걱정하셨어.

H는 갑작스럽게 나온 '여성사' 얘기에 당황한 듯 가늘게 한숨을 내쉰다.

나도 그거 도와드리기로 했거든. 이제 여성사 관련해서는 황교수 님 대신 내가 연락을 하게 될 거야. 우리 앞으로 잘해보자.

Q는 가고 H는 크게 한숨을 내쉬며 운전대에 이마를 대고 엎드린다.

3…

탕 안의 열기 때문에 몸은 나른한데 정신은 더 날카로워진다. 이제 Q가 여성사 원고 독촉을 할 거라고? 다시 어깨가 아파온다.

여성학연구소장인 황교수가 책임자이긴 하지만 y시와 협의하고 일을 진행해온 것은 H였다. 처음부터 y시와 관련된 기초 자료 조사를 비롯해 시각과 관점을 정리하고 석박사 과정 대학원생을 모아 원시사회부터 현대에 이르기까지 부분별 집필자를 선정한 것도 그녀였다. 그런데 아무런 언질도 없이 이렇게 담당자를 바꿔버리다니, 어떻게 이럴 수가 있나. 어깨가 점점 무거워져 급기야 세상을 몽땅 올려놓은 것 같더니 이제는 머리까지 지끈거리기 시작한다.

원고가 늦어진 것에 대해서는 H도 미안해하고 있는 일이다. 여름방학 전에 대략의 순서를 잡아 보고하고 2학기 시작 전에 초고를 제출하기로 했다. 하지만 9월도 며칠 남지 않은 지금까지 하지 못한 이유가 있다. 작년부터 백혈병을 앓고 있는 딸은 여전히 병원에 누워 있다. 그런

데다가 아이를 곁에서 돌보던 친정엄마가 갑자기 돌아가시는 바람에 어쩔 수 없었던 것 아닌가. 자존심 때문에 밝히지 못한 이유도 있다. 이년 전 이혼한 남편이 병원비는커녕 양육비며 생활비 한 푼 주지 않고 있다. 최근엔 같이 근무하는 학교 여선생과 동거를 시작했다는 소식을 들었다. 몇 년 사이에 H는 온 생애를 다 살아버리고 파삭 늙어버리기라도 한 듯 파김치가 되어 있었다.

팔을 들어올리기도 힘이 들어 브래지어를 걸치다가 말고 주저앉고 만다.

은주에게서 전화가 세 통, 문자 메시지 세 번, 카카오톡 세 번이 들어와 있다. 은주는 박사 과정을 수료하고 여성학연구소 간사를 맡고 있다.

언니, 전화를 안 받네. 수업은 끝났을 거고, 어때? 불금주 한 잔~^^

다음 메시지에서는,

이 문자 보는 대로 연락주3. 긴급!

그래도 연락이 없으니까 급기야,

형부랑 또 싸우고 있는 거 아니지? 솔까말 걱정되네. 해야 할 얘기 만땅. 기다릴 테니까 전화주333~^^.

넘겨짚기까지 한다. 끙끙거리며 겨우 옷을 껴입고 통화 버튼을 누르는데 전화기 너머 은주의 목소리가 꼴딱꼴딱 넘어간다.

언니, 어떻게 된 거야. 목디스크가 재발했어? 아니, 그래도 만나야 돼. 내가 언니 집 앞으로 갈게. 중요한 일이라니까.

무슨 일이냐 물어도 만나서 얘기하겠다고만 한다. 문득 백여우 같다고나 할까, 발톱을 감추고 가식적인 미소를 짓는 듯한 Q가 떠오른다.

아니나 다를까, 역시 Q에 대한 이야기다.

언니, 새로 온 Q교수가 언니 친구라며? 근데 Q교수 말이, 언니가 맡았던 부분을 자기가 쓸 거라던데, 어떻게 된 거야?

금시초문이다. 오히려 그게 무슨 말이냐고 되묻는다.

아니, 그럼 황교수 님이 언니한테 아무 말도 안 했단 말이야? 어떻게 이런 식으로 집필자를 마음대로 바꿀 수 있어. 언니가 하기로 한 근현대 여성사 부분이 어떻게 보면 제일 중요한 핵심이잖아.

우선 맥주와 피데기 안주 하나를 주문하고 은주에게 숨부터 돌리게 한다.

우선 한 잔 하고 천천히 자초지종을 얘기해봐.

알았어. 사실 황당하기도 하고 좀 흥분했어.

은주와 H는 서로 잔을 부딪친 후 단숨에 비운다.

아까 강사실에 좀 늦게까지 있었어. 나 한 달 반 뒤에 열리는 학회에 논문 발표 있잖아. 근데 일곱 시쯤에 Q교수한테서 전화가 온 거야. 다른 얘기는 없고 그냥 그 소리만 하더라고. 언니가 쓰기로 한 근현대 여성사 부분을 자기가 쓰기로 했다는 거야.

피데기를 쭉 찢어 질겅질겅 씹으며 은주는 말을 이었다.

그래서 내가 따져 물었지. 황교수 님이 허락하신 거냐고, 언니가 동의해주었냐고 말이야. 그랬더니 나 참, 어처구니가 없어서. 그건 자기가 알아서 할 테니까 신경쓰지 말라지 뭐야. 그러더니 전화를 끊어버리더라고. 언니가 그러겠다고 한 거야? 어떻게 된 거야?

Q가 H와 헤어진 후에 은주에게 전화를 걸었던 것 같다. 하지만 H에

게 그런 이야기를 하지는 않았다. 도대체 무슨 꿍꿍이인지 짐작되지 않는다.

4…

전화기 너머로 황교수는 Q가 알아서 하겠노라고, 맡겨달라고 해서 그러라고 했을 뿐 구체적인 내용은 모른다고, 서로 잘 상의해서 진행하라고만 한다. Q의 이름이 선명하게 박힌 연구실 문 앞에 '강의' 표시가 되어 있을 뿐 문은 굳게 잠겨 있다. H는 일단 물러설 수밖에 없다. 하필이면 강사실 바로 건너편이 Q의 연구실이다. 시간강사들이 우글거리는 강사실에 자기 자리도 없는 처지와 극명하게 비교가 된다. 이런 땐 시간강사의 비애가 한여름 폭우처럼 엄습하곤 한다. 몇 해 전 박사 학위를 받았지만 지방대학 학위인 데다가 나이도 적지 않다. 지도교수조차 그녀에게 특별히 관심을 주지 않고 이른바 뒷배경이 되어줄 만한 가느다란 줄도 없다. Q와는 확연히 차이가 날 수밖에 없다. 이름 있는 대학의 학위에다가 유학까지 다녀왔다. 게다가 정치권의 실세라는 뒷배경은 그 어떤 학위나 실력보다 뚜렷한 실력이 되어주지 않은가. 떠올리면 떠올릴수록 그녀는 폭우에 흠뻑 젖은 생쥐 꼴이 되는 듯한 느낌에 몸을 떤다.

계속 드는 생각이지만 앞으로 Q를 어떻게 계속 봐야 할지 갈피를 잡을 수 없다. 사실 당장 y시의 여성사 집필과 관련해서도 마찬가지다. 아무리 Q가 자신에게 맡겨달라고 먼저 요청했다지만 황교수가 그러라고 했다면 어쩔 수 없는 일이다. 딸이 아프니까 이번엔 빠지라고 하는 걸 굳이 하겠다고 한 것도, 그래놓고 원고 마감시간을 어긴 것도 자신이지 않은가.

오늘 따라 강사실이 조용하다. 토요일이라도 강의 준비를 한다느니 논문을 쓴다느니 하며 몇몇은 나와 있게 마련이다. 곳곳에서 벌어지고 있는 축제에 놀러들 간 건지, 때이른 단풍 구경을 나선 건지 모를 일이다. 그러고 보니 며칠 전 대학원생들 중심으로 야유회를 간다느니, 콘도를 예약하느니 하던 장면이 떠오른다. H에게는 지레, 선생님은 아무래도 안 되겠지요? 하곤 끝이었다.

5…

H는 혼란스러운 머리를 감싸쥐며 햇빛이 쏟아지는 창가 자리에 앉는다. 어제 과음한 탓인지, 따뜻한 햇살 탓인지 온몸이 나른해지면서 졸음이 몰려온다. 어쩐 일인지 꿈속으로 부드럽게 미끄러져 들어가는 것이 생생하게 느껴진다. 확인이라도 하듯 이건 꿈이야, 꿈이 분명해, 현실 같지만 이건 분명 꿈이라니까, 몇 번씩 되뇐다. 저것 봐, 내가 있고 나를 보는 또 하나의 내가 이렇게 있잖아. 소리치며 자신에게 일러주기 위해 다가가보지만 거리가 좁혀지지 않는다. 게다가 보여지는 H는 보는 H를 보지 못하고 소리를 듣지도 못한다.

열 번째 생일을 맞은 딸이 마트 카트를 밀며 앞서가는 H를 뒤따른다. 이내 딸은 비틀거리다 주저앉고 만다. 엄마, 나 다리에 힘이 없어. 내 다리에 힘이 다 어디로 갔을까? 이내 배경이 병원으로 바뀐다. 아이는 구토를 하고 코피를 쏟는다. 아이의 피를 뽑고 척추에 구멍을 뚫어 골수를 뽑아 검사를 한다. 어디선가 백발의 오십대 의사가 나타나 급성골수성백혈병이라고 말한다. 삼 년 정도 항암 약물치료를 받으면 생존 확률이 삼십 프로 정도 되고요, 자가골수이식이 가능한 환자예요. 자가골수이식 성공률은 육십 프로 이상입니다. 다만 그렇게 하려면 치료비가 좀 드는데요……, 한 일억 원 정도는 준비를 하셔야……. 보여지는 H가 눈물만 흘리고 있어 보는 H가 의사에게, 치료비 일억 원이 '좀'이냐고 묻지만 의사는 못 들은 척 제 할 말만 한다. 희망을 가지세요. 제가 시키는 대로만 하면 백 프로 완치될 수 있습니다. 다만 증세가 호전되기 전에는 좀 더 나빠집니다. 그러자 누워 있던 아이가 일어나 말한다. 원래 의사나 목사나 대통령이나 다 그렇게 말하잖아. 힘든 고비를 넘기면 좋아질 거라고 말야. 지금보다 더 나빠지면 고비를 넘기지 못한 것이고, 좋아지면 자기가 옳은 게 되니까 이래도 맞고 저래도 맞게 되는 거지. 그러니까 어찌 해야 할지 정확하게 예측하기 힘들 때 두루뭉술하게 말하는 거야. 엄마도 잘 알잖아. 그러곤 다시 침상에 누워 제 손으로 링거주사를 꽂는다. 꿈이니까 가능한 일이라고 H는 생각한다.

치매 초기 증상을 보이던 친정엄마가 병실 바닥에 주저앉아 대성통곡을 한다. 넋이 나간 표정이다. 아이고, 이 일을 어짜노. 이기 다 피가 나빠서 그런 기다. 어떤 잡놈의 씬지, 어떤 놈의 피가 얼매나 섞인 건지 당최 알 수가 없은께. 나도 그렇고 느그 할매도 그렇고, 니년도 마찬가지고……. 이기 다 업본 기라, 업보. H는 그게 도대체 무슨 말도 안 되는 소리냐고 꽥 소리를 지른다. 엄마는 이내 정신을 가다듬고 H의 손을 부여잡는다. 어야, 내 통장에 돈이 쪼까 있는데 그거 다 주꾸마. 인자 내가 무신 돈이 필요하겄노. 얼매 안 되지만 새우골에 있는 밭떼기하고, 또 집따까리꺼지 다 폴먼 몇 달 병원비는 안 되겄나. 다 주꾸마. 나는 오늘 죽으나 내일 죽으나 마찬가진께 다 주꾸마. 아아만 살릴 수 있다면 다아 주꾸마. 하다가 돌아서더니 이내 무언가에 씌인 표정이 되어 독설을 퍼붓는다. 의사? 저것들이 뭘 알아. 사람이 죽고 사는 문제는 하나님만이 아시는 일 아이가. 배나 째고 씰 데 없는 약이나 몇 개 던지주는 인간 백정들이 알긴 뭘 알아. 괜히 아아 병원에서 고생만 시키지 말고 데꼬 가자. 데꼬 기도원으로 가자. 밭떼기 폴고 집따까리 폴아서 헌금 내고 기도원에 가자. 하나님이 아아 병 나아주시고 우리를 천국으로 인도해주실 끼다.

아이의 손을 잡고 가려는 엄마를 보여지는 H가 붙잡는다. 안 돼, 엄마. 병원에서 낫게 해준다잖아. 자기 골수하고 조혈모를 채취해서 냉동 보관했다가 몸속에 남아 있는 암세포를 모조리 없앤 다음 다시 주사하면 된다잖아. 돈만 준비하면, 돈만 있으면 된다잖아. H는 엄마의 팔을 잡아끌다가 소리치며 때리기도 했다가 종국에는 끌어안고 펑펑 운다. 아무리 잡아끌어도 엄마는 꿈쩍도 하지 않는다. 너무 서러워 흘린 눈물은 엄마의 피와 섞여 순식간에 병실을 온통 빨갛게 채운다. 빨간 꿈은 들어갈 때와 마찬가지로 생생하고 선명하게 끝이 난다. 꿈에서 빠져나오며 H는, 휴우, 다 끝났다, 한숨을 몰아쉰다.

6…

식은땀이 등줄기를 타고 흐른다. 햇살은 걷힌 지 오래된 듯하다. 땀이 식으면서 한기가 엄습한다. 어깨와 팔을 문질러 열을 내어본다. 머리가 지끈거리고 다시금 세상의 무게가 어깨를 짓누른다.

한가하게 낮잠이나 자고 있을 때가 아닐 텐데?

갑자기 등 뒤에서 들려온 소리 때문에 H는 놀라 넘어질 뻔하다 겨우 중심을 잡고 일어선다. Q의 목소리다. 두꺼운 화장이 먼저 눈에 들어온다. 볼터치가 너무 과해 술에 취한 것처럼 보인다.

깨울까 하다가 그냥 놔뒀어. 피곤했나봐? 잘 자더라.

H는 손거울을 꺼내 얼굴을 확인하고 머리를 매만진다. 안색은 창백하고 피부는 거칠어져 화장이 떠 있다. H는 그런 자신의 모습이 마음에 들지 않아 미간을 찌푸린다.

그건 그렇고, 니가 여성사 근현대 부분을 쓰겠다고 했니?

맞아, 황교수 님한테도 말씀드렸고 허은주 선생한테도 얘기해두었어.

그래, 근데 그 일은 작년부터 나하고 은주가 y시와 협의해왔고 계획서도 만들었던 일이야. 기초 자료 조사에서부터 대학원생들하고 일제 때 이후의 신문까지 다 뒤적여 취합했단 말이야. 이젠 그거 가지고 집필만 하면 된다고. 이제 와서 갑자기 집필자를 바꾼다는 건…….

알아. 니가 처음부터 고생해서 진행해왔다는 거.

그럼 내가 쓸 수 있게 해줘.

그런데 말이야…….

알아. 내가 마감 기한을 넘긴 거. 내가 이번에는 한 달 안에 원고 꼭

넘길게. 그렇게 하더라도 두 달 남짓 시간이 남으니까 편집하고 교정 보고 책 만드는 데는 문제없잖아.

Q는 한숨을 쉬며 고개를 가로젓는다.

아니, 그 문제가 아니야.

엄마 장례도 다 끝났고 딸은 간병인을 붙여두었으니까 문제될 게 아무것도 없대도 그러네.

그게 문제가 아니라니까. 니가 근현대여성사를 제대로 쓰지 못할, 아니 넌 제대로 쓸 수 없으니까 그런 거야.

H는 무슨 말인지 이해되지 않는다는 듯 잠시 Q를 바라만 본다.

그게, 무슨 말이야? 내 능력에 대한 문제란 뜻이야?

아니, 니 능력이 아니라 니 입장에서는 쓸 수 없는 이야기란 말이야.

그게 도대체 무슨……?

Q는 H의 명치를 가리키며 분명한 어조로 말한다.

나쁜 피!

뭐? 나쁜…… 피? 설마…….

친정엄마의 얼굴이 떠올랐다 스러진다.

너의 이국적인 외모, 니 엄마의 젊은 시절과 기지촌, 그리고 일제 때 할머니 이야기까지. 너, 쓸 수 있겠니?

너, 너 도대체 그걸 어떻게……?

아는 방법이 있다니까. 그리고 세상에 영원한 비밀이 있는 줄 아니?

H는 돌연 사이렌 소리만큼 커진 이명과 현기증 때문에 자리에 주저앉고 만다. 아무리 생각해도 어떻게 된 일인지 짐작 가는 게 없다. 아무

리 어릴 때 같은 동네 살았어도 그런 얘길 들었을 리 없다. H도 모르고 있다가 서른이 넘어서야 알게 되었으니까.

망연히 Q를 바라보던 H의 눈빛이 바뀐다.

아니, 그런 걸 왜 여성사에 써야 한다는 거야? 그건 단지 한 개인의 일일 뿐이잖아. 우리가 써야 하는 건 y지역의 여성사고 말이야. 그리고 무슨 근거 자료가 남아 있는 것도 아니잖아. 너 설마 그런 걸 가지고 나를 곤경에 빠뜨리려고 협박하는 거니?

호호, 협박이라니. 그럴 리가 있니. 우린 고향 친군데. 나는 다만 제대로 된 책을 만들어야 한다는 것뿐이야. 비록 작은 시 단위의 여성사지만 이번 작업을 기초로 내년쯤 도 단위 여성사 작업으로 확대할 계획이잖아.

그러니까 더 정확하고 엄정하게 철저히 근거 자료에 의거해서…….

Q가 손을 내젓는다.

됐고. 일본군 성노예나 기지촌 양공주들의 증언이나 구술 자료면 되는 거잖아. 보름, 아니 네 요구대로 한 달 시간 줄게. 단, 니네 할머니와 친정엄마 사례 실명으로 넣고 또 한 가지…….

H는 주먹을 그러쥐고 Q를 노려본다.

네가 겪은 이야기도 들어가야 되지 않겠어? 매춘과 여성.

H는 눈앞이 캄캄해져 또다시 주저앉고 만다. 이어 Q를 부르는 것인지 비명을 지르는 것인지 모를 소리를 내지른다. 그러나 Q는 이미 가버린 뒤라 그 자리에는 아무도 없다.

7…

그건 말이 안 되지. 신문 기사든 녹취록이든 있다면 그걸 바탕으로 쓸 수 있겠지만 우리는 그런 거 없잖아. 신문 기사야 대학원생들하고 검토했지만 따로 녹취하지는 않았는데 왜 그런 소릴 했냔 말이지.

전화기 너머로 은주의 목소리가 높아진다.

안 그래도 언니 말을 듣고 황교수 님하고 Q교수님한테도 내가 물어봤거든. 황교수 님은 내용 가지고 뭘 지시한 적이 없다시더라고. 사실 우리가 그동안 기초 자료 가지고 토론하면서 집필 방향에 대해서도 충분히 얘기했었잖아. 그랬으면 됐지 뭘 주문하고 지시하고 할 필요가 있느냐는 거지. 황교수 님이 언니 실력 모르는 것도 아니고 말이야.

쉽게 타인의 감정에 동요하는 은주의 표정이 전화기로 전달되는 듯하다.

이상한 건 말이야. Q교수하고도 이야기를 좀 했는데, 자기는 언니한테 그런 적이 없다더라고.

무슨 말이야? 나한테 그런 얘길 한 적이 없다고 하더라고?

그 정도가 아니고, 자기는 언니를 한번도 만난 적이 없다고 그러던데.

그게 무슨 자다가 봉창 두드리는 소리야.

나도 이상해서 두 번, 세 번 확인했어. Q교수는 언니를 한번 만나고 싶었는데 그때마다 엇갈렸는지 볼 수 없었다고 하더란 말이야.

너 저번에 내가 쓰기로 한 부분을 자기가 쓸 거라고 하더라며?

응, 맞아. 근데 그때는 내가 Q교수한테 전화로 그 이야길 들었거든. 안 그래도 저번에 나한테 그러지 않았냐고 따졌더니, 안 그랬대.

안 그랬대?

응, 자기는 그런 얘길 한 적도 없고 그런 생각조차 해본 적이 없대. 이제 막 임용 돼서 수업 준비하기도 바쁜데 뭐하러 그런 일을 사서 하겠냐고 하더라니까. 맞는 말이잖아.

아니, 그 년이 미쳤나.

전화기 너머에서 은주가 H의 팔을 잡아 의자에 앉힌다.

언니, 흥분하지 말고 찬찬히 생각 좀 해봐.

흥분 안 하게 됐니? 나를 몇 번씩이나 찾아와서 할 말 안 할 말 다 해놓고 이젠 시치미를 떼다니. 처음에는 고향 친구니 어쩌고 해서 친한 척하다가 나중에는 말도 안 되는 것 가지고 괴롭히고선 뭐? 이제는 만난 적이 없다고? 정말 미치지 않고서야…….

다시 전화기 너머에서 은주의 팔이 넘어와 H를 붙잡는다.

언니, 잠깐만. Q교수는 고향이 새우골 뭐 이런 데가 아니고 서울 연희동이래.

뭐? 연……희동?

응, 거기서 태어나고 자란 완전 서울깍쟁이래. 유학 갈 때 빼곤 서울을 벗어나본 적 없는.

그게 무슨……?

언니, 잘 좀 생각해 보라니까. 언니가 형부랑 헤어지고 딸래미 백혈병 진단 받은 뒤부터 힘들었잖아. 그리고 언제부터더라, 아, 친정엄마 올라오시고 난 뒤부터였나? 나쁜 피를 없애야 한다고, 만날 때마다 그런 말 여러 번 했잖아. 병원비 낼 돈도 없고, 너무 스트레스 받고 고통스러워했던 거 알아. 게다가 친정엄마마저 그렇게 돌아가시고.

그, 그래서 뭐?

그래서 언니가 뭐, 그런 거 있잖아. 환영 같은 거를 봤다든가, 꿈과 현실을 착각했다든가.

아니야, 그럴 리가 없어.

그러지 말고 잘 생각해보라니까. 나는 언니 다 이해해.

아니야, 아니라니까. 분명히 만났었다니까. 너까지 날 이상하게 보는 거야, 뭐야!

알았어, 언니. 믿어. 언니가 그렇게까지 확실하게 말하는데, 맞을 거야. 알았어. 미안해, 언니.

8…

언니, 나 방금 전에 그 형사 있잖아, 이름이 최 뭐라고 했나? 그 사람 또 봤어.

은주는 호들갑을 떨며 은근한 목소리로 말한다.

이 동네 아줌마들한테 언니 이야기를 물어보는 것 같아. 전에는 우리한테 와서 언니에 대해 꼬치꼬치 캐묻더니, 아직도 그러고 다니네. 그때 그 일은 종결된 거 아니었어?

지난 달인가, 경찰서에서 보낸 '혐의 없음' 통보받았지.

그럼 종결됐다는 뜻이잖아. 그런데 왜 저러고 다닌데? 우락부락하게 생겨서 안 그래도 비호감인데 성격까지 이상한 사람 아냐?

정말 그 사람 왜 이러는지 알 수가 없네. 엄마가 그렇게 돼서 마음 아파 죽겠는데, 여섯 달 전에 든 보험이 의심스럽다고 하지를 않나, 시골에 논밭 그거 팔아봐야 몇 푼이나 된다고 전부 내가 차지하게 돼서 좋겠다는 둥 비꼬지를 않나. 사람을 어떻게 보고 말이야.

언니, 혐의가 없다는데도 저러는 거 보면, 저 사람 무슨 다른 의도가 있는 거 아니야?

다른 의도? ……무슨?

아니, 언니도 돌싱이겠다, 엄마한테 받은 재산도 있겠다, 은근히 딴 마음 품고 접근해보려고 저러는 거 아니냐, 그 말이지.

얘는, 무슨 말도 안 되는 소리야. 안 되겠어.

H는 남은 맥주를 단숨에 비우고 자리에서 일어난다.

최형사는 아파트 상가 과일가게 주인과 이야기를 주고받고 있다.

이보세요, 최형사님. 이게 도대체 뭐하는 짓이에요?

최형사는 잠깐 당황하는 표정이다가 본래의 표정으로 돌아간다. H는 그를 인적이 드문 맥줏집 옆 골목으로 잡아끈다.

아, 안녕하세요?

제가 안녕하겠어요? 형사님이 제 뒤를 미행하고, 이걸 뭐라더라, 아, 탐문하고 다니는데 어떻게 안녕하겠냐고요.

허허, 이건 제 정당한 업무이니 어쩌겠습니까. H선생 마음에 안 들어도 어쩔 수 없지요.

아니, 친정엄마가 아이가 입원해 있던 병원 옥상에서 추락한 건 사고사로 판명되었잖아요. 저는 그때 집에 있었고, 제 차도 주차장에 그대로 있었던 건 씨씨티비로 확인했잖아요.

그랬지요.

그런데 또 왜 이러시냐고요.

새로운 목격자가 나타났어요.

목격자요? 무슨 목격자 말이에요?

H는 미간을 찌푸린다.

맞은 편 병동 옥상에서 몰래 소주를 마시던 환자가 있었어요. 소주 마시고 담배 피운 걸 말하기 싫어서 나서지 않다가 이제야 나선 거지요.

그, 그 사람이 무얼 봤다는 거예요?

뭐, 어두워서 정확한 건 아니지만 어머니가 누군가와 말다툼을 했다는 것, 상대방이 여자라는 것, 어머니의 비명 소리 뒤에 상대방이 서둘러 자리를 피했다는 것 정돕니다.

그렇다면 그 상대 여자가 저라는 거예요?

아직 속단하긴 이르지요. 근데 전에 나한테 그러셨지요. 따님 병간호 때문에 어머니가 시골에서 올라오셨기 때문에 여긴 아는 사람이 없을 거라고.

그, 그러긴 했습니다만…….

아, 물론 병간호를 두어 달 넘게 했기 때문에 그동안 알게 된 사람이 없으란 법은 없겠지요. 그래서 병원과 이 아파트 주변을 탐문하고 있는 겁니다. 상대 여자를 찾기 위해서요. 그리고, 그 가능성은 H선생에게도 있고요.

무슨 이런 황당한 일이…….

H는 어처구니없다는 표정을 지어 보인다. 아랑곳하지 않고 최형사는 그녀의 눈을 똑바로 바라보며 덧붙인다.

좀 더 솔직하게 말씀드리지요. 나는 H선생, 당신이 제일 의심스러워요. 어머니의 죽음으로 많은 것을 얻었고, 아이의 병원비도 결국 그것으로 해결할 수 있었잖아요. 단지 확정적인 증거가 없을 뿐, 그것도 금방 찾게 될 테니 기대하고 있으시지요. 당신은 치매 증세 때문이라고 말했지만 당신도 알잖아요, 어머니의 치매 증세는 그리 심각하지 않았어요.

최형사는 독사처럼 웃으며 느물거린다. H는 섬뜩한 느낌을 물리치려는 듯 부러 어금니를 사리물고 내뱉는다.

흥, 괜히 넘겨짚지 말고 증거를 대라고요, 증거를.

9…

아파트 현관문 손잡이를 비틀어 여는 순간 느낌이 좋지 않다. 한 줄기 차가운 밤바람이 스쳐지나갔기 때문일까. H는 들어가려다가 멈칫한다. 손바닥에 땀이 밴다. 집안에 누군가 있는 것만 같다. 망설이다 들어가지 못하고 전화기를 꺼내든다. 일일이를 누르려다 그만둔다. 자신의 뒤를 캐고 다니는 최형사의 날카로운 눈매가 떠올랐기 때문이다.

H는 작게 헛기침을 한번 하고 조심스럽게 현관문을 들어선다. 신발장을 열어 제일 긴 우산을 집어든다. 부엌에서 뭔가 움직인 것 같다.

누구야, 이리 나와!

하지만 아무런 반응이 없다. 예고도 없이 남의 집에 들어온 걸 보면, Q일까, H를 의심하고 있는 최형사일 수도 있다. 조심조심 부엌으로 다가서는데 설핏 뒤꼭지로 칼날 같은 반짝임이 느껴진다. H는 반사적으로 우산을 휘두른다. 와장창— 소리와 함께 선반 위에 있던 냄비가 뒹군다. 그 소리에 더 놀라 H는 그 자리에 주저앉고 만다.

정신을 차린 그녀는 집안의 모든 전등을 켜고 방과 욕실, 베란다 등을 샅샅이 살핀다. 아무도 나오지 않았지만 그녀는 불안한 표정을 감추지 못한다. 옷도 갈아입지 못하고 이미 확인했던 집안 구석구석을 살피고 또 살핀다.

결국 그녀는 은주에게 전화를 건다. 삼십여 분 뒤에 도착한 은주는 다시 한번 집안을 돌아본 후 H를 안심시킨다.

언니, 아무도 없어.

아니, 뭔가 있어. 당장 눈에는 안 보여도 숨어 있다가 나올 것 같다니까. 아마 니가 가고 나면 나올 거야.

말도 안 돼. 언니, 제발 정신 차리고 소파에 좀 앉아봐. 그렇게 서성거리니까 더 안정이 안 되잖아.

도대체 뭘까. Q일까, 최형사일까. 아님 죽은 엄마일까. 이혼한 남편일지도 몰라. 다들 나한테 왜 이러는 걸까. 나한테 뭘 원하는 걸까.

안 되겠다, 언니.

은주는 냉장고를 열어본다. 하지만 찾는 술이 보이지 않는다.

나가자, 언니.

10…

목이 가뭄 때문에 갈라진 논바닥처럼 타들어간다. 문득 눈앞으로 물컵이 나타난다. H는 그것을 받아 단숨에 들이킨다.

어제 어지간히들 마셔대더군.

Q의 목소리다. 놀란 H는 소리가 나는 반대쪽으로 피하다가 침대에서 굴러떨어진다. 굴러떨어진 충격보다 Q가 나타난 데 대한 충격이 더 강하다.

도대체 어떻게 들어온 거야?

그렇게 마셨으니 문이 잠겼는지 열려 있는지조차 모르지.

아직 아침이 되려면 멀었는지 사방이 온통 캄캄하다. H는 여기저기 서너 군데 전등을 켠다.

도대체 나한테 왜 이러는 거야. 나한테 원하는 게 뭐냐고.

얘기했잖아. 제대로 된 여성사를 쓰라는 것, 네 할머니와 엄마, 그리고 네 자신에 대한 이야기까지 생생하게 쓰라고 했잖아. 그런데 넌 보름 동안 한 글자도 쓰지 않았어.

말도 안 되는 소리 하지 마. 세상에 누가 역사서를 쓰면서 그런 것까지 쓴단 말이야.

그게 바로 너와 나, 우리 모두의 이야기이기 때문이지.

너와 나, ……우리? 무슨 말이야?

돌이켜 잘 생각해봐. 넌 지금 혼란에 빠져 있어. 힌트가 무수히 널렸는데 넌 애써 무시했지.

무시하긴 내가 뭘 무시했다고 그래. 넌 내 친구가 아닌 게 분명해. 도대체 넌 누구야? 누구냔 말이야.

나? 사실 니가 나를 만들었잖아.

내가 널 만들어? 미친 소리 하지 마. 말도 안 되는 소리야.

말 되는 이야기 해줄까? 친정엄마가 나쁜 피 때문에 아이가 백혈병에 걸렸다고 그랬잖아. 그리고 결국 딸래미는 허망하게 죽고 말았잖아.

무슨 말이야? 죽기는 왜 죽어. 아이는 지금 병원 무균실에서 관해유도치료를 받고 있어.

쯧쯧쯧, 니가 인정하기 싫어도 아이가 죽은 사실은 바뀌지 않아.

Q는 거실 한 켠에 놓인 탁자를 가리킨다. 그 위에는 해맑게 웃고 있는 딸의 영정 사진과 유골함이 놓여 있다.

저게…… 뭐야. 저게…… 왜 저기에? 아아, 아니야. 안 돼.

H는 더 이상 말을 잇지 못하고 사시나무처럼 온몸을 떤다. 눈을 부릅뜬 그녀는 숨쉬기가 쉽지 않은 듯하다.

이제 기억나니? 니 손으로 화장까지 했잖아.

시끄러, 조용히 해. 제발 나 혼자 내버려둬.

아직도 이해가 안 되니? 이미 넌 혼자야. 아무도 없잖아. 네 엄마가 나쁜 피에 대해 얘기해주었을 때, 아니, 그 전부터 벌써 넌 혼자였던 거야. 그래서 넌 나를 만들어낸 것이고.

아니야, 난 그런 적 없어.

잘 생각해보라니까. 남편이 자기가 딸의 생부가 아니라는 걸 알고 떠나버리고 너 혼자 남겨졌을 때, 누군가 니 곁에 있어주었으면 좋겠다고 생각했었잖아. 네 엄마가 기지촌 양공주였다는, 그리고 니가 이름도 성도 모르는 미군으로부터 태어났다는 걸 알고 시골집을 떠날 때도 넌 누군가 곁에 있어주길 바랐어. 우습게도 넌 요정에서 술시중하고 매춘을 해가면서 힘겹게 대학을 다니면서도 그랬어. 그런 사내들 중에 누군가가 곁에 있어 줄 것이라는 헛된 희망을 품은 적도 있었어, 안 그래?

H는 더 이상 버티지 못한 채 서서히 무너져 내린다.

아니야, 아니라고. 제발 그만해.

하지만 Q는 무너지기 시작한 성곽에 마지막 일격을 가하듯 비정하고 차가운 목소리로 고삐를 더욱 죈다.

니가 폭발한 건 나쁜 피에 대해 들었을 때야. 그때 내가 등장할 수 있는 힘을 얻게 된 거지. 친정엄마한테 할머니 이야기를 처음 들은 때이기도 해. 일본군 성노예로 끌려갔다가 임신을 해서 돌아왔다는 것, 그렇게 낳은 게 네 엄마였다는 얘기 말이야. 니네 엄마도 그걸 알고 충격에 시골집을 떠났다가 종국에는 양공주가 되고 말았던 거지.

그만, 제발 그만해.

문제는, 니네 엄마가 치매 때문에 그런 일들을 사람들에게 늘어놓기 시작한 거야. 물론 아이 병원비도 없는데 엄마가 논밭을 팔아 기도원에 갖다바치려고 한 것도 널 충분히 미치게 했겠지. 어쨌든 차마 니 손으로 엄마를 어떻게 할 수는 없고, 누군가 니 대신 엄마의 입을 막아주길 바랐던 거잖아. 니가 날 만든 거니까 난 기꺼이 그 일을 해준 거고.

아냐, 난 그런 거 원한 적 없어. 너 같은 존재를 만든 적도 없고.

H야, 그래봐야 소용없다니까. 나는 너야. 니가 나고 말이야.

H는 이를 악물고 부엌으로 뛰어간다. 돌아선 그녀의 손에 칼이 들려

있다.

내가 널 만들었다고? 좋아. 널 만들었으니까 내가 널 없애도 되겠지. 안 그래? 너를 없애버리고 말겠어.

와아, 드디어 용기를 낸 거야? 이제 니 손으로 직접 해결하겠다고? 하지만 소용없는 짓이야. 그래봐야 이젠 날 없앨 순 없어. 너무 늦었어. 그래봐야 너만 다칠 뿐이야.

닥쳐, 닥치라고.

H는 Q를 향해 칼을 마구 휘두른다. Q는 칼을 피해 뒷걸음질치다가 베란다에 이른다.

H야, 그만해. 이러면 너만 다친다니까.

니 말 따윈 안 믿어. 널 없애버리고 말 거야.

급기야 H는 Q의 뱃구레에 칼을 깊숙이 꽂아넣는다. 피가 분수처럼 솟구치고 사방으로 튀면서 그게 누구의 피인지 알 수 없을 지경이다. H는 멈칫하다가 곧 있는 힘을 다해 Q를 밀어젖힌다. Q는 힘없이 밀리면서도 H의 목을 꽉 끌어안는다. 곧 둘은 함께 아래로 추락하고 만다.

화단에 피투성이가 된 H는 Q가 유유히 멀어지는 것을 보며 마지막 숨을 놓는다.

11…

결국 이렇게 끝나고 마는군. 그런데, 이상한 일이야. 왜 이 여자는 칼을 들고 뛰어내려 자살한 걸까…….

최형사는 그녀의 십일층 아파트를 어림하여 올려다본다. H의 사체는 그녀가 추락하는 서슬에 후두둑 떨어진 붉은 동백꽃 가운데 누워 있다.

빨간 피터

19살

너는 19살이었다. 동급생들보다 한 살 적었지만 전혀 그런 티는 나지 않았다. 오히려 너는 동급생들을 만만하게 보았고 선배들마저도 시큰둥하게 생각하곤 했다. 물론 대학이 싫지는 않았다. 그동안 네가 마주했던 거친 세상과 사람들에 비하면 턱없이 말랑해서 현실감이 들지 않았을 뿐이다. 대학 캠퍼스 여기저기 흩날리는 벚꽃 이파리가 너를 축복해주는 것만 같았다. 이래도 되나 하는 생각이 자주 들기는 했지만 애써 가슴을 다독이곤 했다.

애초에 고등학교조차 진학할 형편이 못되었다. 댓병 소주를 들이키고서야 일을 나가곤 하던 아버지는 일찌감치 논두렁을 베고 생을 마감하였다. 국민학교만 간신히 졸업한 큰형이 마른 땅을 파고, 어머니와 누나가 나물과 푸성귀를 이고 지고 장바닥에 나가 팔았지만 돈은커녕 식구들 허기를 채우기도 벅찼다. 누나가 늙다리 노총각에게 팔려가다시피 해서 입 하나를 덜고, 작은형마저 돈을 벌겠답시고 대도시로 떠나 입 하나를 더 덜었다. 그럼에도 불구하고 입 둘을 덜어 가벼워져야 할 큰형의 어깨는 전혀 그런 걸 느낄 수가 없는 모양이었다.

"니도 고마 돈이나 벌어라."

막내인 너만은 형들처럼 만들지 않겠노라 중학교를 보내주었던 큰형이 어둡고 무거운 집안 분위기를 대변하듯 침통하게 말했다. 그즈음

유행처럼 한창 지어졌던 비닐하우스가 태풍에 속절없이 날아가버려 큰 빚을 지게 된 큰형으로선 어쩔 수 없었던 것이다. 너는 진작에 친구들 대부분이 당연한 듯 여기는 고등학교 진학을 하지 못할 것임을 직감하고 있었다. 오랫동안 학비가 밀리고 준비물 따위를 가져가지 못했을 뿐만 아니라 찢어진 운동화를 기우고 기워 반 년 넘게 신고 다녔던 터였다. 조금 쓸쓸하지 않은 건 아니었지만 배고픔에 견줄 만한 것은 아니었다.

"다시 한번 다시 생각해주세요. 고등학교까지는 꼭 보내야 합니다."

너를 대신해 담임선생이 나섰다. 교사생활 3년차 스물일곱의 담임은 짧은 치마 때문에 어디에 어떻게 앉아야 할지 곤혹스러워하면서도 왜 자신이 깡촌에 택시까지 대절해 찾아왔는지 그 목적의식만은 또렷했다. 담임은 네가 머리가 좋고 똑똑한 아이임을 열 번 스무 번 강조했다. 몸이 약해 체육 점수가 낮고 음악 미술에 취약하지만 전교(그래봐야 1백여 명 남짓에 불과하지만)에서 다섯 손가락을 벗어나본 적이 없다는 점, 가난을 벗어나기 위해서도 교육이 제일 중요하거니와 나중에 궁극적으로 네가 집안 전체를 일으킬 것이라는 점 따위를 역설했다.

어머니는 고개를 외로 꼬고 앉아 말없이 큰아들 눈치만 살폈다. 큰형은 앳돼 보이는 담임선생이 막내를 굳이 고등학교에 보내야 하는 이유를 몇 가지나 더 댈 수 있는지 보겠다는 듯 멀뚱히 건너다보았고.

"정 어려우시다면……."

급기야 담임은 땅거미가 질 무렵이 되자 비장의 카드를 꺼내놓듯 말문을 열었다. 교장선생님을 설득해서 졸업식 때 장학금을 받을 수 있도록 추천해보겠다는 거였다. 면장과 지역 유지들이 포함된 총동문회에서도 방법을 찾아줄 수 있을 것이다. 충분하지는 않아도 아마 입학금과 교복, 교과서, 학용품 등속을 준비할 정도는 될 것이라고도 했다.

그렇게 해서 고등학교에 어렵사리 진학한 넌, 그러나 한 달도 채 되지 않아 자퇴하고 말았다. 작은형이 건설현장에서 사고를 당해 병원 신세를 지게 된 것이었다. 회사는 사고의 책임을 떠넘기더니 위로금 조로 몇 푼 쥐어준 채 발길을 끊어버렸고, 병원비로 얼마 남지 않은 땅뙈기마저 몽땅 날아가버렸다. 결국 넌 빵집과 중국집, 철공소, 주물공장을 전전하게 되었다. 신문배달도 했다. 곧 작은형은 감당하기 버거운 병원비만 남기고 서둘러 저세상으로 가버렸고, 넌 지옥 같은 이 세상 구석 어딘가에 팽개쳐졌다.

그랬던 네가 19살에 대학생이 되었고, 우리는 만나게 되었던 것이다.

대학

널 처음 마주친 사람들은 '빨간 피터'를 떠올렸다. 사십대 초반에 급작스레 세상을 등진 연극배우를 고스란히 빼닮았기 때문이다. 그때는 모노드라마 〈빨간 피터의 고백〉이 공전의 '히트'를 치고 인기 있는 공중파방송 드라마에도 출연한 것은 물론이고 언론과 잡지에도 수없이 소개되었던 터여서 웬만해선 모를 수 없는 유명인이었다. 나 역시 정상적인 교양을 갖춰야 한다고 생각한 누나의 손에 이끌려 그 연극을 보았기 때문에 널 보자마자 반가운 마음에 한 발짝 다가섰던 것이다.

"모, 몰라. 연극 보, 본 적이 어, 없어서……."

너는 홍시 먹은 노인처럼 "허허허"인지 "헤헤헤"인지 "켈켈켈"인지 모를 바람 새는 웃음 비슷한 소리만 잠깐 내뱉었을 뿐이었다.

나중에야 알았다. 너의 자취방에 텔레비전은 고사하고 라디오도 없었고, 그 전에도 거의 그런 것을 시청한 적이 없다는 것을. 자취방에 있는 가전제품이라고는 작고 낡은 전기밥솥뿐이었거니와 책장이나 의자, 책꽂이 따위도, 비닐옷장이나 개다리소반조차도 없었다. 너는 그저 베개에 기대 책을 보고 바닥에 앉아 쉬어 말라비틀어진 김치 하나로 밥솥째 밥을 먹곤 했다.

그럼에도 널 볼 때마다 네 그 모습은 그대로 철창에 갇힌 '빨간 피터'의 모습과 오버랩이 되곤 하였다. 피터는 말했다. "저의 원숭이 습성이 저에게 가까운 것보다 당신들의 원숭이 습성이 당신들에게 더 가까울지도 모릅니다." 그런 피터를 쏙 빼닮은 네가 정작 피터를 모른다는 게 신기했다.

말수가 적은 네가 간간이 술에 취해 몇 마디씩 꺼낸 것을 종합해보면 이랬다. 고등학교를 그만둔 뒤, 소도시 외곽에 있는 외삼촌의 빵집에서 일을 시작했다. 빵집은 겨우 파리 날리지 않을 정도였고, 넌 허드렛일을 해주고 숙식을 해결하는 것이 거의 전부였다. 말 그대로 입 하나 덜기 위해 보내진 것이었는데, 날짜 지난 빵이나 식은 밥으로 허기를 때우기 다반사였다. 처음에는 급료를 꼬박꼬박 준다느니 목돈을 만들어 준다느니 했던 것도 나중에는 "먹여주고 재워줬으면 됐지, 내가 언제

급료까지 준다고 했느냐"는 말로 흐지부지되고 말았다. 몇 달 지나 장사가 시원치 않게 되자 외삼촌은 놀면 뭐하냐며 신문 배달까지 시키고 월급을 빼앗아갔다. 하지만 그마저도 성에 차지 않았는지 두어 달 뒤가 되자 "밥이 아깝다"는 말로 널 주눅들게 했다. 그날 밤 너는 지폐 몇 장과 비닐봉지 가득 단팥빵을 훔쳐 인근 도시로 도망을 갔다. 넌 내게, 아마 모를 걸 하는 표정으로 물었다.

"빠, 빵 중에 제, 제일 맛있는 빵이 뭐, 뭔 줄 알아?"

단팥빵을 훔쳤다고 했으니 단팥빵이었겠지 싶어 내가 단팥빵이라고 했을 때, 넌 예의 바람 새는 웃음소리로 히물거리면서 대답했다.

"그게 아, 아니야……. 후, 훔친 빵."

네 발로 찾아간 중국집 배달 일은 채 한 달도 채우지 못하였다. 기계치에 방향치인 네가 가까스로 오토바이를 배워 몰고 나갔지만 길을 찾지 못해 같은 길을 빙글빙글 돌기 일쑤였고 하루 걸러 부딪치고 미끄러져 사고를 내었던 것. 단무지를 빼먹거나 나무젓가락을 챙겨가지 않는 일도 비일비재, 그릇을 엎고 국물을 몽땅 흘리는가 하면 심지어 빈 철가방을 들고 배달을 가곤 했으니 날마다 주인의 구박과 주먹세례는 당연지사. 이 무렵부터 너는 중국집 빼갈로 술을 배우고 담배를 입에 물기 시작했다. 사십 도가 넘는 술로 위장을 씻고 독한 담배연기로 폐를 채우면서 너는 차가운 눈물을 흘려야만 했던 것이다.

당연한 말이지만 그 뒤에 일하게 된 철공소와 주물공장에서는 육체적으로 힘들었다. 열일곱 살짜리가 감당하기에 체력은 턱없이 부실했고 무엇 하나 잡는 것도 옮기는 것도 해내기 어려웠다. 허둥대다가 휘청거리고 자빠지거나 엎어지면서 욕을 먹고 매를 벌었다. 그도 그럴 것이, 자칫 잘못하면 스스로 혹은 같이 일하는 작업자에게 치명적인 상처를 입힐 수도, 심지어 죽게 할 수도 있는 일이기 때문이었다. 그제야 넌 또래 중에서도 가장 작은 축에 속해 교실에서나 운동장에서 늘 맨 앞줄이었던 것을 상기했다. "니는 이런 데 말고 짱깨집 같은 데나 가서 일해. 그래야 뭐 하나라도 얻어묵지." 텁석부리 사장은 너의 등에 대고 다시는 힘쓰는 공장에 가서 여러 사람 애먹이지 말라며 가래를 내뱉었다.

"내 잘못이다, 내 잘못……."

어머니는 여기저기 퍼런 멍이 든 너의 손을 잡고 내내 눈물을 쏟았다. 열두 살 차이가 나는 큰형은 먼 산을 보며 담배만 빨아대었다.

"니는 몸으로 묵고살 팔자는 아닌갑다. 다시 공부해봐라. 그 대신에 꼭……."

때마침 돈이 생겼다. 토양이 워낙 나빠 무얼 심어도 소출은 고사하고 품값의 반의 반도 건지기 어렵던 묵정밭이 도로에 편입된 것이었다. 많지 않은 보상금의 대부분은 날아가버린 비닐하우스로 인해 진 빚을 갚는 데 쓰였다. 큰형은 얼마 남지 않은 돈으로 중고 트럭이라도 사고 싶었다. 하지만 어머니가 불쌍한 막내 운운하며 날마다 눈물바람이었던 탓에 도축장에 끌려가는 소처럼 내키지 않은 걸음을 옮겼던 것이다. 큰형은 그런 심정을 굳이 숨기지 않았다.

"나중에 본전이나마 찾을 수 있을랑가 모리것다만, 허는 디꺼지는 해봐라. 그 대신에 꼭, 니가 우리 집안을 일으키야 된다이. 알것나!"

너는 다시 빵집도, 중국집도, 공장에도 가고 싶지 않았기에 그러마고

선선히 대답했다. 이듬해 검정고시를 보고 대입 학력고사 성적에 맞춰 그 중 등록금이 싼 대학을 선택했다.

넌 네 집안에서 유일하고 동네에서도 몇 안 되는 대학생이 되었다.

책숲

너를 가장 먼저 알아본 이들은 연극동아리 부원들이었다. 그들 중 몇은 〈빨간 피터의 고백〉에 감명을 받아 연극을 시작했다고 하였다. 그들은 그 희곡의 여러 대목을 줄줄 외고 있기도 했다. 물론 닮은 외모로는 연기가 저절로 되지 않는다는 사실을 잘 알고 있었다. 그럼에도 불구하고 내가 그랬던 것처럼 그들도 네가 그냥 지나치기에 너무나 그 배우를 빼박았기 때문에 모르는 사이에 너에게로 한 걸음 다가가게 되었던 것이다. 그들은 너에게 대본을 내밀며 연기해달라고, 아니 '리딩'이라도 해달라고 부탁했다. "존경하는 학술원 여러분! 여러분들은 저에게 본인의 원숭이 시절에 대한 보고를 제출하도록 부탁한 영광을 베풀어주시었습니다"라고 시작하는 대본이었다. 물론 너는 피터가 "원숭이 시절이 끝난 지는 이미 거의 5년이나 되었기 때문에 본인은 유감스럽지만 그 부탁에 응할 수가 없습니다"라고 했던 것보다 더 완곡히 거절하였다. 그러나 그들은 쉬이 포기하지 않았고, 이어 채 일 분이 지나지 않아 초파일에 물고기를 방생하듯 너를 풀어주고 말았다. 긴장하면 더 말을 더듬게 되는 네가 할 수 있는 일이 아니라는 것을 이내 깨닫게 되었기 때문이다. 문을 나서는 등 뒤에서 누군가 내뱉는 말을 너는 듣고 말았다.

"원숭이 시절에 대해 보고를 해보랬더니, 아직도 원숭이 시절이네 뭐. 진화가 덜 된 것 같아……."

너는 화끈거리는 얼굴을 감추기 위해 도서관으로 스며들 듯이 잠입했다. 곰팡내와 섞여 코를 자극하는 오래된 책 냄새가 너에게 오히려 편안함을 주었다. 네가 도서관을 항상 찾게 된 이유는 분명했다. 고등학교를 그만둔 사이 다른 친구들이 차근차근 쌓았던 정상적인(?) 과정을 따라잡기 위해서였다. 내가 뭐가 정상적인지 알 수 없거니와 그런 건 있다고 생각하지 않는다고 해도 너는 믿지 않았다. 또 하나, 가난한 네가 선택할 수 있는 유희가 거기에 있었기 때문이다. 고등학교라는 감옥에서 삼 년 만기출소한 동기들은 무언가에 하나씩 미쳐들 있었다. 미팅하고 여자애들 꽁무니를 따라다니기, 당구나 볼링 치고 밤이면 술 마시기, 각종 동아리 활동 따위였다. 그때의 상황에 대해 나는 언젠가 이렇게 쓴 적이 있었다.

> 나는 갓 열아홉에 대학 1학년이었으므로 거의 제정신이 아니었다. 역사와 전통을 자랑하던 고등학교에서 새벽부터 밤 11시까지 3년 간의 수감생활을 아무런 말썽 없이 끝낸 것은 기적에 가까운 일이었다. 두부를 먹고 때를 벗겨내는 것이 무엇보다 중요했다. 수감생활이 끝나자마자 무얼 찾아야겠다고 생각했던 것은 아니었다. 교도소 문을 나서는 수감자들이 으레 푸른 하늘을 올려다보며 양미간을 찌푸리듯이, 갑자기 찾아온 자

유에 어지럼증을 느끼며 지향 없이 주위를 두리번거렸다.

대학 입학 때까지 2본 동시상영관에 틀어박혀 영화 보면서 수음을 했고, 당구를 쳤고, 온갖 술을 마셔댔다. 하루 종일 음악다방에 죽치고 앉아 몇 번씩 반복되는 팝송을 듣고, 심야다방에서 쌕쌕이(포르노비디오)를 보다가 또 수음을 했다. 돈이 떨어지면 돌아가면서 자기 집에 친구들을 데리고 들어가 집을 털었다. 주목적은 돈이었지만 돼지저금통마저 없으면 술, 담배, 돈이 될 만한 물건, 그마저도 없으면 밥이라도 축내고 나와야 했다.

입학식이 있던 날도 그랬다. 밤새 화질 나쁜 포르노를 보느라 벌개진 눈을 비비며 심야다방에서 밀려난 우리는 역 앞에서 술에 엉망으로 취한 늙은 창녀를 만났다. 얼추 마흔 다 되어 보이던 창녀는 입술을 기묘하게 일그러뜨리며 누구에겐지 모를 욕을 퍼부었고 우리는 그녀를 신기하게 바라보았다. 그리고는 돌아가면서 가슴과 성기를 만지게 해주었기 때문에 우리는 입학 선물로 그녀의 점액을 묻힌 채 대학 입학식에 갔다.

그렇게 우리의 출옥 축제는 간소하게 끝나버렸다. 그러나 두어 달 간의 자유를 만끽했다는 따위의 느낌은 어디에도 남아 있지 않았고, 달려가야 할 곧인 지점도 발견하지 못하였다.

언급한 건 사실 일부에 불과했는데 그 중에서 가난한 네가 할 수 있는 건 거의 없었거니와 성정에도 맞지 않았다. 그럼에도 너는 우리가 하는 건 무엇이든 따라했다. 도전을 거부한 경우는 거의 없었다. 고무신에 소주를 채워서 마시고 담배 한 갑을 한꺼번에 피웠으며, 게임비를 걸고 당구를 치고 시위대 맨 앞에 서서 짱돌을 던지기도 했다. 미팅에 나갔다가 폭탄 취급도 당해보고 나이트클럽에 가서 막대기 취급도 당해보았다. 성정에 맞지 않으니 너의 도전은 차츰차츰 시들해지고 여름이 오기 전에 사라져갔다.

그 후 네가 정상적인 세상을 배우기 위해 선택한 것은 도서관이었고 책이었다. 너는 도서관을 '책숲'이라고 불렀는데, 그것은 미처 가보지 못한 대도시와 문명에 대한 상징 같은 것이었다. 책숲에서 너는 햇빛처럼 쏟아져내리는 자본주의와 온갖 욕망을 보았고, 또 한밤중 뒷골목 같은 무기력과 허탈, 혐오를 발견하기도 했다. 성자와 철학자, 막노동꾼과 불구자와 창녀를 같은 테이블 위에서 만났다. 그들 틈서리에서 초라하게 웅크리고 있는 시인과 오랜 시간 동안 이야기를 나누기도 했다.

책숲은 숲과 비슷한 면이 있었다. 가령 소나무숲이 있고 대나무숲이 있듯이 특정한 군락을 이루고 있는 경우 다른 나무가 들어서지 못하듯, 책숲에도 특정한 군락이 많아 다양한 나무가 들어서지 못하는 요인이 되기도 했다. 그러다보니 비교적 편하게 이야기가 잘 통하는 시인을 다양하게 만나기는 어려웠다.

너는 서점에도 자주 갔는데 거기엔 도서관과 다른, 냄새로 치면 새잎과 낙엽의 그것, 색깔로는 초록과 단풍, 사람으로는 지혜로운 노인과 패기 있는 젊은 학자의 차이 같은 느낌이 있었다. 서점에서 너는 한참 서서 책을 고르는 척 보다가 무람하게 주위를 살피며 나오기 일쑤였다. 어쩌다 시집 한 권을 사들고 버젓이 나오는 경우도 있었는데, 그것은 네가 버스비를 아끼고 점심을 거른 데 따른 보상일 때가 많았다. 그렇게 해서 너는 서정주, 박재삼, 박용래, 김관식 시인 등과 사귀었다. 나중에 만난 김수영 시인과는 요즘 말로 '절친'이 되었다.

너의 책 의존도는 갈수록 심화되었다. 책을 통해 사람과 세상을 이해했고, 실제 사람이나 세상이 이해되지 않을 때면 책을 뒤적이곤 하였다. 책을 보면 볼수록 궁금한 것이 생겨났고 그것을 해소하기 위해 다시 책을 읽을 수밖에 없었다. 꽃이나 사람을 보고 시를 쓰는 게 아니라 시를 읽은 뒤 시를 쓰는 식이었다.

시가 너의 길이라고 생각했고, 집에서는 그게 정확히 무얼 하는 것인지 몰랐다.

찔레

내가 같은 과 여학생에게 반해 문학동아리에 들어갔을 때 너는 나보다 일주일 먼저 가입해 있었다. 빨간 피터를 발견하고 반가워서 한 발짝 다가가기는 했어도 사실 내 눈에는 그 여학생밖에 들어오지 않았다. 사람들 사이에 있으면 돋보이고, 고귀한 것까지는 아니어도 살짝 귀티가 나는 여자애였다. 또래보다 약간 성숙하였고 신입생처럼 보이지 않았지만 한 해 먼저 대학생이 되었다고 "하늘 같은 선배" 운운하는 2학년 이상으로 보이지도 않았다. 나중에 안 사실인데 아버지가 같은 대학 생물학과 교수라고 했다. 동아리 선배들은 그녀를 '들장미'라고 불렀다. 첫 합평회에 「찔레꽃」이라는 제목의 시를 내놓았기 때문인데, 누군가 서양에서는 들장미라 한다더라 운운한 뒤 어느새 그녀를 지칭하는 말이 되었다.

"드, 들장미가 머고! 그냥 찌, 찔레라고 하든가."

너는 술잔을 소리 나게 놓으며 이기죽거렸다.

그런데 얼마 지나지 않아 찔레가 너를 눈여겨보고 있다는 사실을 알게 되었다. 키도 작고 배우를 닮았다고 하지만 결코 잘 생긴 얼굴이 아닌데다가 '촌닭' 냄새 풀풀 풍기는 너를 말이다. 하기야 그게 외모의 문제가 아니라 네 시를 좋아한다는 것이었지만 그 사실을 알고 나서도 그다지 이해가 되지는 않았다. 〈목가牧歌〉라는 동아리 이름에서 드러나듯 선배들이 대체로 서정시를 선호하였으니 일견 당연해 보였지만 나는 생각이 달랐다. 너도 알다시피 그때는 이른바 민중시가 주류였고 글쟁이도 사회구성원의 한 부분이니 사회문제에 눈감아서는 안 되었다. 결국 나는 선배들과 부딪칠 수밖에 없었고, 문학이 순수해야 한다고 굳게 믿었던 찔레와의 접점을 만들지 못하였다. 나는 그녀에게로 향한 관심을 일찍 접고 말았다.

"나는 찌, 찔레 지, 집에 찾아간 적도 이, 있다. 니가 군대 가 있을 때……."

한참 뒤에 네가 말했을 때 나는 갑작스러운 너의 고백에 피식 웃고 말았다. 군대 제대하고 복학했을 때였으니까 이미 내 마음에 남아 있지 않았는데 문득 그녀의 이름이 거론되자 그때 기분이 되살아났던 것이다. 그녀도 이미 졸업해 한 시간 남짓한 거리의 중학교에서 교편을 잡고 있다고 했다. 대강 집 주소를 알아낸 뒤 너는 제법 격식을 차려 꽃다발까지 준비했다던가. 하지만 차마 초인종을 누르지는 못하고 돌아서야 했다. 네가 지금까지 본 집들 가운데 가장 컸던 것이다. 마침 문이 열리고 자동차 한 대가 나오자 너는 그저 지나가는 사람인 양 총총히 스쳐지나갔다. 그런데 무슨 드라마의 한 장면처럼, 차 뒷좌석에 앉은 찔레와 눈이 딱 마주치고 말았다. 그녀에게 줄 꽃다발을 든 채.

포기하고 잊으려고 했다. 차이가 나도 너무 났다. 집안이나 신분의 차이가 커도 사랑만 있으면 맺어질 수 있는 건 드라마에서나 가능한 이야기였다. 텔레비전을 보지 않았지만 그런 시시껄렁한 이야기는 도서관 여기저기에 얼마든지 널려 있었다. 특히 찔레가 너에게, 네 시를 좋아할 따름이지 다른 느낌은 전혀 없다고 했을 때 가시에 찔린 듯 움찔했고 달팽이처럼 네 속으로 몸을 웅숭거렸다.

너는 가난을 부끄러워하고 친구들을 부러워했지만 그것을 인정하려 들지는 않았다. 그것은 네 의지와는 상관없이 비자발적인 것이었고 무엇보다 너는 자신의 재능에 대한 자부심이 있었기 때문이다. 그렇다고 가난과 초라함에 대한 느낌은 줄어들지 않았는데, 찔레와의 일 이후 더욱 심해졌다. 곰팡이가 핀 자취방과 냄새나는 이불, 색이 바랜 잠바 따위가 싫었다. 게다가 자신을 볼품없게 낳아준 부모마저 미워졌는데, 나중에는 그렇게 생각하는 자신의 비루한 마음까지 증오하고 혐오했다. 이때만큼은 너의 재능도 도움이 되지 못하였다.

너는 술에 취해 책숲에서 주워든 정보들을 늘어놓았다. 가령, 로미오와 줄리엣 효과라든가, 걸맞추기 원리, 고슴도치 딜레마라든지. 부모가 반대할수록 애정이 더 깊어지는 로미오와 줄리엣 효과는 단지 드라마

작가와 배우들을 위한 특별 메뉴에 지나지 않는다, 사람들은 태도와 가치관이 유사한 사람들을 더 선호할 뿐만 아니라 인종, 종교, 문화, 정치, 사회 계층, 교육 수준, 연령이 유사한 사람들을 그렇지 않은 사람보다 더 좋아하는데 걸맞추기 원리가 작동하기 때문이다, 물론 전혀 어울릴 것 같지 않은 사람들이 친하게 지내는 경우도 있지만 그건 어디까지나 예외일 뿐이다, 그래서 너는 늘 스스로를 감추고 상대방과 일정한 거리를 두려고 하는 고슴도치 딜레마에 빠져 있다, 그러면 피차 서로 간섭할 일도 없고 부딪칠 일도 없기 때문에 부담이 없고, 상대방으로부터 상처를 받을 일도 없으므로 스스로를 방어할 수 있다, 하는 말들을 혼잣말하듯 밤새 주절거렸다.

정상적인 과정을 따라잡기 위한 너의 노력과 좌절은 술자리 안주가 되곤 했다.

팥빵

너는 빵을 좋아했고, 그 중에서도 단팥빵을 유난히 좋아했다. 항상 훔친 빵을 먹을 수는 없으니까 그런 거라고 너는 헐렁하게 웃으면서 말했다. 한창 배고플 때 갓 구운 빵에서 나는 냄새의 강렬한 유혹과 외삼촌의 엄격한 눈초리 사이에서 침만 삼켜야 했던 기억이 남긴 영적靈跡이었다.

한번은 졸업한 선배 몇이 동아리를 찾아왔다. 졸업을 앞둔 4학년 선배가 작은 문학잡지로 등단하게 된 것을 축하하기 위한 자리였다. 일차에 이어 이차 자리에 열댓 명이 둘러앉고 술과 안주를 공수해오기로 했다. 선배들이 돈을 내고 막내인 우리 동기 중 하나와 네가 갔다오기로 되었다. 문학잡지의 성향에 대한 이야기, 심사위원의 경력과 뒷담화, 등단작에 대한 감상평, 졸업한 선배들의 먹고사는 일의 고단함 따위가 마구 뒤섞였다. 술 사러간 녀석들이 술공장까지 갔다오느냐는 핀잔이 쏟아진 후 마침내 네가 돌아왔다. 곧 너에 대한 질책과 조소, 한숨이 거의 동시에 터져나오고 한바탕 소란이 일었다. 술과 함께 안주라고 사온 게 과자부스러기와 빵공장에서 만들어진 단팥빵 스무 개 가량이 전부였기 때문이다. 시간이 늦어 문을 연 가게가 드물었느니, 구멍가게에 그런 것밖에 없더라느니, 하는 변명은 차라리 그럴 듯했다. 이어 네가 단팥빵이 안주로 꽤 괜찮다고, 그렇게 혼자 자주 먹는다고 했을 땐 급기야 장탄식이 흘러나왔다. 다행히 술을 많이 마시지 않는 여자 선배 몇이 그럴 수도 있지 않느냐고, 그만큼 네가 순수하다는 뜻이지 않느냐며 대변해주었다. 결국 2학년 선배 둘이 나가서 다른 안주를 더 사오는 것으로 그날 밤의 소란은 일단락이 되었다.

그날 네가 사온 단팥빵을 먹었는지에 대한 기억은 없다. 등단한 선배의 구두에 소주를 채워 마신 후 정신을 잃고 말았던 것이다. 나중에 물어보았지만 다른 동기 녀석들도 기억하지 못하였고 너 역시 그저 피식 웃어넘겼을 따름이다. 아이들도 빵봉지 안에 든 애니메이션 스티커나 카드만 갖고 빵은 버리는 판국에 노인네처럼 빵을 오물거리는 너의 모습은 오래 뇌리에 남게 되었다.

군대 제대 후 3학년, 너의 어머니가 돌아가셨을 때였다. 병원이나 장례식장에 모시지 못하고 집에서 장례를 치를 수밖에 없었던 궁핍도 궁핍이지만 다 쓰러져가는 슬레이트 지붕에 방 두 칸짜리, 한 발 크게 뛰면 울타리에 부딪칠 것만 같은 좁은 마당, 그런 집 꼴에 마음이 아려왔다. 군데군데 풀이 자라는 지붕을 보며 봉분이 떠오르는 걸 애써 지우느라 여러 번 고개를 가로저어야 했다. 같이 갔던 우리는 엄숙한 표정을 지어 보이려고 미간에 힘을 주었다. 그런데 너는 후배에게 곧장 다가갔고, 후배는 수줍게 비닐 봉지에서 단팥빵을 꺼내 내밀었다. 비닐 봉지를 뜯어 단팥빵을 어머니 영정 앞에 놓은 너는 다른 하나를 베어물었다.

"학교 자, 자퇴하고 외삼촌 빠, 빵집에 갔을 때 처음 다, 단팥빵을 먹어　어. 아, 세상은 이, 이런 맛이구나 싶었어. 부, 부드럽고 달달하고. 그, 그때부터 내 이, 입맛의 기준은 다, 단팥빵이 됐어……."

천천히, 아주 천천히 단팥빵 하나를 다 먹은 너는 또 천천히 청자 한 개비를 꺼내 물면서 말했다. 담배연기를 뿜으며 너는 도시가 있는 쪽을 응시했다. 그런 네 눈 속에서 백열등 붉은 빛이 불안하게 흔들렸다. 많지 않은 조문객의 발길은 일찌감치 끊겼고, 도시의 불빛은 별빛보다 더 멀고 멀었다.

최근 중학생이 되는 딸아이의 생일 케이크를 사면서 단팥빵 하나를 같이 샀다. 부드럽고 달달한 게, 맛있었다.

여정

너는 공무원이 되었다.

대학을 졸업하자 큰형이 너를 불러내렸다. 그동안 너에게 들어간 돈의 상세내역을 숨도 쉬지 않고 읊었다. 너는 비싼 교재도 사지 않고, 수시로 밥을 굶으며, 보내준 쌀과 김치로 겨우 연명하였고, 계절옷 한두 벌로 추위와 더위를 견뎠는데 생각해본 적도 없는 액수를 얘기하는 것에 놀랐다. 큰형의 말은, 당연하게도 그걸 갚으라고 하는 건 아니었다. 그런데 그 돈이면 남들처럼 입식 부엌도 들이고 욕실과 화장실을 집안에 만들 수도 있었을 거라고 했다. 집 앞 논이 싸게 나왔을 때 살 수도 있었을 거고, 어쩌면 애써 키운 작물을 중간도매상에 넘기지 않고 트럭을 사서 제값을 받고 팔았을 수도 있었을 거라고도 했다.

"집안에 농협 직원이나 면서기 하나만 있어도 사는 게 그나마 손해 덜 보고 낫다던데……."

그래서 넌 면사무소 직원이 된 것이다. 학교에 보내주었으니 그 다음 수순은 안정적인 직장을 구해서 다니는 것이 가난을 탈출할 수 있는 길이었다. 당연히 큰형은 기꺼워하며 얼마간 목에 힘을 주고 다녔다. 단지 그뿐이었다. 너는 반 년을 채 다 채우지도 못하고 철밥통이라는 면서기 직에 사표를 던졌다.

너는 주민등록 등초본을 출력하고 인지를 붙이고, 일지를 작성하는 일을 반복했다. 민원인들로부터 욕설을 듣고 멱살을 잡히기도 했다. 너의 느린 말투와 굼뜬 행동은 민원인뿐만 아니라 모든 윗사람들을 화나게 만들었다. 그러다가 겨울에 접어들면서 논두렁을 태우고 산불이 나는 곳을 쉼없이 뛰어다녀야 했다. 과장이나 계장이 손가락으로 가리키면 너는 꽁지에 불붙은 것처럼 달려가 불을 꺼야 했다. 소방차가 들어갈 수 없는 야산이었고 소방관도 태부족이었다. 뭔 놈의 불이 그리 많이 나는지, 그러고도 아직 멀쩡한 산이 많다는 데 놀랐다. 종일 그러고 나면 너무 지쳐 술 한 잔 마시고 잠자기 바빴다. 시 한 줄 쓰기는 고사하고 책 한 줄 읽기도 어려웠다. 살아간다는 일이 구차한 것이라는 문구를 읽었지만 받아들이기 어려웠다.

결정적으로 너를 절망에 빠트린 건 면장의 한마디였다.

"젊은 놈의 자식이 그리 헬렐레해서 어따 써먹겠냐. 장마 지고 홍수 나면 헤엄을 쳐서라도 뛰어가야 되고, 가뭄이 나면 또 사막을 기어서라도 가야 되는 게 공무원이라. 체력이 있어야 되는 기라, 체력이!"

그제야 너는 적지 않은 수의 지방직 공무원이 재난현장에서 숨을 거두고 과로사하기도 한다는 사실을 알았다. 그렇게 평생을 살아야 한다고 생각하자 앞이 캄캄해졌다. 직급이 올라가면 달라진다고 하지만 쳇바퀴를 돌리는 다람쥐 신세와 크게 달라보이지 않았다.

큰형의 악담은 상상 이상이었다. 그렇게 고생해서 대학 공부까지 시켜놨더니 애먼 사람 고생만 시키고 집안만 말아먹었다. 인간의 탈을 썼다면 차마 이럴 수는 없는데, 저런 놈을 믿고 집안을 일으켜달라고 부탁했던 게 한심하다. 형수는 저주까지 퍼부었다. 머리 검은 짐승은 거두는 게 아니라더니 그 말이 천번 만번 옳은 말이었다. 머리 좋다고 해서 우리 새끼들 못 먹이고 못 입히면서 기껏 돈 퍼부었더니 배신도 이런 배신이 없다. 십 리도 못 가서 발병 나고 다리몽둥이가 똑 부러져서 천벌을 받아 마땅한 일이다. 물론 육두문자를 쓴 더 심한 욕설도 있지만 다 옮겨 적기 어려울 지경이었다.

너는 당황했지만 한편으로 큰형에게 그런 소리를 들어 마땅하다는 생각도 했다. 동시에 그동안 너를 옭아매고 어떤 것이 '팅' 혹은 '쨍', 뭐 그 비슷한 상쾌한 소리를 내며 깨져나가는 것 같은 느낌이 들었다.

그 후 너는 여러 가지 직업을 전전했다. 평범한 샐러리맨에서부터 작은 신문사와 출판사, 학원 강사와 학습지 교사, 주유소나 편의점 아르바이트, 은행과 마트 경비 등 셀 수 없을 정도였다. 하지만 너의 의지와 달리 대개는 한 달을 넘기지 못하였고 최장 석 달을 미처 채우지 못하였다. 그들은 모두 빠릿빠릿하기를 바랐고, 말을 더듬지 않기를, 좀 더 맑고 높은 소리로 말하기를, 밝고 환한 표정을 지어주기를, 홍시 먹은 노인같이 바람 새는 웃음소리를 내지 않기를, 심지어 이미 세상에 없는 연극배우와 닮지 않았으면 좋겠다고 하는 이도 있었다. 너는 그들의 요구를 들어주기 위해 십분 노력했다. 그동안 네가 해온 일이었고 익숙한 과정이었다. 하지만 곧 포기하고 말았다. 하나를 고치면 금세 다른 요청을 해오고 또다른 요구를 해오고, 그런 과정이 반복되기 일쑤였기 때문이다.

너는 사람들의 요구를 영원히 채워주지 못하는, 어쩌면 전혀 다른 종족일지도 모른다는 생각을 하기 시작했다. 이 지구상 어딘가의 알려지지 않은 부족이거나 외계인이거나.

행자

늘 그랬듯이 어느 날 문득 너는 대학원에 진학했다. 시 공부를 다시 시작하고 여기저기 투고도 했다. 너는 인생에 활기를 불어넣고 무언가 돌파구를 만드는 것처럼 보였다. 지도교수는 너의 시에 호평했고 격려했다.

거기까지였다. 신춘문예고 문예지고 최종 당선작 명단에 너의 이름이 실리는 일은 일어나지 않았다. 본심에 올라간 일이 몇 번 있었을 뿐이다. 최종심 경쟁작에 비해 항상 뭔가가 모자랐고 그것은 영원히 채울 수 없는 것이었다. 하나를 채우면 또 다른 게 모자랐고, 뭐가 모자라고 부족한지 설명되지 않는 일도 있었다. 지도교수가 권하는 그렇고 그런 매체에 너는 관심이 없었고, 네가 관심을 둔 매체는 너에게 관심이 전혀 없는 듯 보였다.

석사 과정이 채 끝나기 전에 너는 사라졌다. 그렇게 온전히 네 모습을 감춘 것은 처음이었다. 직장을 옮기거나 뭔가 다른 것을 할 때 잠시 연락이 안 될 때가 있기는 했으나 한 달 이상 그런 일은 없었다. 다시 연락이 온 건 그로부터 일 년이 훌쩍 지난 뒤였다.

"나 고, 고기 좀 사주라."

너는 전화로 그렇게 말했다.

나는 너를 보고 벌어지는 입을 다물지 못했다. 네가 머리 깎고 먹물 옷을 입은 채 나타날 것이라고 꿈에서조차 생각해본 적 없었다. 점심시간이 지난 시각, 허름한 식당에 들어간 너는 삼겹살에 소주 한 병을 해치웠다. 네가 그렇게 음식을 맛있게 먹는 모습을 일찍이 본 적이 없었다. '사람과 짐승 사이에 낀 존재'라는 말이 있을 정도로 힘들고 서럽다는 행자 신분의 너는 빨리 가봐야 한다며 나타날 때처럼 홀연 또 사라져버렸다. 마치 뭔가에 홀린 것 같은 기분이었다.

"다, 담배 좀 사다주라."

한 달쯤 지난 뒤였다. 너는 그렇게 전화해왔고, 나는 일주문 근처에서 은밀히 접선하듯 너에게 담배를 전해주기도 했다.

아름드리 은행나무 뒤에서 담배연기를 깊게 빨아들이는 네 표정은 크게 흔들리고 있었다. 네 스스로의 모습을 가감 없이 들여다보고 싶어서 산문에 들었는데 그 과정이 녹록치 않다고 했다. 평범한 사람들의 삶을 흉내내고 따라가는 것이 쉽지 않았듯이 승려 시늉하는 것도 만만한 일이 아니라는 것이었다.

아니나 다를까, 일주일 뒤 다시 갔을 때 절집 어디에서도 네 모습은 찾아볼 수 없었다. 절집에서의 예절과 염불, 경전과 강령 등은 물론이고 잡일까지 해야 하는 빠듯한 행자 생활이 너에게 맞았을 리 없었을 것이다. 생각해보면, 네가 스스로의 자아를 외면하고 저잣거리든 산문이든 그 울타리에 자신을 밀어넣고 살아가기란 애초에 불가능했던 것은 아닐까?

내 기억 속의 빨간 원숭이 피터는 말했다. "저는 근본적으로 늘 혼자였습니다. 함께했던 그 모든 것들은 그저 주변의 풍광에 불과했고 나무 울타리처럼 그저 멀찍이 서 있을 뿐이었으니까요."

풍설

그게 마지막이었다. 너는 내 앞에 나타나지도 않고 전화를 걸어오지도 않았다. 다만 네가 생각이 날 때면 "고, 고기 좀 사주라" 혹은 "다, 담배 한 갑만 사다주라"는 말만 귓전을 맴돈다. 그건 마치 빨간 원숭이 피터가 더 이상 인간 흉내를 내지 않고 따라하기를 포기한 채 본연의 자기 모습으로 돌아가려는 선언처럼 들리기도 했다. 인간 선언이 아니라 빨간 원숭이 선언.

몇 가지 풍설이 날아들기는 했다. 인력시장에 나가 노가다 뛴다더라, 빌딩 보일러실에서 일한다고 하더라, 몸이 좋지 않아 노량진 고시원에서 총무 일을 한다더라, 막일을 하다가 다리를 다쳤는데 그게 덧나는 바람에 절룩이며 걷는다더라, 서울역 근처 노숙자가 되어 있는 걸 얼핏 본 사람이 있다더라 등등. 다른 소문도 있다. 너의 고향 친구들 쪽에서 나온 이야기인 것으로 보이는데, 큰형과는 완전히 의절하고 전혀 내왕이 없는 것 같더라, 네가 완전히 몸이 망가져서 언젠가 누나 집에 한번 찾아갔다더라, 그런데 누나도 널 거두어줄 수 있는 형편이 아니라서 간 날로 되돌아갔다더라 등등.

사실 이제와 생각해보면 나는 제법 너와 가깝게 친구로 지낸 것 같은데 넌 그러지 않았던 것이 아닌가 싶을 때가 있다. 풍설로만 너를 기록할 수밖에 없는 상황을 생각하면 그렇다. 친구인 줄 알았는데, 혹은 친밀감을 가진 인간이라고 생각했는데 알고 보니 네가 아닌 내가 침팬지였던 게 아닐까 하는.

이 기록에 하나 더 사족처럼 붙이는 건 가을바람에 흩날리는 낙엽 같은 주변 이야기 몇뿐이다. 너의 큰형은 홀로 폐가가 되다시피 한 시골집에 남아 술과 나쁜 추억 속에서 마치 무덤 속에 든 것처럼 살아간다고 한다. 누나는 봄이면 나물을 뜯기 위해 들판을 기어다니고 여름 가을이면 약초를 캐기 위해 높고 낮은 산을 오른다고 한다. 그러는 동안에도 너에게서 새로운 전화번호는 도착하지 않았고 너에게로 보낸 우편물은 파란 수취인불명 도장이 찍힌 채로 되돌아왔다. 나는 옛날 이야기의 마지막처럼 그 뒤로 네가 여우 같은 마누라와 토끼 같은 자식 낳고 잘 먹고 잘 살았다는 소문이 날아들기를 아직도 기다리고 있다.

그러다 원숭이를 닮은 것도 같고 그렇지 않은 것도 같은 사람이 "나는 자연인"이라고 외치며 깊은 산으로, 혹은 섬으로 가더라는 풍문을 더러 듣기도 했다.

멘붕시대

멘붕시대

1…

이곳 사람들은 웅걸을 알아보지 못하였다. 그저 새파랗게 젊은 놈이 외제차를 끌고와 촌에서 폼잡는 것쯤으로 치부했다. 얼마나 못난 놈이기에 조그만 소읍에서 똥폼을 잡나 입을 삐죽였다.

“쟈들이 이런 디 머하러 왔시까?”

철물점 주인과 옆집 구멍가게 노인이 소주잔을 기울이다 의아해하는 눈빛을 건넸다. 곧 그들은 웅걸이 다른 데 눈길 한번 주지 않고 국밥집으로 향하는 걸 알았다. 젊은 축들은 고사하고 늙은 축들이나 간간이 들르는, 허름하기 짝이 없는 식당이었다. 그제야 두 사람은 어렵사리 그가 웅걸임을 알아보았고 무슨 일인가가 진행될 것임을 직감했다. 웅걸이 소읍에 다시 나타난 것부터 그랬다. 돌아오기는커녕 이쪽 방향으로는 오줌도 안 눌 것처럼 떠났던 터였다.

“어, 저, 저…….”

웅걸도 웅걸이지만, 두 사람이 말을 잇지 못한 것은 함께 나타난 미려 때문이었다. 테레비에서 간간이 보여주는 핫팬츠를 보긴 했어도 실제로 눈앞에서 보는 것이 그런 느낌인 줄은 몰랐다. 미려의 핫팬츠를 보고 ‘아하, 그게 그냥 사각빤스 만한 걸 말하는 것이었구나’ 고개를 주억이게 되었다. 구멍가게 노인은 저도 모르게 동공이 확장되면서 아랫도리가 순간적으로 급속 팽창하는 고마운 경험을 했다. 철물점 주인은 마침 재미있는 구경거리를 만난 것처럼 슬리퍼를 끌며 국밥집을 기웃거렸다.

"죽을 때도 안 됐는데 머허로 왔노? 잡놈으 새끼."

웅걸의 어머니 미자 씨는 하릴없이 국자로 솥뚜껑을 탕탕 치며 욕을 퍼부었다. 석녀石女인 그녀는 아이를 낳지 못하였고, 웅걸을 낳은 생모는 핏덩이만 남겨두고 소읍을 떠나버렸던 거였다. 이름도 모르고 성도 몰랐다. 생전에 웅걸의 아버지 재곤도 그저 김양이라 하다가 화가 나면 씨발년이라고 했다. 미자 씨가 제 배로 낳지는 않았어도 어미 노릇하느라고 소젖 사서 먹이고 따뜻이 입히고 재워 웅걸을 키웠지만 살가운 정은 없었다. 그동안 속끓인 걸 생각하면 욕 아니라 똥이라도 퍼다 찍뜨리고(끼얹고) 싶다, 천하에 나쁜 놈, 베락 맞아 쌔카맣게 타죽을 놈, 맷돌에 들들 갈아마시도 씨언찮을 놈…….

그랬던 웅걸이 십 년도 훨씬 지나 미려와 함께 키워준 엄마를 찾아온 것이다. 미친년놈들, 너그가 그란다고 내가 욕 안 할 줄 아나. 웅걸은 미자 씨의 돼지국밥집 여기저기를 보다가, 인자 이거 고만하소, 한마디 툭 던졌다. 이 천하에 몹쓸놈아, 니가 내한테 생활비를 조봤나, 내보고 우찌 살라고 식당을 하지 마라쿠노, 으잉? 그러자 웅걸이 까만 양복 안주머니에서 돈다발 하나를 꺼내 툭 던졌다. 이기 무신 돈이고……, 그거 가꼬 한 달도 몬산다 이놈아, 그래도 평생 이거 해가꼬 니 키우고 이적지 묵고 살았는데 우짜라고 그러노. 그제야 미자 씨 쌍시옷 빼고 밍기적거리자, 웅걸은 간판이라도 번듯하게 바꾸자 했다. 해서, '우걸돼지국밥'은 다시 '웅걸돼지국밥'이 되었다. 간판보다는……, 식당에 김치

냉장고 하나도 없고……, 식탁이랑 의자도 주저앉아싸서 바까야 하는데……. 미자 씨 욕 비슷한 단어는 자체검열로 몽땅 빼버리고 우물거렸다. 해서, 식탁과 의자는 조금 더 쓰기로 하고 김치냉장고를 들이게 되었다. 얼마 후, 욕쟁이 미자 씨의 별명이 없어질 판이 되기에 이르렀다.

멀지 않아 웅걸이 건달로 돌아왔다는 사실이 알려졌다. 오래 터잡고 있던 촌 건달들은 일순 호랭이 만난 여우처럼 긴장하지 않을 수 없었다. 소읍에 긴장감이 돌기 시작했다.

2…

촌 건달들은 분주히 움직였다. 먼저 소읍 유일의 건달조직인 도구통(절구)파가 긴급회의를 열었다. 일종의 비상대책회의인 셈이었다.

"건달이란 거는 나와바리가 생명 아니가."

"맞십니다, 행님. 나와바리 떠나삐모 물 떠난 괴기새끼 아입니꺼."

"그런께, 아무리 고향이라지만 웅걸이 저 새끼가 여기 나타난 이유가 머이냐 말이다."

"맞십니다, 행님. 저놈이 서울 하고도 제일 잘나간다는 조직에서 열 손가락 안에 든다는 놈이던데 말입니다. 그런 데는 잘만 하면 목 좋은 데 술집 같은 거 물려받는다는데, 여게 머 처묵을 거 있다고 오것십니까."

행님 동생 하지만 이들 대부분은 배 나온 중늙은이들이었다. 고등학교만 졸업하면 당연하다는 듯이 소읍을 떠났고, 하다못해 건달 노릇을 하기 위해서라도 큰물로 나가는 판이었다. 말이 건달이지 쇠파이프나 각목을 언제 휘둘렀는지 기억조차 나지 않을 정도였다. 주도권 싸움에 사시미가 난무한다는 말은 해외토픽 듣듯 딴 세상 이야기처럼 들렸다. 주도권싸움 할 다른 조직이 있지도 않았고 물려주고 자시고 할 조직도 자금도 없었다.

"하이고, 아저씨, 삼촌들. 신경 끄셔."

은근슬쩍 물어도 웅걸은 피식 웃으며 스리슬쩍 눙치고 말았다. 하지만 그들은 뱃심 좋게 스리슬쩍 넘어갈 수가 없었다. 웅걸에게 허리를 구십 도 꺾어 인사하는 젊은 놈들이 하나씩 늘어나고 있었다. 촌 건달들은 웅걸의 주위를 뱅뱅 돌면서 눈치만 살폈다.

"웅걸이고 지랄이고, 한번 화악 까뿌입시더."

성질 급한 놈 중에는 술김에 나사 빠진 소리를 하는 축도 있었다. 그러나 누구도 그러자고 맞장구치지 않았다. 그건 대도시 폭력조직과 일대 전쟁을 벌이겠다고 하는 것과 다름없었다. 말하자면 그들은 돌도끼를 든 원시부족이고 저쪽은 총과 대포로 무장한 군대였다. 임진란 때 왜놈 조총 앞에 식겁한 이야기 쯤 국사책 구경조차 못한 촌 건달이라고 해서 모르지 않았다.

작은 소읍을 차지하고 목에 힘주던 평화의 시대가 막을 내리고 있었다. 시절은 초고속통신망의 속도로 변하고, 자신들에게도 '끝'이 머지않아 닥칠 것을 알고 있었다. 그럼에도 불구하고 쥐고 있던 것이 모래알처럼 손가락 사이로 빠져나가면 아쉽고 허탈한 법이었다.

3…

얼마 안 가 웅걸이 나타난 이유가 밝혀졌다. 다름 아닌 대형마트 때문이었다. 소읍의 재래시장 바로 옆에 들어서기로 되어 있어 시장번영회가 막고 나섰던 것이다. 제법 한다 하는 대도시 유수의 업체에서 번영회의 반대를 누르기 위해 주먹과 결탁했고 선발대로 웅걸이 먼저 내려온 셈이었다.

"좋게 좋게 합시다."

웅걸은 번영회장을 찾아가 그의 책상에 칼을 꽂았다.

4…

마침내 도구통파 원로회의가 열렸다. 일 년에 딱 한번 시무식 겸해서 열리던 원로회의가 이례적으로 팔월 염천에 또 열린 거였다. 장소는 웅걸돼지국밥이었다. 딱히 못을 박아 정해둔 것은 아니었지만 일종의 관례였고 모두들 암묵적으로 동의한 결과였다. 의제는 당연히 '최웅걸과 아이들'이었다.

두목 노릇을 하고 있는 절구때가 짧고 분명하게 브리핑을 했다.

"아그들이 다들 불안해허고 있심다. 선배님들, 우째야 되것십니까?"

하지만 원로들은 누구도 쉽사리 입을 열지 못하였다. 어찌해야 하기는 하지만 어찌해야 할지를 모르기는 마찬가지였던 것이다. 원로1부터 원로11까지 이마에 내 천川 자를 그리고 입은 한 일一 자로 다문 채 끙끙거리기만 하였다. 나이순으로 정해진 원로 서열은, 사실상 칠성판 질

순서에 다름 아니었다.

"내막을 잘 모리는 축들은, 고마 다구리를 놓자쿠는데……."

내막을 잘 모르는 축이란 소읍에서 벌어진 고만고만한 토목공사에 막일꾼으로 내려왔다가 늙거나 병들어 주저앉은 떠돌이들이었다.

"그기 무신 소리고! 택도 없는 소리……."

구순九旬이 낼모레인 원로1은 여전히 쨍쨍 울리는 소리로 혀를 찼다. 도구통파에서는 일종의 발기인 중 한 사람이었는데, 이제 발기는 안 되어도 목청만은 여전하였다.

원로1의 일갈에 다른 원로들은 무르춤하여 아무 말도 못하였다. 웅걸을 징치하는 일이 사실상 어렵다는 분위기로 흐르고 있었다.

일이 이렇게 된 데에는 무엇보다 도구통파의 '역사'가 작용했다. 공식적인 기록이 있는 것은 아니지만 발기인이자 창립 멤버인 도구통파 1세대부터 까마득한 후배들까지 눈을 시퍼렇게 뜨고 살아 있기 때문이었다.

5…

그들의 역사를 따라가 보면 이렇다. 의리가 밥먹여준다고 철썩같이 믿던 시절, 본래 웅걸의 할아버지 판술은 가난하고 가난한 농사꾼이었다. 태어나기를 가난한 집안에서 태어나 가난한 것 외에는 딱히 내세울 것도 없었으므로 쭈욱 그렇게 가난하게 사는 것밖에 다른 도리가 없었다. 헐벗고 굶주린다는 것이 원래 그렇긴 했지만 판술은 가난에 지치다

못해 마침내 화가 폭발하고 말았다.

판술은 어슷비슷하게 가난한 녀석들 너덧 명 모아 강가로 나갔다. 나룻배가 오자 우르르 몰려가 주먹을 그러쥐고 '도강세'를 내라 을러대었다. 일은 간단했다. 고만고만해 보이는 사람 하나를 골라 두들겨 패면 알아서들 기었다. 안 내려고 버티다가도 곁에 있던 사람이 피떡이 되는 꼴을 보면 제 주머니를 뒤지게 마련이었다. 재미를 본 이들 패거리는 이어서 장바닥을 훑기 시작했다. 우시장 같은 큰판에서는 항상 뜯어먹을 '꺼리'가 있었다. 없다가도 생겼다. 발을 들여놓고 보니까 안 보이던 돈이 보였다. 노름방에도 있고 술청에도 있고 광대패거리 협률사協律社에도 있었다. 전부터 있어왔고 없어도 박박 긁으면 고린 동전푼이라도 나왔다. 하지만 이때의 판술 패거리는 그저 그렇고 그런 시시껄렁한 왈짜일 뿐, 뒤에 나타난 협객이나 조직 주먹패들과는 거리가 멀었다.

얼마 후 일본인들이 들어오기 시작했다. 나라가 망했다더니 정말인가보다, 하고 어마지두하고 있는 사이 어느 결에 그들은 소읍을 온통 차지하다시피 하였다. 읍사무소를 차지하고 경찰서도 학교도 차지하고 하다못해 시장바닥까지 차지했다. 그 와중에 일본인들은 말 안 듣는 조선인을 때려잡아줄 '주먹'이 필요했다. 주먹 쓰는 일이야 별로 어려울 것도 없고 본래 하던 일이라 판술은 순순히 응낙하였다. 서너 해 뒤에는 일본인들 등쌀에 홀딱 망해 주인이 만주로 야반도주한 비어 있는 술집을 낚아챘는데, 지금의 웅걸돼지국밥이 된 바로 그 자리였다.

"그때 한번은 판술이 성님하고 콧구멍에 바람 쐬로 경성엘 간 기라. 하, 촌놈들이 서울 가본께 고마 별천지가 따로 없는 기라. 명월관에 가서 요리라 쿠는 거를 처음 묵어보고, 팔딱사진 안 있나, 영화를 팔딱사진이라 캤어, 그거도 처음 봤다 아이가. 눈이 팽팽 돌아가더마는…….”

1세대의 증언은 오래 구전심수口傳心授 되었다. 마치 소리꾼이 선생의 소리를 듣고 그대로 받아 독공으로 제 소리를 완성하듯이. 해서, 한낱 야사野史에서 정사正史가 된 도구통파의 발기 역사는 이랬다.

먹고 살기 고달픈 시대였다. 그런데 판술은 경성에서 주먹 하나로 어디든 빌붙어 먹고사는 것을 보았다. 일본 쪽바리 주먹들은 명동과 충무로 일대를 석권하고 있었다. 권투선수 출신인 김기환은 서대문쪽, 시구문과 뚝섬 일대를 장악한 김남산은 왕십리쪽, 정춘식은 어물전과 유곽이 많은 마포쪽을 차지하고 있었다. 종로만 두고 보면, 힘이 장사였던 구마적과 야시장을 장악한 쌍칼, 보성전문학교를 나와서 YMCA 학생패를 이끈 신마적 엄동욱, 그 세 사람이 각축을 벌이고 있었다. 김두한이 종로를 석권하기 직전이었다.

판술은 무릎을 쳤다.

“대학을 나와도, 유학을 갔다 와도 일없이 빌빌거리는 놈들이 많은 시절이다. 왜 그런 줄 아나?”

알 리가 있나. 발기만 했지 어디에 써먹어야 할지 모르는 천둥벌거숭이들이었다. 원로1이 똘마니1이었던 때였는데, 그는 판술의 입만 쳐다보았다.

“패를 지을 줄 몰라서 그렇다. 패거리를 맨들고 나와바리를 장악하는기 관건이다. 그러면 산다!”

판술은 내려오자마자 한주먹 한다는 놈팡이들을 모두 모았다. 이름을 '웅걸파'라고 지었다. 경성 주먹들은 자칭 협객이라 했는데 그보다 훨씬 더 큰 이름을 붙임으로써 자신의 기개를 대신 표현한 셈이었다. 하지만 판술 외에는 웅걸파란 이름을 거의 쓰지 않았고 대부분 도구통파라고 불렀다.

그렇게 된 데에는 그만한 이유가 있었다. 아무리 촌놈들이라고 하지만 젊은 혈기에 반발이 없을 수 없었다. 똑같은 촌놈이 어느 날 갑자기 대장놀이를 하면 배알이 틀리게 마련이었다. 베잠뱅이에 고무신 끌고 나타나 흙투성이 욕을 날리며 덤벼드는 놈들이 하나둘 나타났다. 그럴 때마다 판술은 어느 집에나 있게 마련인 돌절구를 집어던져 상대의 기를 꺾었다. 제법 힘꼴이나 쓴다는 놈들도 돌절구를 드는 것은 쉽지 않았다. 그런 판에 판술이 짚단 집어던지듯 휙휙 던져대니 기가 질릴 수밖에 없었다. 그렇게 웅걸파, 아니 도구통파의 전설은 만들어졌다. 그러나 판술이 수없이 많은 적을 향해 '도구통'을 던졌다는 영웅담은 사실 다소 과장된 이야기였다. 그가 실제로 돌절구를 던진 건 두어 번에 불과했다.

어쨌거나 이렇게 해서 도구통파의 공식 역사가 시작된 것이었다.

6…

"아니, 그게 말인교 방귄교? 그런께 초대 두목의 손잔께 다구리놓으모 안 된다, 시방 그 말입니꺼?"

떠돌이 몇이 원로들에게 항의했다.

"그동안 우리가 그나마 저 쪼맨한 시장 땜에 명맥을 유지해온 거 아입니까. 안 그래도 후려묵기조차 멋쩍었는데 대형마트 들어오고 그라모 더 지랄 같아질 끼 빤한데……."

이럴 때 웅걸이 웅걸돼지국밥 문을 벌컥 열고 들어왔다. 수십 개의 눈이 웅걸에게 날아가 꽂혔다.

"니가 여기 어쩐 일이고?"

"울 어매 식당에 오는데 무신 이유가 필요합니꺼."

"원로회의 중이다. 나가라!"

"안 그래도 원론지 원숭인지 회의한다 해서 함 와봤십니더."

"뭐! 원숭이……."

쨍! 순식간에 분위기가 한겨울 얼음장처럼 얼어붙었다, 8월에.

"아우, 씨바. 니 진짜 우리허고 전쟁을 해보자, 이기가? 조또."

넘버 쓰리 조또가 팔을 걷어붙였다. 손짓으로 조또를 한 발 물러서게 하고 두목 절구때가 나섰다.

"야야, 원로들 계신데 시끄럽게 허지 마라. 웅걸이 니도 그라는 거 아니다. 다아 너그 아부지 할아부지 뻘들이시다. 그리 서 있지 말고 이리와 앉아바라."

"앉을 필요도 없고요, 군청에서도 허가를 내줄라 카는 거 아닙니까. 나라 법이 이상 없시모 타악 허가를 내주게 돼 있다 아뇨. 그란데 왜들 나서서 씰데없이 상인들 선동허고 반대를 허냐 말입니다."

"어허, 똥물에도 아래우가 있고 똥차도 순서가 있는 법이다. 일단 앉아바라 안 카나."

강하게만 나가면 부러지는 법. 웅걸은 의자를 끌어다 털썩 앉았다. 뭔 소리를 하는지 한번 들어나보잔 듯이.

순서대로 원로1이 먼저 입을 열었다.

"웅걸아, 니는 잘 모리끼다마는 너그 할아부지가 우리 도구통파를 맨들었다. 처음에는 웅걸파라 캤다. 그래서 니 아부지가 니 이름을 그리 지은 거는 니도 알끼다. 주먹잽이는 의리가 전부 아니가. 의리 지킴서 영웅호걸처럼 살아라, 그기라. 니하고 우리는 가족 간이나 마찬가진데 이라먼 안 되지. 니가 이카는 거 보먼 하늘에서 할아부지가 머라 쿠시것노?"

"나는 할아부진지 할밴지 본 적도 없소. 가족 같은 거도 없고!"

하자, 이번엔 원로5와 6이 나섰다. 배가 남산만 한 5는 웅걸의 아버지 재곤이 두목이었을 때 넘버 투였고 6은 넘버 쓰리였다.

"그거는 너그 아부지도 마찬가지였다. 도구통파, 우리 식구들이 살라먼 정치와 손을 잡아야 헌다, 그래가꼬 전국구로다가 진출해서 야당 쌔리잡는 호랭이라 캤다 아니가. 그때가 우리 도구통파가 제일 잘 나가던 때였다 아이가. 그란데 돌아온 기 머인줄 아나? 5·16 하고난 뒤에 깡패소탕작전 했다 아니가. 그때 임화수허고 이정재는 사형돼뿟고, 느그 아부지도 이름표 목에 걸고 쪽팔리거로 참회의 시가행진인가 했다 아니가."

"맞다. 안 죽을라고, 우리 도구통파 살리고 묵고 살게 해보끼라고 너그 아부지가 그리 야당 후리가리 허는데 앞장을 섰던 기라. 그런데 또 당했다 아니가. 느그 아부지가 삼청교육대 끌리간 기 마흔다섯인가 여섯 때일 끼구만. 신군부가 정권 잡고 또 우리들 씨를 말릴라 했던 기라. 인자서 하는 말이지만 정치하는 것들은 진짜 사람새끼도 아니라. 저거 필요할 때는 불러다가 쓰고 정권 잡으모 제일 먼저 목을 치는 기라."

"니 아까 나라 법 우짜고 군청 우짜고 들먹이데. 니 절대로 그것들 믿으모 안 된다. 너그 아부지 삼청교육대 갔다오고 얼마 안 있다가 중풍 맞고 씨러진 거 아니가. 그 땜에 형수가 이 국밥집 시작허고, 너그 식구들이 얼매나 고생했노?"

웅걸은 가뜩이나 낡아 기우뚱한 탁자를 탕 두들기며 발딱 일어섰다.

"아재, 고만하소. 할아부지가 맨들고 아부지가 키왔는지 그딴 거 나는 모리요. 관심도 없고 상관도 없고. 딱 하나, 아는 기 있소. 그 잘난 아부지가 울 어매한테 우찌했는지!"

웅걸의 눈에 독기가 어렸다. 그런데 그만 원로6이 저도 모르게 "아, 그 걸레……" 했다가 제풀에 놀라 제 두 손으로 입을 막았다.

웅걸은 주먹을 그러쥐고 반쯤 날리다가 그만두었다. 어릴 때 풀빵과 오뎅을 제일 많이 사주었던 아재였던 것이다.

웅걸이 독기를 품고 내뱉은 '울 어매'는 웅걸돼지국밥 욕쟁이 미자 씨가 아니었다. 그녀는 '키워준 어매'고 '울 어매'는 생모生母를 말하는 거였다. 재곤이 처음엔 '앵두다방 김양'이라 했다가 술 깬 아침 곁에 누워 있는 걸 보고 '씨발년'이라고 했던, 걸려도 정말 더럽게 재수 없이 걸렸다며 먼 산을 오래 바라보게 만들었던 여자. 세멘발이 때문에 괴춤에 손을 집어넣어 불두덩을 벅벅 긁어대다가 결국 병원에 가게 만들었던, 똘마니들이 두목 앞에서는 차마 입도 못 떼다가 뒤에서는 킥킥대고 걸

레라고 부르던, 핏덩이 웅걸을 낳았을 때 저마다 제 자식일지도 몰라 속으로 맘 졸이게 만들었던, 그 여자.

핏덩이를 버리고 떠났던 그 여자가 딱 한번 찾아온 적이 있었다. 웅걸이 열서너 살 무렵이었다. 이미 한물 아니라 서너물도 더 간 그녀는 속병이 깊어 허물어져가고 있는 중이었다. 막상 오기는 했으나 중풍으로 드러누운 재곤을 보고 아무 말도 하지 못했다. 그저 미자 씨가 말아주는 돼지국밥을 허겁지겁 먹고 정체 모를 설움에 복받쳐 닭똥 같은 눈물을 한 바가지 쏟아내었다. 그때 웅걸이 학교에서 돌아와 그 꼴을 보고 말았다. 재곤은 놀라 어눌한 발음으로 "씨발녕, ……가아! 다시웅……오지 마앙!" 발작하듯 소리쳤다. 미자 씨도 돈궤에서 집히는 대로 돈을 집어 여자의 호주머니에 쑤셔넣으며, "니 올 데가 아닌께 다시는 오지 마라. 또 왔다가는 아주 직이삐끼다" 을러 보내버렸다. 그 꼴을 보고서도 웅걸은 그녀가 생모인 줄은 몰랐다.

고2 때, 웅걸은 그 여자가 생모인 줄 처음 알았다. 재곤이 마지막 숨을 힘겹게 몰아쉬며 얘기해준 거였다. 웅걸은 천둥번개를 정통으로 맞은 표정으로 아버지를 보냈다.

웅걸은 재곤의 장례도 치르기 전에 사라져버렸다.

"너그 아부지도 중풍 땜에 거동을 못혈 때 아니가. 할아부지 때부텀 모다났던 거 병원비로 다 까묵고, 입에 풀칠하기도 에렵을 때였단 말이다. 그런 판에 니 생모가 왔다고 어쩔 도리가 없었던 기제."

그러나 오래 품은 독은 쉬이 빠지지 않는 법이었다.

"그런 기 도구통파의 의린가? 지 자식 낳아준 여자에 대한 의리?"

사실은 니가 내 자식인 줄도 모른다, 몇몇은 속으로 그런 생각을 굴리고 있었지만 입 밖으로 꺼내지는 못하였다.

"됐고, 아재들 보니까 멘붕이 올라고 하네, 제미. 협상 끝! 나 막을 생각 허지 마소들. 재미없을 거니까."

7…

협상이 제대로 안 된 것보다 모두들 '멘붕'이 무슨 소린지 몰라 고개를 갸웃거렸다. 여자는 멘스니까 멘붕은 남자와 관련된 것일지도 모른다고 생각하는 축도 있었다. 붕알(불알)의 붕, 뭐 그런 식으로.

"에이, 오빤 것두 몰라? 멘탈 붕괴잖아. 정신 붕괴……, 어이없고 황당한 거……, 뭐 그런 거……."

커피 배달온 '떴'다방 오양이 무시하듯 이기죽거렸다. 짝짝, 껌 씹는 소리가 "어이구 이 돌대가리들아" 하며 자기들 볼따구니를 짝짝, 때리는 것만 같았다.

"뭐? 그게 멘붕이야? 조또, 그거는 지가 여기에 다시 나타났을 때 우리가 당했던 거 아닌감. 지금까지도 쭉 그렇고. 아, 조또. 진짜로 멘붕이 올라쿠네."

도구통파 원로와 후배 일동은 모두 커피를 홀짝이며 속으로 '멘붕'을 몇 번씩 되뇌었다. 멘붕, 멘붕, 멘붕…….

바야흐로 이 소읍에도 멘붕시대가 도래한 것이었다.

8…

그날 밤, 넘버 쓰리 조또가 웅걸을 불러냈다. 그리고 목에 잔뜩 힘을 주고 선빵을 날렸다.

"니 본께 진짜 멘붕이 와서 도저히 안 되것더라. 그래서 보자 캤다."

멘붕 선빵. 어둠 속에서 웅걸이 픽, 웃었다.

"행님들한테 말해봐야 허락도 안 해주끼고, 니 머시마 맞제? 머시마 대 머시마로 니캉 내캉 약속허자. 오늘 지는 놈이 이 동네 뜨기로."

"내가 이 동네 뜰 일은 없을 낀데? 설령 내가 뜬다 해도 또 우리 조직에서 딴 놈을 보낼 끼고……."

"그거는 어쩔 수 없고. 나는 고마 니가 자꾸 여게서 알짱기린께 싱간스러버서 멘붕이 올라 쿤단께. 그런께 다른 사람들은 모리것고, 나는 니가 이 동네에서 사라져 줏시모 좋것다, 이 말이다."

"알았다. 근데 니는 평생 이 촌동네서 살다가 딴 데 가서 살라먼 쉽지 않을 낀데. 괜찮것나?"

"씰데없는 걱정허지 마라. 근데 존만아, 아무리 옛날 두목 아들이라도 내가 한참 행님뻘 아니가. 말허는 꼬라지가 그기 머이고?"

"참나, 하여튼 실력도 없는 놈들이 꼭 나이가꼬 따져. 출신 학교 따지고, 고향 따지고, 집안 따지고. 미친놈들……."

"와아, 이 새끼……. 진짜 멘붕이 오네, 멘붕이."

조또는 소읍에 딱 하나 남은 '돌도구통' 던지기를 제안했다. 더 멀리 던진 사람이 남는 게임인 것. 웅걸의 할아버지이자 도구통파를 만든 초대 두목의 장기라는 점에서 의미가 있었다. 조또의 입장에선 무엇보다

저하고 키는 비슷하지만 깍짓동 같은 저에 비해 몸피가 반밖에 안 되어 보이는 웅걸이 제대로 힘을 쓸 것 같지 않아 보이기도 했다. 그런데도 웅걸은 이판사판 해보자는 식으로 응하는 거였다. 조또는 어둠 속에서 희미하게 미소를 지었다.

심판으로 유일하게 따라온 똘마니가 웅걸에게 먼저 하라고 지시했다. 웃통을 벗은 웅걸은 말랐지만 근육이 의외로 단단해 보였다. 그래봤자 제놈이……, 하는 사이에 짧게 힘쓰는 소리가 나고, 서울 촌놈이 무슨 힘을 쓰겠어……, 하는 사이에 쿵 소리가 발바닥을 울렸다. 일 미터는 넘겠고 이 미터에는 못 미치는 거리. 어쭈, 영 맹탕은 아니네. 아무리 그래도 이 조또한테는 안 되지. 손바닥에 침을 뱉어 비빈 조또는 끙, 힘을 주는데 갑자기 뿡~, 가스가 새고 어이없게도 김이 새는 듯한 불길한 느낌에 땀이 흘렀다. 아, 그러고 본께 씨바, 힘을 써본 기 한 십 년 넘어 됐을라나. 그동안 나이를 묵었고나……. 조또가 힘겹게 던진 도구통은 일 미터 간신히 넘었을라나.

잠시 침묵이 흘렀다. 웅걸은 또 피식 웃고, 조또는 절망하고, 똘마니는 당황했다.

"또, 똑같다. ……비깄다!"

재빨리 똘마니는 선언해버렸다. 웅걸은 주먹을 그러쥐었다.

"뭔소리고! 내가 더 멀그마는."

"먼 거는 맞는데, 니가 발을 더 내밀었다. 그렁께 비슷하다. 고마 똑같다."

"머 이런 엿같은 경우가 다 있노. 심판 같은 심판을 데꼬 와야지……."

"내가 똑띠기 봤다. 내 눈이 비디오판독기다. 정확하다."

"됐다, 됐어. 그런 식으로 잘들 해봐라, 촌놈들."

웅걸은 피식 웃으며 가버렸다.

조또에게 멘붕이 쓰나미처럼 몰려왔다.

9…

이미 대형마트가 들어설 부지의 땅 매입은 끝나 있었다. 목돈 만질 일이 별로 없던 소읍 사람들은 얼른 팔아치웠다. 물론 그래봐야 30년 전 기대했던 것에도 훨씬 못미치는 수준이었다. 그래도 근처 사람들은 이참에 자신들의 땅도 사주기를 바랐다. 이사를 나간 집부터 하나씩 철거가 시작되었다.

올 것이 왔구나, 시장번영회가 현수막을 주문하고 상인들이 움직이고 도구통파가 그들의 뒤를 따랐다. 그들은 철거현장에 가서 대형마트 건립 반대 시위를 했다. 번영회장이 대표로 성명서를 발표하고, 총무의 선창에 따라 구호를 외쳤다. 태반이 여자들이었다.

"재래시장 죽이는 대형마트 웬 말이냐!"

"재래시장 죽이는 대형마트 웬 말이냐! 웬 말이냐, 웬 말이냐!"

"영세상인 다 죽는다, 대형마트 물러가라!"

"영세상인 다 죽는다, 대형마트 물러가라! 물러가라, 물러가라!"

아따, 건달이 만날 어둔 데로만 골라댕기다가 시뻘건 대낮에 나온께 당최 적응이 안 되네. 썩을, 누구 말마따나 멘붕이네, 멘붕이야. 도구통파는 뒤에서 빌빌거리며 침을 찍찍 뱉어대었다.

"어이, 그 뒤에 아자씨들, 가까이들 좀 오소. 앞에서 하는 대로 구호도 외치고. 시방 우리 번영회만 좋자고 하는 일이 아니다 아니오. 이참에 힘을 한데 모아가꼬 뽄때를 보이조야 안 되겄소."

확성기를 든 사람이 한마디 하면 한두 발자국 앞으로 나갔다가 다시 눈치보며 슬그머니 뒤로 빠지곤 했다.

처음 하는 시위는 싱거웠다. 대학 다니며 시위한다고 나무랐던 아들 몇 놈 불러서 〈아침이슬〉도 배우고 〈농민가〉도 배웠다. 신명이 날 리 없었다. 입에 익은 〈노세 노세 젊어서 놀아〉나 〈남행열차〉 같은 관광버스 노래도 아니고, 그저 붕어처럼 입만 벙긋거리는 축도 있었다.

그러고 있을 때, 조또가 나타났다. 얼굴은 벌겋고 입에서는 시큼한 냄새가 진동을 했다.

"씨펄, 노래를 부를라면 이런 걸 불러야지. 싸나이로 태어나서 할 일도 많다마안~ 너와 나 나라 지키너언 영광에 사라따아~."

그러자 뒷줄에 널어놓은 시래기처럼 나앉아 있던 사내들이 호응하고 나섰다.

"그렇지. 저런 기 노래지."

"잘 헌다. 영광에 사라따아~ 전투와 전투 속에 맺어진 전우야아~."

〈진짜 사나이〉도 부르고 〈멋진 사나이〉도 불렀다. 군가를 부르자 신이 난 노땅들은 주먹을 위아래로 휘두르는 '천당에서 지옥까지' 반동을 하며 핏대를 세웠다. 그러자 제법 시위가 시위다워지기 시작했다.

술 몇 잔을 더 받아 마신 조또는 쌍욕을 퍼부었고, 작업 중인 포클레인 쪽으로 오줌을 누고 돌멩이도 날렸다.

관망하던 경찰은 전경을 불렀다. 현장에서, 또 시청에서 몇 번의 시위가 계속되자 웅걸의 조직에서 용역반을 투입하기에 이르렀다. 시장번영회장과 조또를 비롯한 몇 명이 붙잡혀가고 몇 명은 병원 신세를 졌다.

10…

가을이 되고 겨울이 와도 미려는 핫팬츠만 입고 다녔다. 사내들은 헤픈 논다니 같기도 하고 백치 같기도 한 그녀의 쭉 뻗은 다리를 훔쳐보면서도 웅걸의 눈치를 살폈다. 미려를 데리고 어머니에게 간 걸로 봐서 깔치가 분명하였고, 그런 미려를 잘못 건드렸다가는 무슨 봉변을 당할지 몰랐던 것이다.

그런데 그게 아니었다. 같이 자는 것 같지도 않고 별로 같이 다니지도 않았다. 게다가 제법 그럴 듯하게 차린 룸살롱 'WXY'에 마담으로 앉더니 본격적으로 암내를 풍겨댔다. 그쯤 되자 젊으나 늙으나 명색 물건이라고 달고 있는 부류는 죄다 미려만 보면 군침부터 삼켰다. 그럴 수밖에 없었던 것이, 간판조차 여자 몸매에 'WXY'를 세로로 배치했던 것이다. 'W'는 아주 크게, 'X'는 아주 작게, 'Y'는 적당히 길게…….

처음엔 시청이나 읍사무소 공무원이나 경찰들이 자주 들락거렸는데 그들이 술값을 내고 나오는 경우는 없었다. 술 다 먹고 나올 때가 되면 으레 농담을 던졌다. "기자, 교수, 경찰이 술 먹고 나면 누가 술값을 내게?" 그러면 미려는 농을 던진 치의 어깨를 탁 치며, "몰라서 물으서? 누군가 낼 만한 사람이 내겠지, 뭐" 했다. 물론 2차와 여관비까지 포함해서. 재미도 없는 농담을 술값 계산할 때마다 하면서도 그들은 재미있어 죽겠다는 듯 하고 또 했다.

오래지 않아 룸살롱 'WXY'와 마담 미려를 주제로 비슷하게 토론을 할 수 있을 정도의 사람들이 생겨났다. 일각에서는 '구멍동서계'가 생겼다느니 그 순서를 두고 각축이 벌어졌다느니 하는 소문이 돌았다. 믿거나말거나. 남자 간을 빼먹는 구미호란 소문은 아무래도 마누라들에게서 나온 듯했다. 코 밑에 솜털이 보송보송 나기 시작한 녀석들 사이에서는, 사내 천 명을 채우면 천사가 되어 승천을 한다더라는, 아주 '판타스틱'한 풍문도 있었다. 발기와 몽정은 엄연한 현실이고 'WXY'와 미려는 판타지인 셈이었다.

그럴 무렵엔 이미 소읍의 온갖 사내 명색은 다 'WXY'를 드나들기 시작했다. 말단들도 십시일반해서 목구멍 때 벗기러 가고, 예비군훈련 마친 기념으로 지갑 털어서 가고, 선생들은 보충수업 수당 받아 가고, 술집하는 사장들도 뭐가 얼마나 좋은지 견학 삼아 가고, 도구통파도 서울계집은 촌가시나보다 쫄깃하다는 말이 사실인지 확인하러 갔다. 심지어 심방하고 시주 받으러 간 것인지 목사와 중도 어둠 타고 가더라는, 미확인 비행물체UFO를 보았다는 식의 주장까지 떠돌았다.

"미인계다. 치사한 새끼, 몽땅 구멍동서 맨들어서 입을 막을라고 그라는 기다!"

조또는 동네방네 다니며 고함을 질러댔다. 하지만 곧 동네방네 모든 사내들의 힐난을 들어야 했다.

"못난놈, 사내의 아랫도리 이야기는 문제 삼는 기 아니다."

얼마 후, 절구때와 'WXY'에 갔다온 뒤로 조또는 입을 다물었다. 경찰은 아니지만 그들도 술값을 내지 않았다.

물론 문제가 전혀 없는 건 아니었다. 때아니게 소읍의 하나뿐인 병원에 환자가 급증한 것이었다. 남자 환자, 전부 파이프가 새어서. 아, 그들의 마누라 중에도 남몰래 진료를 받은 이가 있기도 했다. 사니 못 사니, 이혼하니 마니 부부싸움이 일어나기도 했지만 얼마간 그러다가 말았다.

하지만 그건 정말 드러나지 않는 작은 문제일 뿐이었다. 파이프가 샜다느니 진료를 받았다는 걸 제 입으로 이야기하는 치는 없었다. 무슨 대단한 무용담처럼 서울 계집을 자빠뜨렸다는 이야기를 자랑삼아 늘어놓긴 해도.

11…

일은 쉬웠다. 대형마트가 들어서면 도구통파 몇 명을 고용하기로 했다. 시장번영회에도 얼마간 혜택을 주기로 했다. 웅걸은 굳이 자신이 소읍에 오지 않았어도 되었는데 괜히 왔다고 생각했다. 미려만 왔어도 될 뻔했는데. 일은 어렵지 않게 술술 풀렸다. 허가도 났고 더 이상의 시위도 일어나지 않았다. 철거작업에 이어 지반공사도 순조로웠다.

똘마니들은 모두 올려보냈다. 소읍 어디를 가도 이젠 지역유지 대접이었다. 군청이고 경찰서고 표창장이라도 줄 기세였다.

“요샌 건달도 사업이야. 주먹 쓰고 연장 휘두르는 시대는 갔어. 술 먹이고 빠구리만 시켜줘도 만사 오케이야. 돈 좀 집어주면 초고속 인터넷보다 빠를 거다.”

역시 보스는 보스였다. 왜 대학물 먹은 애들을 자꾸 기용하는지 이해가 되었다.

어쨌든 처음보다 훨씬 느긋해졌다. 만날 술 먹고 탱자탱자 놀다보니 마치 휴가를 얻은 느낌이었다. 이번 일이 끝나고 나면 조직에서 적어도 다섯손가락 안에 들 수 있을 것 같다. 최웅걸 인생, 이젠 꽃이 피는 거다!

평소보다 많이 마셨다. 마음이 풀어지자 알코올이 더 빠르게 흡수되었다. 마침 거머리 달라붙듯 공짜술 얻어먹는 치들도 없는 날이었다.

“그래, 미려 니도 고생 많았다. 오늘은 우리들끼리 기분 조오케 한잔하자.”

“호호호, 오빠. 나 잘한 거지, 그지? 촌놈들 그거 암것도 아니더라고. 건배!”

취해서 어떻게 들어가 잤는지 모를 정도였다.

새벽녘에 웅걸은 심하게 목이 타 눈을 떴다. 머리맡을 더듬었지만 아무것도 없어 몸을 일으켰다. 그제야 웅걸은 곁에 누운 하얀 등판을 발견하고 절망했다. 어두웠지만 미려란 걸 단박에 알 수 있었다. 방안 가득 밤꽃냄새 같은 정액냄새가 흐르고 있었다.

“에에이 씨펄! 이기 머이고, 걸리도 정말 더럽게 재수 없이 걸릿네!”

미려도 부스스 일어나 앉았다.

“에헤헤……, 왜그래, 오빠아……. 그렇게 술이 떡이 돼서도 잘만 하더만."

웅걸도 작고 낡은 병원 진료실에서 파이프 수리를 해야만 했다.

12…

다시 웅걸과 미려는 소읍을 떠났다.

열 달쯤 뒤, 해가 뜨기도 전 웅걸돼지국밥 앞에 포대기에 싸인 핏덩이가 놓여 있었다. 누구의 소행인지 편지 같은 건 없고 기저귀가방 안에 돈다발이 하나 들어 있을 뿐이었다.

소문은 삽시간에 소읍에 퍼졌다. 사람들은 국밥집에 몰려와 아이를 유심히 살펴보았다. 혹시 자신을, 남편을 닮지나 않았는지 확인하기 위해.

"천하에 잡놈으 새끼! 똥이라도 퍼다 찍뜨리고 싶은 천하에 나쁜 놈, 베락 맞아 쌔카맣게 타 죽을 놈, 맷돌에 들들 갈아마시도 씨언찮을 놈……."

미자 씨는 다시 욕쟁이 별명을 되찾았다.

그렇게 멘붕에 빠졌던 소읍은 다시 긴 침묵에 빠져들었다.

어떤 전쟁

어떤 전쟁

언젠가 김은 '가까운 미래'를 배경으로 한 영화를 보면서 의아했던 적이 있었다. 가까운 미래는 과연 어느 정도의 미래를 말하는 걸까. 현실과 동떨어진 먼 미래가 아닌, 현재와 어느 정도 관련이 있는 그런 멀지 않은 미래일 터였다. 그러나 김은 가까운 미래보다 먼 미래가 더 마음에 들었다. 현실과 아무 상관없을 멀고 먼 미래가.

그러던 어느 가까운 미래, 2039년의 어떤 날……,

06 : 15

김은 눈을 떴다. 자신도 모르는 사이에 책상에 엎드려 깜빡 잠이 들었던 것이다. 5분, 10분쯤 잤을까. 창밖으로는 벌써 갓밝이[黎明]가 성큼 다가와 푸르스름한 모습을 드러냈다.

김은 꺼칠한 얼굴을 두어 번 문지르고 가볍게 두드린 후 창문을 열었다. 새벽안개가 작은 회오리를 만들면서 차가운 기운을 훅 끼얹었다. 코끝에서 전해져오는 싸한 긴장감에 몸을 떨며 다시 컴퓨터 모니터에 눈길을 주었다.

벌써 몇 번째 확인인지 그로서도 알 수 없었다. 그러나 이번 프로젝트는 그 어느 때보다 중요하다. 이미 늦어진 자신의 승진 여부가 여기에 달려 있다. 이 회사에 근무하는 20여 년 동안 제출한 수백 건의 보고서와 프로젝트 가운데 가장 주목을 받은 안건이 아닌가. 게다가 오늘

드디어 시행이 됨으로써 진가를 드러내게 될 것이다. 확인에 확인을 거듭할 수밖에 없었다. 그도 그럴 것이, 실제 실전에 옮겨지면서 발생할 수도 있는 변수와 상대 회사의 반격에도 적절한 대응을 해야 하기 때문이다.

이를 닦고 세수를 하고 난 후까지 아내는 태평스레 잠만 잤다. 아들녀석은 보안경을 낀 채 원격조종기를 들고 홀로그램 게임에 열중해 있다. 밤을 샌 모양이었다. 중3인데도 게임에 빠져 일주일에 서너 번은 밤을 새곤 했다. 갓 중학교에 들어간 딸의 머리맡에는 여전히 연애소설이 놓여 있다. 책을 열자 왼쪽 C-북에서 남녀가 입맞추는 장면이 나오고, 오른쪽 P-북에선 그 상황이 활자화되어 있었다. 다음 페이지를 펼치자 앞 페이지의 그 남녀가 옷을 벗어던지고 정사를 벌이는 장면으로 이어졌다. 딸아이는 저런 3류 CP-북을 친구들과 돌려보는 재미에 푹 빠진 듯했다. 김은 여자의 거친 신음소리를 서둘러 덮어버렸다.

06 : 40

김은 책을 던져두고 옷을 챙겨 입었다. 아내와 아이들의 잔상이 가슴 쪽으로 몰려와 그만 가슴을 휑하니 뚫어버린 것만 같이 아려왔다. 이번 프로젝트만 끝나면 가족들과 외식도 하고 잘하면 가까운 데 여행이라도 다녀올 수 있을지 몰라, 생각하며 신발끈을 잡아당겨 매었다.

대학을 졸업하고 3년이나 빌빌거리며 얹혀살던 처남 재완도 이제 취직했으니 곧 독립할 것이다. 엊그제 "자형, 걱정마. 이제는 자형도 진짜 자유를 누릴 수 있을 거야. 회사 근처에 오피스텔을 알아보고 있는 중이니까" 하던 말이 떠오른다.

그나저나 녀석은 다니게 된 회사가 어딘지 도통 말하지 않아 개운치 않은 뒷맛을 남겼다. 아무리 작고 보잘것없는 회사라도 그렇게 부끄러워할 건 뭐란 말인가. 삼십여 년 만에 최고의 실업률을 기록하고 있다는 보도가 연일 계속되고 있는 마당에. 아침마다 구형이기는 하지만 '디에스엘알'인가 뭐라든가 하는 촬영장비 가방을 들고 출근하는 뒷모습을 보면서 오랜만에 만족감을 느끼곤 하였다.

김은 서류가방을 고쳐잡고 크게 숨을 한번 들이켠 후, 현관문 손잡이를 비틀어 열었다. 오래되어 경첩 부분이 녹슬었는지 삐걱거리는 쇳소리가 귀에 거슬렸다. "한밤중에 현관문 열리는 소릴 들으면 꼭 귀신이라도 나올 것 같다니까요." 아들 녀석이 투덜거리던 소리가 들리는 듯했다.

06 : 50

아파트를 나서자 따가운 햇살이 엄습해와 눈앞이 갑자기 네거티브 화면처럼 변했다. 나오는 순간, 가족이나 안락함 같은 느낌은 일시에 사라져버리고 말았다.

김이 어질증을 수습하듯 현관문을 닫는 사이 한 가닥 화약 냄새가 코를 자극했다. 동시에 무언가 음속에 가까운 속도로 귓가를 스쳐지나갔고, 뒤이어 '피융—' 소리가 이마를 때렸다.

"대위님, 피하십시욧!"

아파트 앞 초소를 지키고 있던 사병 하나가 소리쳤다.

"도대체 뭐야!"라고 묻자, "기습인 것 같습닷!" 같이 있던 다른 사병이 대답했다. 그리고 처음 사병과 다른 방향으로 총을 쏘아댔다. 옆 초소에서 쏘아대는 총구는 어처구니없게도 이쪽을 향하고 있었다.

"어디야, 어디!" 김이 권총을 뽑아들고 묻자, "모르겠습닷!" 이구동성으로 대답하고 또다른 방향으로 총을 쏘아댔다.

김은 총을 들고서도 어쩌지 못하고 있는 자신을 발견했다. 공격을 당하고 있으니 맞대응해 쏴야겠다는 조건반사에 의해 뽑아들었으나 공격대상을 찾지 못해 우왕좌왕했다. 우군끼리 서로를 겨누고 쏘지 말라고 소리쳤지만 소용없었다.

총 쏠 방향을 찾아 두리번거리던 일병 하나가 픽 쓰러졌다. 얼굴이 관통당해 비명소리 한번 내지 못하였다. 이런 젠장, 광속으로 지옥행이구만. 현재 상황으로는 저 녀석이 적군 총에 황천행을 한 건지, 아군 총에 골로 간 건지조차 알 수가 없다. 김은 곤죽이 되어 쓰러진 일병의 얼굴을 애써 외면하며 왼쪽 초소를 응시했다.

김은 초소 구석에 놓인 전화 수화기를 들었다. 상황실에서도 어찌된 일인지 모르기는 마찬가지였다. 술 퍼마시고 자다가 당했겠지, 좆같은 게다짝 새끼. 김은 누군지 모를 당직사령을 향해 이를 갈았다. 주로 당직을 서는 중위 계급을 하사관들을 게다짝이라고 불렀다. 뒤에서 "개뿔도 모르는 게다짝들이 하사관 알기를 홍어좆 보듯 한다"고 비아냥거리곤 했다.

정부가 군대 운영을 민간회사에 넘긴 지 20년이 넘었지만 그들의 사이는 여전히 멀고도 멀었다. 위관급은 여전히 '밥풀대기'로 불리고, 하사관은 '좆도말뚝'이었다. 회사는 그런 중간관리자들 사이를 좁히는 데 무관심했다. 오히려 그런 감정대립을 교묘하게 이용해 효율성을 높여 나갔다. 국가 간 대치와 전쟁은 지방자치단체로, 또 민간기업으로 분화했다. 노골적인 경쟁과 대립은 갈수록 심해졌고 국가는 통제력을 잃어 갔다. 치열한 전투에서 살아남은 자치단체와 기업만이 수익을 보장받을 수 있는 구조가 자리잡은 지 오래였다.

07 : 02

다행히 5분대기조가 곧 도착했다. 수색대대 용병들이 소리 없이 주변을 장악하기 시작했다. 김이 주저앉아 있는 초소로 포복해 들어온 남미계 용병은 "적 특수대가 눈치챘습다! 오널 우리 공격계획 눈치챈 거 같습다"라고 어눌하게 김에게 상황을 보고한 뒤 "쉿shit!"을 내뱉었다.

회사가 최근 이삼 년 사이 취한 조처 중에서 가장 성공적이라고 평가되는 것이 바로 이들 용병의 수입이었다. 확실히 그전의 동남아나 중국계보다는 정확한 마무리를 강조하는 면에서 높은 점수를 받았다. 체격이나 체력에서도 분명 위압적이어서 믿음을 주었다.

그러나 녀석들도 사소한 것에 집착해 엉뚱하게 비난을 자초했다. 자신들이 사살한 적의 새끼손톱을 뽑아 모으는 것이었는데, 저희들 사이에서 경쟁이 벌어지는 바람에 민간인(특히 부녀자들이나 아이들)을 노리는 일이 잦았던 것이다. 회사로서도 골칫거리였으나 어쩔 수 없다는 쪽으로 입장을 정리한 것 같았다. 당장 전과를 올리는 것이 궁극적으로 주가를 올리고 투자자를 더 끌어모으는 확실한 방법이었다.

공격은 평상시 수준을 크게 벗어나지 않았다. 이미 생산이 중단된 구형 무기들을 소비하기 위한 것인 듯, 휴대용 포와 개인화기가 전부였다. 다만 특이한 점이라면 목표가 뚜렷하지 않고 제멋대로 아무 데나 타격하는 듯한 느낌을 주었다. 레이더를 피하기 위해 하수관로나 공동구를 이용해 소형 로봇이 무기를 공격지점까지 운반토록 하는 것은 다르지 않을 것이었다. 그런데 이번 공격은 특정 건물이나 인물을 목표로 삼지 않았다는 것이 이상했다. 포탄은 마치 일부러 건물이나 차량을 피해 떨어지는 것 같았고 총알도 허공을 향해 쏘는 듯하였다. 흡사 무슨 경고성 메시지를 전하듯 무심하게 일어났다.

멀지 않은 곳에서 서너 차례 폭발음이 들리고 총알이 사방팔방으로 튀기를 20~30분 더한 후 겨우 사태가 잡혔다. 적을 섬멸하거나 진압했다는 것이 아니라 그들이 공격을 서서히 멈추었다는 표현이 더 정확했다.

07 : 28

그때 마지막으로 박격포가 김이 몸을 숨긴 진지 건너편 뉴스 전광판이 있는 건물 옥상에 떨어졌다.

"두더지 같은 놈들!"

김이 발사지점을 가늠하는 사이 전광판 화면이 크게 지직거렸다.

"왓스 댓? 왐마, 저게 머시여?"

언제 와 있었는지 흑인 용병 하나가 미간을 찌푸리며 제가 배운 사투리로 물었다.

"와우, 쥑이는데. 헤이 흑형, 전에 내가 갤차좃다 아이가, 저거 빠구리, 빠구리 하는 기다."

경상도 사투리가 심한 상병 하나가 김의 존재 따위는 아랑곳없이 히죽거리며 휘파람까지 불어댔다.

"이런 빌어먹을."

방해전파였다. 아마도 뉴스를 내보내는 텔레비전 방송국의 전파를 제3의 장소에서 차단했을 것이다. 건물 내부에서 전광판을 조작하고 있을 가능성도 있다. 벌써 건물 주위에 있던 용병들이 건물 진입을 위해 하나둘 모여들고 있는 게 보였다.

화면에서는 집을 나서기 전 딸의 CP-북에서 보았던 남녀의 정사 장면이 그대로 나왔다. 그러더니 화면이 잠깐 멈춘 사이 자막이 떴다. '잘 보게, 경쟁자!' 순간 김은 머리가 띵 울리고 눈가가 조여들어 멍해지는 느낌을 받았다. 화면은 다시 CP-북으로 바뀌었고 남녀의 성기 부분이 천천히 클로즈업되었다. 화면 전체가 발갛게 흐려지면서 폭파장면이 오버랩되고, 다시 그 위로 해골 그림이 겹쳐지면서 또 다른 자막이 떴다. '너희들의 계획은 이미 다 드러나고 말았다. 무리한 공격은 곧 파멸을 불러오고 말 것이다. 그럼, 오늘 너희와 회사의 운명을 위하여!'

그것은 분명 자신을 겨냥한 것이었다. 딸이 보던 CP-북을 이용한 경고문이 그 사실을 잘 웅변해주고 있지 않은가. 그렇다면 조금 전까지의 공격도 자신을 목표로 한 것이라는 얘기가 된다. 그런데도 불구하고 김을 죽이려는 것은 아닌 것 같다. 왜 다른 사람이 아닌 김인가? 오늘의 프로젝트가 김에 의해 작성되고 실행된다는 사실을 알고 있다는 얘기가 된다. 김의 회사에서 추진해온 공격계획이 이미 상대 회사에 의해 포착되었다는 것인가? 전혀 새로운 방법으로 공격한 후 인수합병하려는 계획까지도? 프로젝트가 노출되었다면 얼마나 노출되었단 말인가? 설마 몽땅 다 알고 있는 건 아닌지……? 직속상관인 연대장과 지휘부 이외에는 아무도 모르는 프로젝트를 어떻게……?

건물 내부로 투입되었던 용병들이 수색을 마치고 아무것도 발견한 것이 없음을 보고했다. 동시에 광장 모퉁이에 있던 구멍투성이 비둘기집에서 비둘기들이 날아올랐다. 김은 복잡한 심정으로 그 모습을 지켜보았다. 문득 카프카가 어디에선가 했던 말이 떠올랐다. '비둘기가 날아오르는 것이 아니라 내가 떨어지고 있는 것 같다는 그런 느낌.'

08 : 05

고속지하철을 타고도 본부 건물에 들어선 것은 예정된 브리핑 시각에 임박해서였다. 외곽에 위치한 연대로 출근하는 대신 곧장 지휘부로 향했지만 많은 인파 속에서는 어쩔 수가 없었다. 고속지하철공사 관계자들에게 긴급상황이라고 설명해 보았지만 그들을 설득할 수 없었고 단 한자리의 순번도 앞당기지 못하였다. 모든 승객들이 얼굴 여기저기에 긴급과 중요성을 담아 무겁게 주위를 두리번거리고 있었다.

이미 보고를 받은 본부도 발칵 뒤집혀 있었다. 컴퓨터와 전화, 팩시밀리, 정보수집분석기 등은 그것들대로 분주했고 사람들은 또 사람들대로 허둥댔다. 개장하자마자 주식이 곤두박질치고 있다는 것은 보지 않아도 충분히 알 수 있었다. 게다가 아군의 공격계획마저 누설된 마당이니 당분간 주가상승을 기대하기 어려울지도 모르는 일이다.

"이게 어찌된 일인가?"

연대장이 복도에서 뒤 마려운 강아지처럼 서성거리다 김을 발견하고 급히 다가왔다. 답을 바라고 하는 질문은 아니었다.

"빨리 들어가자구. 사단장님이 기다리신다네."

손에 땀이 배었다. 설마 프로젝트 내용이 유출된 것을 두고 나를 의심하고 있지는 않겠지?

08 : 15

"도대체 어떻게 된 건가?"

사단장의 얼굴은 고릴라처럼 험악하고 딱딱하게 굳어 있었다.

"통상적인 기습이었을 뿐입니다. 우리 프로젝트가 유출된 건 아닐 겁니다."

연대장이 거들고 나섰지만 사단장은 표정을 풀지 않았다.

"하지만 전광판에 뜬 저놈들 경고문을 봤잖아. 뭔가 우리를 꿰뚫어보고 있는 것 같단 말이야."

"그런 경고문이야 한두 번 본 게 아니지 않습니까. 넘겨짚어본 것이지요. 우리 작전대로 밀어붙여야 합니다. 지금 작전을 중단하거나 바꾼다면 저들의 꼼수에 말려드는 겁니다, 사단장님."

"만약 저놈들이 다 알고 있다면?"

"예? 그렇다면야……."

연대장은 곧바로 꼬리를 내렸다. 김은 무슨 말이든 하지 않을 수 없었다.

“작전 개시 시각까지 3시간 정도가 남았습니다. 그동안 작전 유출 여부를 정확히 파악하는 게 중요할 것 같습니다.”

“그래, 이번 작전은 전적으로 김 대위 자네의 것이나 다를 바 없으니까, 자네가 직접 알아봐. 그런 뒤에 판단하도록 하세.”

연대장의 말에 사단장도 고개를 주억거렸다.

“그리고 유출되었다면 어디서 유출되었는지 경로를 정확히 파악하도록. 그 경로를 막지 못하면 언제든 우리에게 큰 위협이 될 테니까.”

“예, 사단장님.”

김은 입술을 깨물었다. 목 안이 답답해왔다.

08 : 32

상황실을 겸한 작전실은 그야말로 도떼기시장 같았다. 평소 같으면 작전장교와 작전병, 상황병, 무전병까지 서너 명 정도가 무료하게 앉아 있을 터였지만 정보장교와 군수장교를 비롯해 이런저런 사병들까지 십여 명이 서로 목소리 크게 내기 시합을 하듯 소리를 질러댔다. 몇 명이 어떻게 다쳤다구요? 전화기나 무전기 저쪽에서 불러주는 피해상황을 재차 삼차 확인하는가 하면, 뭐 이 새꺄? 아직도 피해 규모 파악 안 하고 뭐 하고 자빠져 있는 거야? 다그쳐대었다.

김이 들어섰지만 모두들 쳐다보지도 않았다. 작전장교와 무언가 상의하고 있던 정보장교가 먼저 아는 체했다.

“아, 김 대위님. 어서 오십시오.”

"어이, 김 대위. 이거 어디서부터 잘못된 거야, 앙?"

작전장교는 보자마자 힐난부터 하려 들었다. 새끼 고릴라쯤 되어 보였다. 김에게 의심의 화살을 보내고 있는 듯했다. 하기야 그는 이 프로젝트 초반부터 대위 따위가 제안하는 작전에 강한 불만을 표시했던 사람이었다.

"중령님, 여기보다는 중령님 방으로 가서 얘기하는 게 좋을 것 같습니다."

정보장교의 제안으로 세 사람은 작전장교실로 들어갔다. 자리에 앉자마자 정보장교가 사진 서너 장을 김 앞으로 툭 던졌다. 저 새파란 새끼가! 아무리 승진을 못하고 있다지만 내 나이가 몇인데 건방지게 툭툭 던지긴 던져. 성질 같아선 확 뒤집어엎고 싶지만, 그건 어디까지나 생각으로만 그칠 뿐이다.

"그 사진부터 보세요. 그게 아무래도 이상합니다……."

저쪽 녀석들이 경고문을 보낸 전광판을 찍은 사진이었다. 김은 속으로 뜨끔했지만 내색을 하지는 않았다. 하지만 김을 보는 정보장교와 작전장교의 눈빛은 그의 모든 것을 꿰뚫어보고 있는 듯 날카롭게 빛났다.

"녀석들이 방해전파를 이용해 장난질을 숱하게 쳤지만 이따위 포르노 장면을 이용한 적이 한번도 없었습니다. 알아본 결과, 저 배경 화면은 요새 여학생들 사이에서 유행하고 있는 삼류 CP-북에 나오는 장면이랍니다. 제목이 뭐, 『인조인간과의 달콤한 하룻밤』이라나."

"이 CP-북이 어떻다는 것인가……."

"아니, 그 CP-북이 문제가 아니라 책 모서리에 찍힌 이니셜 말입니다.

펼쳐져 있어서 한쪽밖에 보이지 않지만 KKR이 아니면 KKB가 확실해 보입니다. 가능성이 적긴 하지만 KKP일 수도 있고…….”

김은 그 자리에 주저앉을 뻔했다. 딸아이의 책마다 작게 찍혀 있는 ‘김경란’의 이니셜과 같았기 때문이다.

“저게 녀석들의 실수인지 아니면 무언가 암시하기 위한 것인지…….”

김의 귀에는 더 이상 정보장교의 소리가 들리지 않았다. 녀석들이 집에 몰래 침입했다! 불방망이로 뒤통수를 호되게 얻어맞은 듯한 충격에 김은 정신을 차릴 수가 없었다. 아이들이 학교에 가고 아내까지 대형마트 계산원으로 출근하고 나면 집이 텅 비기는 하지만, 어떻게 이럴 수 있단 말인가.

‘아니, 이건…….’

무언가 발견한 김이 벌어지는 입을 간신히 앙다무는데, 정보장교의 한마디가 고막을 뚫고 들어왔다.

“이 여자, 해바라기 탱크탑을 입은 여자. 보이십니까? 이니셜과 책 뒤로 어렴풋이 보이는 여자 말입니다. 이 여자가 누군지 조사해보면 실마리를 찾을 수 있지 않을까요. 안 그렇습니까, 김 대위님?”

아아, 해바라기 탱크탑. 오늘 아침 딸아이가 입고 있었던 옷이 분명했다. 사진 속에는 탱크탑이라는 걸 겨우 알아볼 수 있을 정도고 사람은 거의 드러나지 않았지만, 김이 보기에 자신의 딸아이란 건 의심의 여지가 없었다.

“뭘 생각을 그리 골똘히 하고 있는 거요?”

“예? 아, 예. 아무것도 아닙니다.”

작전장교가 자리를 박차고 일어섰다.

"정보장교는 피해상황을 정확히 파악하고 그 사진 속에서 찾을 수 있는 단서를 근거로 최대한의 정보를 수집하게. 그리고 김 대위, 자네는 작전 수행을 위해 지금까지 확보해둔 선들의 안전성과 작전 수행 가능 여부를 확인하게. 자, 서둘러. 작전 수행 시작 시각 3시간 전이야. 명심하게. 작전 내용이 새어나간 정황이 포착되면 이 작전을 포기해야 할지도 몰라. 아니, 작전을 포기하는 것이 문제가 아니라 우리 회사가 더 위험해질 수도 있어. 우리 내부 상황을 훤히 들여다보고 있는 놈들을 생각해보게. 자칫 잘못하다간 돌이킬 수 없는 결과를 초래할 수도 있단 말일세. 신중하게, 그러나 신속하고 정확하게 상황을 점검하게."

09 : 00

작전장교의 '돌이킬 수 없는 결과'란 말이 머릿속을 계속 맴돌았다. 말이 빠져나갈 틈을 찾지 못해 끊임없이 튕겨 돌아다니는 것처럼.

김은 정보장교에게 경고방송 장면과 사진을 달라고 부탁하고 자신의 방으로 들어갔다. 이번 작전을 위해 임시로 배정된 작은 방은 냉기가 흐르는 것처럼 썰렁하고 휑뎅그렁했다. 처음이나 지금이나 변함없이 여전히 낯설었다.

김은 비밀이 보장되기 어려운 사내 전화 대신 휴대전화를 꺼내 들었다.

"고객님의 전화기가 꺼져 있어……."

전화기 속의 여자는 최대한 감정을 배제한 억양으로 벌써 몇 번째 같은 말을 되풀이했다. 그 목소리에는 김이 찾는 정보원이 부주의해서 전화가 꺼져 있는 줄 모르거나 전화 받을 의사가 없음을 시사하는 묘한 울림이 있었다. 그 여자는 녹음을 하면서 정해진 원고 이외에 "지금 통화하기를 포기하든가 아님 직접 찾아가 멱살을 잡든가 선택해"라고 말하고 싶은 걸 억지로 참아야 했는지도 모른다.

김은 전화기를 집어던지고 싶은 생각을 꾹꾹 누르며 또다른 번호를 눌렀다. 다행히 이 녀석은 기다리고 있었다는 듯 받았다.

"헤이, 보스. 안 그래도 마니마니 했는데 안 받았어요, 와이?"

김은 막을 사이도 없이 욕이 튀어나가는 걸 느꼈다.

"와이고 지랄이고 간에 펀치 그 새낀 왜 전활 꺼놓고 있는 거야? 씨펄."

"왓? 빨라요, 무슨 말인지 모르겠어. 다시 말해주세요, 파던 미?"

"펀치가 전화를 안 받는다고, 이 씹새야!"

자신과 전혀 어울리지 않는 프린스라는 이름을 가진 이 흑인 용병은 두세 번 만에야 겨우 김의 말을 알아들었다. 하지만 제 친구 펀치가 왜 전화를 받지 않는지는 대답하지 못했다.

프린스는 일 년 전쯤에 김의 대대에 투입된 용병이다. 저 스스로 프린스라는 이름을 붙일 정도로 뻔뻔하고 낯짝 두꺼운 녀석은 용병들 중에서 제법 영리하고 눈치가 빨랐다. 그런 녀석이 안전하면서도 편안한 회사 병영 생활을 위해 들러붙은 게 김 대위였다. 뺀질거리는 녀석들을 가장 싫어하는 김은 처음에 노골적으로 프린스를 경멸하는 태도를 보였다. 그러다 서너 달 만엔가, 문득 태도를 백팔십도 바꾸었다. "이 녀석을 써먹을 만한 일이 있을 것 같다"는 생각이 반짝 그의 머리에 불을 켠 것이었다. 그리고 실제로 그 구체적인 방법이 떠오른 것은 두 달 전쯤이었다.

"굿 아이디어! 와우, 유 아 그레이트, 대단합니다! 짱이야, 짱!" 프린스도 맞장구를 쳤다. 할렘가를 어슬렁거리며 마약에 절어 살다가 경찰을 피해 여기까지 흘러왔을 녀석이니 그 정도 일쯤이야 식은 죽 먹기일 터였다. 김은 프린스의 친구를 동원해 상대 회사의 용병들을 매수할 생각이었다. 성공한다면 승리는 따놓은 당상이었다. 이쪽과 마찬가지로 상대 회사도 이미 전력의 오십 퍼센트 이상을 용병에 의존하고 있는 상황이기 때문이다. 프린스는 십 년치 연봉을 성공 보수로 약속받은 후 "오케이!"를 외쳤다. 그렇게 해서 매수한 녀석이 상대 회사의 용병인 펀치였다. 녀석은 대체마약상인데다가 정치범이라고 했다. 이름 그대로 불문곡직 주먹부터 날리고 볼 것 같은 성질 급한 흑인이었다. 무엇부터 해야 하냐고 묻더니, 마치 내일 당장 성공 보수를 받을 것처럼 설쳐댔다.

"보스, 아임 콜링 힘, 내가 프린스에게 전화해보께요."

프린스는 펀치가 아침 일찍 기습에 동원됐을 수도 있다는 말로 김을 진정시켰다. 하기야 그랬다면 주위의 눈치가 보여 전화받기는 힘들 것이었다.

"하여튼 이번 건이 잘못되면, 우리는 끝장이야, 끝장!"

김은 '나는'이라고 하려다 애써 '우리는'이라고 강조했다.

09 : 22

집에 전화를 해보았지만 받지 않았다. 아이들이야 학교에 갔을 테고, 아내는 구청에서 하는 비만 프로그램에 갔거나 직장에 출근했을 것이다. 오전과 오후 근무로 일주일씩 돌아가며 일하는 아내가 오늘은 언제 근문지 모르겠다. "급한 일이야. 빨리 연락해줘." 집 전화에 음성메시지를 남기고 휴대전화에 문자 메시지도 남겼다. 그리고 좁은 방안을 서성이며 기다렸다.

벽면에 걸린 둥근 시계의 기다란 초침이 한 바퀴를 돌았다. 지체하지 않고 두 바퀴를 돌았다. 사내 전화도 휴대전화도 울리지 않았다. 세 바퀴, 네 바퀴, 그리고 다섯 바퀴를 돌고, 여섯 바퀴째 돌 때 휴대전화가 격렬하게 몸을 떨었다.

"당신 어쩐 일이야? 일과 중에는 전화 안 하잖아."

그랬나? 어쨌거나 그게 중요한 게 아니다.

"길게 설명할 수 없고, 우리 집에 도둑 든 적 없어? 아니 도둑이 아니라도 누가 와서 비디오로 찍었다거나, 아님 그런 이상한 낌새라도 느껴진 적 없냐구."

"뭔 소리야? 이 군인아저씨가 자다가 봉창 두들기남? 우리 아파트가 낡아서 폭삭 주저앉을 지경이라도 우리 집만은 철통방위라는 거 몰라? 당신이 그래놨잖아. 내가 그렇게 도둑맞을 물건 하나 없다고 그래도 자물쇠 주렁주렁 달고, 방범창에 심지어 적외선 감지장치까지 해놨잖아. 그런데 무슨 도둑이 들겠어. 우리 집에 개미새끼 한 마리 못 들어온다는 건 온 동네가 다 아는 사실인데."

물론, 그걸 김이 모를 리 없다.

"알아, 안다고. 그런데 어떤 놈이 우리 집에 침입한 것 같단 말이야."

"언제? 오늘? 어제?"

"아니, 언젠지 모르겠지만 아무튼 그런 것 같아."

"아니, 당신은 그걸 어떻게 알았는데?"

그때 문을 두드리는 소리가 났다.

"지금 일일이 설명할 순 없고, 그러니까 당신은 전혀 모른단 말이지? 알았어, 내 나중에 다시 전화할게."

전화를 끊자 정보병이 들어왔다. CP-북과 탱크탑이 찍힌 사진을 내밀었다.

"같이 보내달라고 하신 동영상 장면은 지금 카피하고 있는 중입니다. 다 되는 대로 가져오겠습니다."

"그거 하는데 뭔 시간이 걸린다고 이리 늦어."

"한두 군데면 모르겠는데요, 지금 그거 카피해달라는 데가 워낙 많아서 말입니다."

"알았어, 임마. 앓느니 내가 죽지, 젠장."

09 : 32

"고객님의 전화기가 꺼져 있어……."

펀치의 전화기는 여전히 같은 말만 되뇌었다.

"고객님의 전화가 통화 중이어서……."

프린스도 전화를 받지 않았다. 펀치의 전화기가 꺼져 있는데 통화 중이라면 그래, 어쩌면 유선이나 내가 모르는 다른 연락 방법으로 서로 통화하고 있을 수 있을 거야. 내가 모르는, 이라고 생각하자 명치께로부터 뭔가 찌르르한 느낌이 전해져왔다.

만약 일이 잘못되고 있다면……. 생각만으로도 가슴 한가운데가 덜커덕 내려앉았다. 어둡고 암울한 느낌의 가까운 미래가 떠올랐다. 안 되지, 안 돼. 입살이 보살이라고 했는데, 내가 이러면 안 되지.

김은 곽 중사에게 전화했다. 무얼 시키면 이해 속도나 행동이 한 박자 느려 별명이 '형광등'이었다. 김이 프린스를 찾자,

"그 쌔깜둥이 용가리 말입니까? 아까 김 대위님 지시라면서 나가던데요. 어디로 갔냐고요? 그거는 잘 모르겠는데요……. 프린스가 들어오면 물어볼까요?"

했다가 김의 호통에 어, 뜨거라 싶어 뛰쳐나갔다. 곽 중사는 용병을 용가리라고 불렀다. 꼴통에다 고문관 시끼 같으니라고. 그나저나 함홍차사랬다고, 펀치를 찾으랬더니 프린스 이 녀석까지 왜 전활 안 받는 거야.

툴툴거리다 김은 정보병이 두고 간 사진을 들여다보았다. 고흐의 해바라기가 큼지막하게 프린트된 탱크탑, 그림의 색채가 워낙 강렬해 두드러지게 드러나지는 않지만 작게 봉긋한 가슴, 그것은 크기의 문제가 아니라 조숙한 아이가 가질 수 있는 천진한 도발성 때문에 더 자극적이었다. 몇 번을 보아도 딸아이가 분명했다. 마치 내 가슴 어때요, 가지고 싶지 않아요?라고 말을 거는 듯했다. 아아, 이런 제길헐. 내가 지금 무슨 생각을 하고 있는 거야.

서둘러 탱크탑 사진을 맨 뒤로 넣자 CP-북 사진이 나왔다. 과장된 남자의 물건이 반쯤 물려 있었다. 아아, 이놈의 컴퓨터그래픽은 정말 못 말리겠다. 책 속의 남녀는 최근 가장 인기 있다는 남자 배우와 여 가수의 모습을 그대로 빼다박았다. 이런 시시한 책에서가 아니라면 정말 그 두 사람의 모습을 찍은 실사 같을 정도였다. 하기야 얼마 전 들은 뉴스에 의하면, 책과 두뇌 신경을 연결해 등장인물 중 한 사람이 된 듯 실감할 수 있는 신기술이 개발되었다지 않았던가. 실제로 만지고 관계하는 듯한 느낌이 들도록 프로그래밍된 칩이 뇌신경을 자극한다는 거였다. 예전에 "쯧쯧, 요즘 젊은 것들이란……"이란 말을 들을 때가 오히려 나았다. 그땐, 자신이 "쯧쯧, 요즘 젊은 것들이나 신기술이란 건 도무지 원……"이란 소릴 하게 될 줄 어찌 알았으랴. 최근 들어 섹스 감성체험칩에 중독된 아이들이 많은데, 2년 동안 집안에만 틀어박혀 가상 섹스에 몰두해 있는 녀석도 있다지 않던가. 어쩌면……, 그래 남의 이야기만은 아닐 수도 있다. 이번 일만 잘 마무리 되면 애들을 좀 더 자세히 살펴봐야할 것 같다. 자세히…….

09 : 49

엇, 그런데 이게 뭐지? CP-북의 종이 스크린 위로 뭔가 어렴풋이 반사되어 비치는 저건……, 놈이다! 종이 스크린이 텔레비전이나 컴퓨터 모니터보다 거칠어서 선명도가 떨어지지만 분명 딸의 CP-북을 찍은 놈이 분명했다. 초점이 맞지 않은 사진 속의 그놈은 최신 모델의 디지털 카메라 대신 구형 카메라로 딸아이를 찍고 있는 게 분명했다.

김은 재빨리 다른 사진을 뒤적여 보았다. 하지만 그 사진보다 선명하게 놈을 식별할 수 있는 것은 없었다. 동영상, 그래, 동영상이라면 선명도를 높이는 방법으로 식별이 가능할지도 모른다.

김은 수화기를 들었다.

"야, 정보병. 동영상 어떻게 된 거야, 엉? 빨리 안 가져와, 새끼야."

10 : 02

김은 동영상을 세세히 들여다보았다. CP-북의 종이 스크린 위에 조금 더 선명하게 찍힌 화면이 있는지, 아니면 다른 화면 가운데 녀석의 정체를 밝힐 만한 장면이 있는지 보고 또 보았다. 그러나 CP-북에 어렴풋이 잡힌 1, 2초가 전부였다.

김은 웹디자인을 담당하는 사병을 부를까 하다가 그만두었다. 담당 사병이 오면 어렴풋한 녀석의 실체를 쉽고 빠르게 확인해 줄 수 있을 것이다. 하지만……. 그랬다. 딸아이의 모습이 찍힌 데다가 이 일과 어떤 관련이 있는지 전혀 알 수 없지 않은가. 관련이 있을 리 없다고 믿고 싶지만, 솔직히 그건 아무도 알 수 없는 일이었다.

김은 다시 의자에 털썩 주저앉아 자판을 노려보았다. 마우스를 클릭해 '개체속성' 창을 띄우고 사진의 밝기를 조정했다. 수치가 올라갈수록 화면은 서서히 밝아졌지만 그에 따라 화면 속 사물의 윤곽은 오히려 희미해져갔다. 천천히, 그러나 윤곽을 놓치지 않게 수치를 높였다 낮췄다를 반복했다. 그리고 한 지점에서 정지……, 마우스로 그 부분만 캡처해서 확대……. 녀석의 왼쪽 가슴에 뭔가 글자가 적혀 있는데……, 다시 밝기 수치를 낮추면……, 저 글자는…… 제 11대학. 제 11대학이 분명하다!

김은 자신의 눈을 의심했다. 제 11대학은 처남인 재완이 졸업한 대학이 아닌가. 그러고 보니 만날 대학 이름이 새겨진 낡은 티셔츠를 입고 있던 모습이 떠오른다. 제가 나온 대학이면서도 만날 "3류가 아니라 4류, 5류 대학이라니까요" 하다가, 5류를 오류와 동의어로 말하곤 했다. 설마……. 김은 세차게 머리를 두어 번 흔든 후 다시 모니터를 주시했다.

김은 가슴에 적힌 글자보다 더 판별이 어려운 녀석의 얼굴을 유심히 들여다보았다. 얼굴 부위를 캡처해서 채도를 높였다가 떨어뜨려 보았다. 밝기도 최대한 높였다가 천천히 낮추었다. 무채색에서 유채색으로, 한색계에서 난색계로, 조화도 시켜보았다가 대비도 시켜보면서 뚫어져라, 정말 안광眼光이 지배紙背를 철徹할 정도로 보고 또 보았다.

결국 김은 낙담했다. 책상을 쾅 쳤다가 두 손으로 머리칼을 쥐어뜯었다. 점, 눈 아래 점을 발견한 것이다. 재완의 왼쪽 눈 아래 깨알만 한 두 개의 점. 어두운데다가 CP-북에 반사된 얼굴은 아무래도 알아보기 어려웠지만, 들고 있던 '디에스엘알' 화면의 빛 때문에 녀석의 왼쪽 눈 부위가 어렴풋이 드러났다. 그것으로 녀석의 정체를 알아채는 데는 문제가 없었다. 두 개의 점으로도 충분했고, 마치 얻어맞은 것 같은 눈두덩 때문에 눈가가 처진 모양으로 확신할 수 있었다. 그제야 최근 취직하고부터 '디에스엘알'을 자주 들고 다니던 모습이 떠올랐다.

그런데, 처남이 왜? 도대체 왜?

10 : 25

머릿속으로 정리되는 대강의 줄거리는 이랬다. 처남이란 놈이 자고 있는 딸아이와 CP-북을 '디에스엘알'로 찍었다, 그 화면이 상대 회사에 넘어갔다, 오늘 기습공격 후 경고방송용 화면에 그 장면을 사용했다.

그러나 생각해보면 모든 것이 의문투성이였다. 먼저, 재완이 왜 그런 장면을 찍었을까? 그냥 재미로 찍어서 인터넷에 올렸는데 상대 회사 녀석들에게 이용당했다? 그럴 수도 있겠지만 별로 신빙성이 없다. 취직하기 전에 야동 사이트에 그런 장면을 찍어보냄으로써 용돈을 몇 푼씩 받았을 수도 있다. 그렇다면 상대 회사 녀석들이 딸아이와 자신의 관계를 알고 그랬을까, 아니면 우연의 일치였을까? 김은 순간적으로 몸을 부르르 떨었다. 경고방송 때 '너희들의 계획은 이미 다 드러나고 말았다. 무리한 공격은 곧 파멸을 불러오고 말 것이다. 그럼, 오늘 너희와 회사의 운명을 위하여!'란 자막이 떠올랐기 때문이다. 그렇다면, 녀석들은 작전내용을 알고 있을 가능성이 더 많다는 것인데……. 물론 자주 그래왔듯이 슬쩍 넘겨짚었을 수도 있지만, 뒷맛이 개운치 않다.

휴대전화로 재완에게 전화를 했다. 한 번, 두 번, 세 번, 네 번, 다섯 번, …… 열 번 울리고 나서야 전화 속 여자는 재완의 전화기가 꺼져 있다고 알려왔다.

김은 다시 휴대전화를 집어들어 단축번호 1을 꾸욱 눌렀다. 액정에 '마누라님'이란 표시가 뜨면서 귀에 익은 멜로디의 신호음이 들려왔다. 30, 40대 여자들 사이에서 유행하고 있는 〈무거운 일상으로부터의 탈출을 꿈꾸는 달팽이〉란 노래라고 했다.

"아이 참, 나 지금 일하고 있단 말이야. 왜 전화했어?"

아내의 목소리를 듣자 재완을 마주한 것처럼 짜증이 확 솟구쳤다.

"아, 씨펄. 내가 시간이 남아돌아서 전화한 줄 알아?"

"아니, 오늘 따라 이 이가 왜 이래? 소리를 꽥꽥 지르고, 대체 무슨 일인데, 응? 성질 그만 내고 말해봐."

하지만 한번 터진 화산은 준비된 양만큼 터져야 그치듯, 한번 폭발한 화는 '마누라님'의 말만으로 그쳐지지 않았다.

"발가락으로 쑤셔 만든 것 같은 그 자식 어디 갔어, 응?"

"아니, 이 이가 정말. 왜 아침부터 욕질이야? 그 자식이라니, 누굴 말하는 거야?"

"누군 누구야. 어이 상실, 개념 상실, 염치까지 상실한 네 잘난 동생 말이지."

"재완이 말야? 재완인 회사 갔지. 근데 왜 재완일 못 잡아먹어 안달이야? 이제 겨우 취직해서 열심히 일하는 애를."

더 참을 수가 없다. 마그마가 솟구치고, 화산재가 날고, 땅이 쩍쩍 갈라졌다.

"뭐, 취직? 열심히 일해? 대체 그놈의 자식이 뭔 일을 벌였는지 알기나 해?"

그러나 그의 아내가 자세한 내막을 알 리 없다. 어제 오후에 남은 일이 많아 철야작업을 해야 할 것 같다고 전화 온 게 전부였단다.

"무슨 화훼 관리 로봇을 판매하는 일 같던데. 더 자세히 물어보지는 않았어. 영업직이라 재완이가 쑥스러워하는 것 같아서 스스로 말해줄 때까지 기다려보자고 했었잖아. 지난 번에 당신이 먼저 그렇게 말해놓고선. 그나저나 재완이가 무슨 사고를 쳤어?"

"아직 정확한 정보가 아니라 말할 수는 없어. 하여튼 그 녀석 연락되면 즉각 나한테 전화하라 그래, 알았어? 제기럴, 내 목이 걸린 중요한 문제란 말이야!"

10 : 49

아아, 시간은 왜 이리 빨리 가는지 모르겠다. 이제 겨우 1시간 11분밖에 남지 않았는데, 아침 기습사건과 경고방송에 대해 알아낸 것이 거의 없지 않은가. 시간이 갈수록 불안해진다. 김은 내내 방안을 서성이다가 연신 펀치와 프린스의 전화번호를 눌러댔다. 찾으러 간 곽 중사도 종무소식이었다.

김은 거칠게 휴대전화를 집어던졌다. 전화기는 벽에 부딪혀 튕기더니 철제 책상 모서리에 맞아 바닥에 떨어졌다. 예전 모델 같았으면 부서지고 말았겠지만 배터리도 분리되지 않고 멀쩡해 보였다. 이름을 알 수 없는 신소재로 만들어 탄력성을 높였다던 광고가 생각났다.

그렇게 멀쩡한 휴대전화가 김의 속을 긁었다. 부서지기라도 했으면 답답한 마음이라도 풀릴지 모른다는 생각이 들었다. 저걸 그냥……. 군화 뒤축으로 밟아버릴 기세로 다가가던 김은 군화 뒤축 대신 손을 뻗었다. 벨소리가 요란하게 울렸기 때문이다.

"크, 큰일 났습니다, 대위님."

곽 중사였다.

"야, 이 새끼야. 지금까지 뭐하다가 이제서야 전화하는 거야, 앙? 내 전화까지 씹고……."

"아이고, 대위님. 지금 그기 중요한 게 아니고 하, 이거 진짜로 좆됐습니다."

"야 임마, 뭔 일인데 이렇게 설레발이야?"

김은 눈살을 찌푸렸다. 곽 중사 이 녀석은 정말 마음에 드는 구석이 하나도 없는 놈이야. 행동이나 말이 느린 것뿐만 아니라 바라볼 땐 언뜻언뜻 음흉한 눈빛이 드러나곤 했다.

"지금 영내에 용가리들이 하나도 없습니다. 아무래도……."

"그게 무슨 소리야? 용병들이 영내에 없다니, 지금 다들 근무시간인데 어딜 갔단 말이야. 게다가 중요한 작전을 앞두고 있는데."

"아무래도 무단이탈한 것 같은데요……. 아무래도, 이건 아무래도……."

"뭐야, 이 새끼야. 아무래도 뭐? 속시원히 말해봐."

등에서 땀이 흘렀다. 용병들이 없다면 작전은 시작할 수도 없다. 부담감 때문에 잠시 자리를 비운 것이리라, 어디 피엑스나 막사 같은 데서 시원한 맥주로 긴장감을 풀고 있겠지, '적당한 긴장감은 괜찮지만 너무 부담스러워 할 필욘 없어'라고 어깨나 한번 툭 쳐주면 다 해결될 거야.

"아무래도, ……용가리들이 몽땅 짜고 튄 것 같습니다."

아니, 어깨 한번 쳐주는 걸로는 안 되려나.

"짜고 튀어? 뭘 짰다는 말이야, 응?"

"아니요, 대위님. 짰다는 게 아니라 그럴지도 모른다는……, 생각해

보십시오. 안 그러면 우리 대대 용가리들이 한꺼번에 사라질 리가 없지 않습니까."

"잘 찾아봤어? 피엑스랑 막사랑, 화장실 갔을지도 모르잖아."

"다 찾아봤습니다. 당장 작전 들어가야 돼서 화장실 칸마다 다 열어 봤습니다."

이어 곽 중사는 제가 어찌해야 할지 물었다. 모르겠다. 그러나 김은 모르겠다고 말할 수 없었다. 그렇다면 해줄 수 있는 말은 단 하나뿐이었다. 어쨌든 여긴 군대 아닌가.

"어쩌긴 뭘 어째, 새끼야. 상황실에 말해서 비상 걸고, 무슨 수를 쓰든 열한 시 반까지 대기시켜놔. 안 그랬다간 너나 나나 군복 벗는 거야. 알았냐, 씹탱아!"

11 : 07

문자 메시지가 들어왔다.

'어때, 김 대위. 잘 돼 가나? 시간이 다 되어가는군.'

그리고 이어진 그림은 CP-북의 섹스 장면이었다. 야동을 몰래 보다 들킬세라 연신 주위를 둘러보듯, 김은 휴대전화를 감싸고 주변을 살폈다. 문자 메시지를 보낸 것은 상대 회사의 누군가가 분명했다. 하지만 녀석이 누군지, 재완과 어떤 관계가 있는지 없는지, 이번 프로젝트에 대해 어느 정도까지 알고 있는지 알 수 있는 근거는 없었다. '시간이 다 되어간다'고 한 걸로 봐서는 작전 개시 시각을 알고 있는 것 같은데, 또 더 무엇을 알고 있을까. 발신자 번호표시도 제한되어 뜨지 않았다. 그저 막연하게 이젠 끝이다, 그런 느낌만 들 뿐이었다. 점점 더 또렷하게.

다시 문자 메시지가 들어왔다.

'아직도 내가 누군지 모르겠나? 그렇게 머리가 안 돌아가서 지금껏 어떻게 회사에 붙어 있었나? 어때, 조롱당하는 기분이. 정신을 집중해서 추론해보라구.'

그리고 CP-북의 섹스 장면, 고흐의 해바라기가 그려진 탱크탑, 이어서 또 한 장의 사진이 떴다. 등받이 의자에 기대 잠든 김의 모습이었다. 어젯밤 프로젝트를 마지막으로 점검하다 피곤에 못이겨 잠든 그, 바로 김 대위 자신의 모습이었다. 그렇다면, 녀석은 어젯밤에 김의 집에 잠입했다는 얘기가 된다. 재완은 야근을 핑계로 돌아오지 않았고, 분명히 자신이 적외선 감지장치를 켰다. 누가 어떻게 들어와 자신의 사진을 찍었단 말인가. 도무지 알 수가 없었다.

김은 휴대전화를 더 힘껏 집어던졌다. 이번에도 전화기는 두세 번 부딪쳤지만 멀쩡했다.

또다시 문자 메시지가 들어왔다. 녀석은 이삼 분 간격으로 문자를 보내 김을 비웃었다.

'좀 알겠어? 그래도 모르겠다구? 자, 이번이 마지막 기회야. 잘 봐.'

아까 본 CP-북의 섹스 장면, 고흐의 해바라기가 그려진 탱크탑, 등받이 의자에 기대 잠든 김의 모습 따위를 강조하듯 다시 보여주었다. 이어서 새로운 단서라고 생각한 장면이 보태졌다. 아내와 아이들이 처남 재완과 어떤 한식당에서 밥을 먹고 있는 모습이었다. 자신만 빠진 채였다.

이번에도 김은 휴대전화를 집어던졌다. 물론 전화기는 아무렇지도 않았다. 설마, 설마 저 덜떨어진 녀석이……? 그러자 다시 문자 메시지 도착을 알리는 소리.

'이제 좀 알겠지? 너무 열받지 마, 자형. 어떻게 하다보니까 상대 회사에 취직하긴 했는데 자형한테 말할 순 없었어. 난 나대로 살아남아야 하잖아. 자형이 항상 나한테 해준 말 있잖아. 그 말이 맞더라고, 살아남는 게 중요한 거잖아. 그래, 승자가 살아남는 게 아니라 살아남는 자가 승자라고. 한편으론 미안하지만 그 말들 때문에 부담감을 덜 수 있었어. 이제 더 들을 수 없겠지만 좋은 충고 고마웠어, 자형. 그럼, 안녕.'

결국 녀석이었다. 마치 정수리를 둔기로 심하게 얻어맞은 느낌에 김은 멍한 표정만 지어보일 수밖에 없었다. 그래, 생각난다. 처남이라고 하나 있는 녀석이 하도 하는 짓이 서투르고 미련스러워 보여서 했던 말. 야, 세상은 전쟁터야, 전쟁터. 그렇게 밤낮 빈둥거리고 물러터져서 이 험난한 세상 어찌 살려고 그러냐, 응? 내가 상대의 코를 베지 않으면 녀석들이 마하의 속도로 내 코뿐만 아니라 팬티 속 물건까지 잘라갈 판국이야. 전쟁터에 부모자식이 어딨고 형제나 친구가 어딨냐. 옛날에야 전쟁을 해도 형제 찾고 부모자식 찾아가며 전쟁을 했다지만, 지금이 어떤 시대냐 말이야. 화성에 수학여행 갔다오는 시대야, 임마. 좀 비싸서 그렇지. 요샌 배신이니, 배반이니 그딴 소린 국어사전에도 안 나온다더라. 부모자식 간에도 물고 물리고, 형제 간에도 밟고 올라서는 게 당연시되는 시대야. 독하게 마음먹고 니 인생을 개척해보란 말이야, 응?

아, 그런데 그렇게 흐리멍덩한 표정으로 쳐다보기만 하던 녀석이 뒤통수를 까? 3류, 4류도 아니고 5류, 그래, 오류투성이 인생이 나를? 이렇게 결정적인 순간에, 아무리 내가 그런 조언을 했기로서니 감히 나를?

11 : 22

곽 중사가 문을 벌컥 열고 들어왔다.

"뭐야, 이 새끼야. 용가리들 찾으라고 했더니."

곽 중사는 손을 홰홰 내저었다.

"대위님, 진짜로 좃됐습니다."

"아니, 이 새끼가 지금 어디라고 말 함부로 하는 거야, 응?"

"아니, 글쎄 제 말부터 들어보시라니까요. 용가리들이 몽땅 저쪽 회사로 넘어간 것 같아요. 제 동기놈 중에 마 중사이라고 있는데, 아랍 출신 용가리 한 놈하고 친했답니다."

김은 자리에 주저앉았다. 곽 중사의 말소리가 조금씩 비현실적인 소리로 바뀌어가는 것 같았다.

"조금 전에 그 용가리한테서 온 전화를 받았다면서 저한테 왔더라고요. 저쪽 회사에서 주급을 두 배로 주고 한 달 휴가에 휴가비까지 지급하기로 했다나봐요. 그러면서 한다는 말이, 우리 회사에서 처음에 저쪽 용가리들을 빼오기로 하면서 제시했던 조건까지 다 알고 있더라는 거예요. 그리고 그런 작전계획이 우리 쪽에서 샜다고 하더라는데……."

김은 세차게 머리를 흔들었다.

"뭐? 우리 쪽에서 샜다고 하더란 말야?"

"예, 그런데 그게……."

여차하면 앉은 자리에서 죽을 판이다. 야 김치국, 정신 바짝 차려라.

"빨리 말해 새꺄. 그 새끼가 뭐라고 말했는지."

"그게 저……, 김치국 대위에게서 샜다고……."

"뭐? 그 새끼들이 나한테 무슨 억하심정이 있다고 그런 덤터기를 씌워, 응?"

김은 자리에서 벌떡 일어서며 두 주먹으로 책상을 최대한 힘껏 내리쳤다. 이어 의자를 뒤로 확 밀쳐 우당탕 소리가 나도록 자빠트린 후 군홧발로 책상을 걷어찼다. 손에 잡히는 대로 서류철을 집어던지는가 하면 답답하다는 듯 주먹으로 가슴을 두어 번 쳤다. 김은 자기가 봐도 과장되고 억지스러운 연기를 하고 있다는 생각을 했다. 하지만 어쩔 수 없었다. 곽 중사에게 속마음을 내보일 수 없었으니까.

"그나저나 대위님, 마 중사 말로는 저쪽 회사가 점심 먹고 대대적으로 공격해올 거라던데요. 그러고서 마 중사 그 새끼도 말처럼 뛰어 어디론가 도망가버렸어요."

그때 문이 열리고 작전병이 들어왔다. 작전장교와 사단장이 기다리고 있으니 함께 가자고 했다. 뭔가 좋지 않은 낌새가 느껴졌다.

"알았어, 니들 먼저 가 있어. 곧 갈 테니까."

"하지만 작전장교님이 대위님 모시고 오라고……."

김은 휴대전화를 집어들었다.

"이 새끼야, 알았다잖아. 마지막으로 한 가지 확인하고 간다니까."

작전병이 나가고 곽 중사도 미적거리며 나가버렸다. 당연히 김은 용가리가 어디 갔는지, 저쪽 회사에서 점심 먹고 뭘 할지 따위에 대해 한마디도 말하지 않았다. 아무렴, 작전병 따위에게 그런 얘길 할 수는 없지.

11 : 33

작전은 이제 다 틀렸다. 남은 방법은 단 하나뿐이다. 삼십육계 줄행랑이 최선책이라 하지 않았던가. 단순히 해고 정도로 일이 끝나지 않을 문제였다. 작전이 새어나간 정도라면 몰라도 그것이 바로 김의 집에서 처남에 의해 그렇게 된 거라면 이야기가 달랐다. 국가안보국으로 끌려가게 될지도 모를 일이었다.

방을 나서는데, 작전병이 문 앞에서 기다리고 있었다.

"얌마, 너 아직 안 갔냐?"

함께 올 것을 명령받은 모양이었다. 녀석을 떼어버려야 했다.

"알았어, 임마. 나 화장실 갔다올 테니까 잠깐만 여기서 기다려."

김은 일부러 서두르는 기색을 보이지 않고 화장실로 향했다. 미리 화장실 뒤에 있는 맨홀 뚜껑을 확인해두길 잘했다 싶었다. 오 분 정도 하수구를 따라가면 강과 마주치는 지점이 나올 터였다. 그리고 거기에 미리 불러둔 비행 택시가 기다리고…….

11 : 40

하수구 안은 어둡고, 축축하고, 지독한 냄새가 났다. 아아, 이제는 안녕이다. 집도, 회사도, 지상의 모든 길과도 작별이다. 아내와도, 아이들과도 언제 다시 만날 수 있을지 모른다. 나중에 잠깐이라도 작별인사를 할 수 있으려나……. 아마 회사에 보란 듯이 들어간 재완이 제 누이를 빼돌렸을 것이다. 지금쯤은 아파트도 텅 비어 있겠지. 아아 그래, 정말로 이젠 밝은 세상과 끝이다.

대여섯 걸음을 떼었을 때, 전화기가 울렸다. 재완의 전화번호였다. 뭐야, 이 새끼. 저 혼자 살겠다고 자형을 이런 하수구에 처넣고도 뭐 더 할 말이 남았다는 거야 뭐야. 오냐, 그래 네가 끝까지 뭔 소리를 하고 싶은지 보자. 수신 버튼을 누르자, 재완의 뒤통수가 화면을 채웠다.

"뭐야, 이거 고장난 건가?"

재완의 목소리가 아니었다. 굵고 낮아 묵직한 느낌을 주는 쉰 살 정도의 남자 목소리였다. 하지만 모습은 보이지 않고, 재완은 어쩐 일인지 대답도 하지 않고 꿈쩍도 하지 않았다.

"허허, 그래도 제 할 일은 다 하고 고장났으니 다행이네."

말하는 사내는 누구고, 뭐가 고장났다는 거야. 그때 두툼하고 털이 부숭부숭한 손이 나타났다. 손은 곧바로 재완의 머리로 가더니 머리 여기저기를 매만졌다. 뭘 하는 거야, 도대체. 곧이어 나타난 장면에 김은 자기의 눈을 의심했다. 재완의 머리가 열리고 나타난 것은, 복잡한 회로의 기계장치였다. 김은 얼떨결에 휴대전화를 떨어뜨렸다.

"로봇? 재완이가?"

김은 다시 전화기를 주워들었다.

"쯧쯧……, 중앙처리장치가 엉망이 되어버린 것 같군. 제기랄, 어떤 씨피유를 넣어도 이 녀석 각각의 시스템과 조화가 안 돼."

그때 처음 듣는 목소리가 끼어들었다. 신경질적인 목소리였다.

"이제 그 녀석 필요없잖아. 갖다버려. 김치국이도 도망가버렸고…….”

재완의 머릿속을 여기저기 만져보던 손이 '치칫—' 소리와 함께 작은 불꽃이 튀자 소스라쳤다. 이어 “이런 젠장!” 소리와 함께 재완의 머리를 툭 쳤다. 재완의 머리는 금방이라도 바닥에 떨어질 것처럼 뒤로 젖혀져 얼굴이 화면에 거꾸로 잡혔다. 그렇게 재완이 김을 노려보는 형상이 되었다.

“젠장, 아무리 구형이라지만 진짜 이건 로봇 중에서 3류, 4류도 아니고 5류야, 오류!”

“버리고, 나머지도 회수를 해야지, 안 그래?”

굵고 낮은 목소리와 신경질적인 목소리가 부조화스럽게 웃었다. 두 개의 웃음이 합쳐져 껄껄껄도 아니고 낄낄낄도 아닌 기괴한 웃음이 하수구 벽 여기저기 튕겨 음산하게 퍼졌다.

김은 좌절감과 열패감에 빠져 머리칼을 쥐어뜯었다. 모든 것이 혼란스러웠다. 도대체 재완은 어디로 가고 로봇만 남았는가, 로봇의 누이인 아내는 그대로 아내인가 로봇인가, 그렇다면 아이들은? 이런 제기랄, 나는 내가 맞기나 한 걸까, 아니면 오류가 잦은 로봇일까, 김은 자신의 머리를 열어보고 싶은 충동에 사로잡혔다. 아아, 나는 무엇이고 지금 어디에서 무얼 하고 있는 것인가.

11 : 55

변두리 폐기계 거리에서 김은 택시비를 지불하고 내렸다. 김의 휴대전화를 실은 택시는 다시 도심을 향해 되돌아갔다. 늦어도 10분쯤 뒤면

회사 소속 헌병들이 김 대신 택시 뒷자리에 놓인 김의 전화기를 찾아낼 터였다. 그러는 동안 김은 몸을 숨겨야 한다.

폐기계 거리는 대낮이지만 전혀 그런 느낌이 들지 않았다. 우중충하고 황량하고 사람은커녕 쥐새끼 한 마리도 보이지 않았다. 이제 돌아갈 집도, 회사도 없었다. 여기서, 이 황폐하고 쓸쓸한 거리에서, 그렇게 살아야 한다. 아니, 그렇게 죽어갈 것이다. 근처 어딘가에 재완의 머리가 뒹굴고 있을 것만 같았다.

갈림길이 나왔다. 왼쪽은 거대한 폐기계 거리, 아니 이제는 거리가 아니라 폐기계 도시라고 불러야 할 정도였다. 마리아라는, 제 몸의 절반을 기계로 리모델링한 120킬로그램의 여두목이 관할하는 구역이었다. 오른쪽은 도시의 북부로 통한 외곽지역이었다. 하지만 그곳은 경찰이나 군대의 영향을 전혀 받지 않는 지하도시 지역이기도 했다. 크리스토퍼라는, 국가가 군대를 운영할 당시 군수물자의 30퍼센트 가까이를 팔아먹어서, 결국 국가대신 지금의 회사 체계로 바뀌게 만든 전직 쓰리스타 전략군사령관 출신의 두목이 지배하는 곳이었다.

김은 잠시 걸음을 멈추고 양쪽을 번갈아 바라보았다. 곧 그는 오른쪽으로 방향을 잡았다. 아아, 결국 이렇게 나도, 파르티잔이 되고 마는구나. 안녕, 그동안 익숙했던 모든 것들이여. 안녕, 햇빛이여. 안녕…….

12 : 00

공격 개시.

꼬마실비집

꼬마실비집

다은에게.

할아버지 때문에 화 많이 났지? 아무리 손녀라고 해도 다른 생각 가질 수 있는 건데 말이야.

그런데 유튜브에서 네 모습을 보고 많이 놀라긴 하셨던 모양이더라. 너도 알잖아. 할아버지가 촛불집회를 어떻게 생각하시는지.

나도 좀 놀라긴 했어. 설날 아침에 불쑥 그런 걸로 널 나무라실 줄은 몰랐으니까. 사실 나도 회의 때문에 올라갔다가 서너 번 광화문에 갔었잖아. 만나지는 못했지만 너랑 통화했었잖아.

할아버지 모습 보니까 예전 아빠가 학교 다닐 때가 떠올랐단다. 그때도 우여곡절이 많았거든.

한번 들어볼래? 카톡으로 얘기하기엔 기니까 조금 정리해서 이메일로 보낼게.

뭐, 그런 일도 있었다는 거야.

조심해서 올라가고, 도착하면 전화해.

1…

"여게 주동자가 누고?"

숙소로 배정된 마을회관에 짐을 내려놓고 있을 때였다. 유리가 깨지는 듯 쨍한 목소리에 우리는 일순간 무르춤했다.

"주, 주동자……요?"

"그래, 주동자. 자네들 대표가 있을 거 아이가."

이번에는 깨진 유리를 지그시 밟는 듯한 목소리가 났다.

"아아……, 조장 말이지요?"

"조장? 머 그기 주동자 아이가?"

입구 쪽에 있던 후배가 이쪽을 바라보았다. 연이어 사십대 초중반의 쨍한 목소리 사내는 찌르듯이 나를 쳐다보았다. 낮술을 먹었는지 얼굴이 불콰하고 말 할 때마다 문뱃내를 풍겼다.

"자네가 주동자…… 아니, 조장인갑네. 나 쫌 봐."

농활대 가운데 가장 나이가 많다는 이유로 조장이 된 나는 얼쯤하니 서 있었다. 그래봐야 한두 살 차이거나 생일이 조금 빠를 뿐이었다. 이른바 지하서클에서 활동하다 노출이 되는 바람에 막 공개 조직 활동을 하게 된 터였다.

"우리 동네는 너거들 데모하는 대학생 받아주고 그런 데가 아니라. 뼈대 있는 집안 집성촌인데 감히 빨갱이……."

그때 마흔 가량의 사내가 쨍쨍거리는 중에 다른 목소리가 끼어들었다. 약간 탁성이어서인지 무게감이 느껴지는 목소리였다.

"행님, 요오서 머하고 있는디요! 농활대가 오는 거는 마을 청년회에서 전에 다 이야기하고 결정한 거 아입니까. 와 인자 와서 이라는 기라요."

사내는 물러서지 않겠다는 듯 맞받았다.

"나는 동의해준 적 업따. 내도 청년회원이다. 니가 회장이라고 니 마음대로 하면 되나!"

"언제 내 맘대로 했다고 그라요. 다수결로 한 기지. 요오서 이러지 말고 저 짝에 가서 나하고 얘기하입시다."

"니하고 할 이바구 업따. 이거 나라, 노으라 캐도."

하지만 그는 말과 달리 크게 저항하는 기색 없이 청년회장을 뒤따랐다. 그런데 그는 몇 발자국 따라가다 금방 다시 얼굴을 들이밀었다.

"근데 말이다, 주동자 니 이름이 머이고? 내가 가도 니 이름은 알고 가야 안 되것나."

피식 터져나오려는 웃음을 참으며 이름을 말해주었다. 그러자 그는 작은 눈을 동그랗게 떴다.

"응? 그럼 니도 우리 일족이라 말이가?"

쨍한 목소리가 한결 부드러워져 쟁쟁거리는 목소리가 되었다. 단박에 호구조사가 이루어지고 중시조와 항렬에 대한 대답을 들은 그의 목소리는 훨씬 수긋해졌다. 그도 그럴 것이 단일 성씨인데다 따져보니 나는 그에게 아저씨뻘이 되었기 때문이었다.

그가 웅호 형이었다.

마을 청년회장인 호영 형에 의하면, 웅호 형이 경찰이 된 친구에게 농민회 내부 일을 미주알고주알 흘리고 있었다. 정황이 빤한 데도 따져 묻기라도 하면 자신은 그런 짓 절대 안 한다고 잡아떼고 있다는 거였다. 결국 웅호 형만 나타나면 입을 다물고 따돌리게 되는 일이 반복되고 있었다.

"야, 이 좆만 것들아. 왜 내가 들어오기만 하면 슬슬 돌리고 지랄이고!"

"돌리기는 누가 멀 돌린다고 그라요? 지루박 스텝 밟는 것도 아니고."

"그라고 우덜 보고 좆만 것들이 머이요? 행님 좆이 그리 크요?"

"머라꼬? 이 좆가튼 새끼가 내하고 함 해보자 이기가. 아래우도 다 필요 없다 이기제. 싹다 덤비라!"

일쑤 목청만 높은 말다툼으로 번지곤 했다.

어쨌거나 첫날 촌극이 벌어진 후에는 어떤 토막극도 일어나지 않았다. 우리는 오래된 비닐하우스를 철거하거나 축사의 배변을 걷어내고 동네 하수구에 쌓인 쓰레기와 침전물을 치웠다. 여학생들은 밭일을 거드는 외에 아동반과 학생반, 부녀반 등으로 나누어 분반활동을 진행했다.

정보과 형사들과 학생과 직원들은 늘 귀찮은 모기처럼 왱왱거리며 주위를 맴돌았다. 면장과 이장은 중간에서 줄곧 이쪽과 저쪽의 눈치를 살폈다. 하지만 그뿐, 어떤 유미한 일도 불미스러운 일도 일어나지 않았다. 그들도 특별히 의식화니 사회비판 등과 같은 것만 하지 않는다면 굳이 간섭하지 않겠다는 점을 분명히 했다.

마을 안쪽 버려진 건물에 '간첩 잡아 애국하고 유신으로 번영하자', '반공 없이 자유 없고 방첩 없이 평화 없다'는 표어가 아직도 조금씩 탈색되고 있었다. 그 중에서도 붉은 색으로 쓴 간첩이니 애국·유신·반공·방첩이니 하는 글자가 다른 글자보다 더 빨리 색을 잃어갔다. 우리는 그런 사실을 서로 속닥거리며 비아냥거리곤 했다.

2…

“어이, 주동자. 니 나 쫌 보자.”

일주일 간의 농촌활동이 거의 끝나갈 무렵이었다. 하루 일과가 끝나고 저녁 준비를 하는데 웅호 형이 불쑥 찾아왔다.

“나하고 갈 데가 있은께 가자.”

그는 해야 할 일이 남았다는 내 말을 귓등으로 흘려보내고 무작정 손을 잡아끌었다.

의외로 손이 거칠지 않았다. 책상머리에서 일하는 사람의 손이라고 할 수도 없었지만 농사일을 하는 손이라고 할 수도 없었다. 그런 생각을 하는 사이에 시외버스가 다니는 큰길에 이르렀다.

“어딜 가실라고요?”

“고마 아무 소리 하지 말고 따라온나. 니하고 할 이야기가 있다 안쿠나.”

“안 됩니다. 저녁에 분임토론 진행도 해야 되고…….”

“시끄럽다, 고마.”

그때 택시 한 대가 다가와 섰다. 미리 호출해두었던 모양이었다.

“읍에 가자.”

보아하니 택시 기사도 일족이거나 후배쯤 되어 보였다.

“행님, 본께 벌써 한잔 했구마는 더 할라고? 고만하지?”

“지랄하지 말고 운전이나 해라. 아저씨뻘 되는 동생하고 긴하게 헐 말이 있은께네.”

기사는 한두 번 당해본 일이 아니라는 듯 아랫입술을 삐죽 내밀었다.

이십여 분 뒤 택시는 '꼬마실비집'이란 간판을 단 술집 앞에 섰다. 주인이 키가 아주 작은 사람인가 생각하며 내렸다. 농활 나와서 되도록 술 먹지 말라고 했던 내부지침이 자막처럼 이마를 스쳤다. 한두 잔 마시다 적당히 둘러대고 돌아가야겠다고 생각했다.

그런데 다시 자세히 보니 '꼬마'가 아니라 '꼬막실비집'에서 기역 받침이 떨어져나간 거였다. 주인이 꼬막을 아주 좋아하는 사람이거나 아니면 꼬막이 많이 나는 지역 출신일지도 모른다 싶었다.

덜컹거리는 미닫이 유리문을 밀고 들어서자 아무도 보이지 않았다. 세 개밖에 없는 테이블도 비었고 심지어 주방에 불이 꺼져 있었다. 문이 열려 있는 건 장사를 한다는 뜻일 텐데 내부 분위기는 그런 사실을 정면으로 부정하는 듯했다.

"누고?"

주방과 붙은 방에서 목소리가 새어나왔다. 이어서 방에 불이 켜지고 문이 열렸다. 크게 한입 하품을 베어문 여자가 곰발바닥 같은 발에 샌들을 끼워넣었다.

"아, 왔나? 시간이 벌써로 이러키 됐나."

"참, 그리 잔께 다들 곰이라고 안 허요."

여자는 투실투실한 몸피에 유난히 커보이는 가슴을 귀찮다는 듯 연신 손으로 추어올렸다. 웅호 형은 이상하리만치 여자에게 고분고분했다. 줄잡아 열 살 정도는 많아 보이는 나이 때문인 것 같기도 하고 아닌 것 같기도 했다. 둘 사이에 묘한 기운이 오고갔다.

"지랄헌다. 시장 보고 장사할 준비 다 해놓고 잠깐 잔 기다."

"곰은 곰이지 머."

"그래, 니 똥 굵다."

웅호 형은 자리에 펄썩 주저앉았다.

"앞에 묵은 술 깨기 전에 퍼뜩 술부터 주소."

여자는 주방으로 향하다가 말고 그를 쏘아보며 다시 한번 더 가슴을 추어올렸다.

"내가 술 그리 처묵으모 안 된다고 했제. 니맨치로 깡술을 급하게 묵는 거 아니라. 술은 좋은 안주하고 천천히 묵는 기라 안쿠더나. 그래야 몸을 안 베린다니까."

"앞에 묵은 술 깨먼 아까바서 그런다 아이요."

"니가 그란께 안 되는 기라. 취했다가 깼다가 또 취하는 기 술 묵는 맛이고 취하는 멋인 기라. 니는 한참 멀었다."

그는 여자에게 말로나 노련함에서나 상대가 되지 않았다.

"알았은께 안주랑 같이 주든 따로 주든 빨리 주소."

여자는 딸딸딸 샌들 뒤축소리를 내며 주방으로 들어갔다. 형은 여자의 엉덩이에 눈길을 고정시킨 채 낄낄거렸다.

"저래 봐도 육해공군 다 주무리는 합참의장 같은 여자라."

잠시 후 웅호 형은 술 고프다고 칭얼거리기 시작했다. 그러거나 말거나 여자는 대꾸도 없이 냄비뚜껑을 열고 접시를 내었다.

곧 십여 가지 안주를 앞세우고 여자는 소개받은 배우처럼 등장했다. 말 그대로 '육해공군'이 총망라된 안주상이었다. 돼지고기 수육과 부추전, 삶은 옥수수, 오이와 당근 등이 육군을 대표해 먼저 열과 오를 맞춰

섰다. 다음 해군으로 전어회 몇 점과 멍게회, 꽁치구이, 명태전이 이어 정렬했다. 마지막으로 공군에서 차출된 달걀말이와 메추리알장조림이 후미를 맡았다. 이곳의 실비집은 술값에 안주값이 포함돼 있어 술만 시키면 안주가 무료로 나오는 식이었다. 실비實費라는 말만큼 싸게 술을 마실 수 있는 술집이란 뜻이었다.

종일 일한 뒤였고 배가 고팠던 터라 나는 이것저것 주워먹었다.

"이리 오소. 한잔 하그로……."

웅호 형의 관심사는 안주가 아니었다.

"초저녁부터 취하먼 우짜라고! 장사 다 말아묵으라고?"

여자는 쏘아붙이면서도 빈 잔을 들고 와 철퍼덕 소리가 나도록 앉았다.

"취하먼 밤새도록 마시먼 되지. 그까짓 꺼 얼매나 된다고."

"지랄하고 자빠졌네."

여자는 습관적으로 "지랄한다"는 말을 내뱉었다. 웅호 형이 귀신 잡는 해병 어쩌고 하면서 뱀을 산 채로 씹어 먹었다고 할 때도, 해병대 정신으로 회사를 차려 수십억을 벌었다고 할 때도 "지랄한다"는 한마디로 논평을 간단히 끝냈다. 회사 돈을 꿀꺽하고 미국으로 도망간 동업자를 잡기만 하면 자기 인생에 봄날이 다시 시작된다는 말에도, 새로 구상하고 있는 사업이 있는데 투자자만 잘 만나면 백 퍼센트 아니라 이백 퍼센트 대박난다는 말에도 어김없이 썩소를 날리며 "지랄하고 자빠졌다"고 쏘아붙였다.

"겉으로는 저래싸도 속마음은 안 그렇다. 나한테 얼마나 잘하는고 아나?"

여자가 다른 손님 상을 보러 주방에 들어가자 형은 속삭였다.

"나한테 벌써 반쯤 아니, 거의 다 넘어왔다."

술병이 연병장에 늘어선 병사처럼 도열하기 시작했다. 그럴수록 웅호 형은 그 사열을 받기 어려울 정도로 취해갔다.

"근데 니 이 집 간판이 왜 꼬막집인고 아나?"

반쯤 꼬인 혀로 그는 배실배실 웃으며 물었다.

"그러고 보니까 이상하네요. 꼬막집에 꼬막 안주가 나오지도 않았는데……."

"저 여자가 꼬막 아이가."

"예?"

"니가 진짜 꼬막 맛을 알것나. 꼬막 안주는 비교가 안 되지. 사방 컴컴한 디서 비리척지근한 몸냄새 맡으먼서 묵는 그 맛을……."

그는 연신 낄낄거렸다. 어느새 색을 탐하는 기운이 눈꼬리와 입꼬리를 타고 흘러내렸다.

"물기가 적당한 기 옴죽거리먼 얼매나 쫄깃헌지, 으히히……."

조정래의 소설 『태백산맥』에 나오는 벌교 꼬막에 대한 묘사가 생각났다. '간간하고, 졸깃졸깃하고, 알큰하기도 하고, 배릿하기도 한 그 맛'. 그와 동시에 외서댁을 겁탈한 염상구가 했던 말이 떠올랐다. "쫄깃쫄깃헌 것이 꼭 겨울 꼬막 맛이시."

순간 외서댁이 내 연인이나 아내라도 된 듯한, 알 수 없는 치욕과 모멸감이 전신을 휘감았다.

그때 꼬마실비집 유리문이 거칠게 열렸다.

"행님, 이기 다 머하는 짓이라요!"

"시방 정신이 있는 기라요, 없는 기라요. 참나!"

호영 형과 마을청년회 회원이었다.

"어어? 너그들 여기는 우째 알고 왔노?"

"행님이 여기 말고 갈 데가 어디 있다고 그라요."

"허어, 그런가? 그나저나 섰지 말고 앉아라. 술 한잔 받아라."

호영 형이 듣기 싫다는 듯 손사래를 쳤다.

"고마 됐고요. 농활 온 학생을 이렇게 데꼬 나오모 우짜자는 말인데."

"아니, 농활인가 머신가는 됐고, 나는 고마 우리 일가붙이하고 이야기 좀 할라고 했지. 그기 머 잘못이가, 응?"

실랑이가 오가는 동안 웅호 형이 연거푸 술잔을 비웠다. 급기야 언성이 높아지고 횡설수설하기 시작했다.

"청년회장이면 다가, 응? 니 조심해라이. 청년회고 농민회고 간에 내가 딱 지키보고 있응께 조심하라고."

나는 호영 형 트럭을 타고 돌아갔다. 안 간다고 버티는 웅호 형은 같이 온 회원이 다독여 같이 돌아가기로 했다.

가는 동안 호영 형에게 들은 사실은 놀라웠다.

"니한테도 해병대 어쩌고 동업자 저쩌고 하제? 다 개뻥이다. 집에서 맨날 도시락 싸가지고 댕기면서 똥방위 했다. 그걸 우리가 다 봤는데 공갈을 쳐도 정도껏 쳐야지. 회사를 차린 적도 없다. 내가 알기로는 배 만드는 공장 좀 다니다가 아파트 짓는 노가다를 많이 했다더만. 술 퍼

마시고 계집질하느라 돈을 모을 새가 없었을 거구만."

"근데, 왜 나한테 거짓말을 했을까요? 그럴 이유가 없잖아요."

"떠돌아댕김서 허풍 떨던 게 버릇이 된 거겠지 머. 아무한테나 거짓말하는 버릇 같은. 인자 우리 동네서는 아무도 자길 상대 안 해주거든. 그런께 니한테 이러는 거겠지."

"무슨 일이 있었던 모양이네요. 동네에서 싫어할 만한……."

"거짓말이든 허풍이든 지 혼자 그러고 말면 괜찮지. 근데 그기 혼자 그러고 마는 경우가 거의 없거든. 몇 년 전에 동업자가 미국으로 도망갔다고 해서 자기 집 논밭뙈기께나 팔아서 가져갔지. 친구들 몇 사람도 돈을 모아준 모양이더라고."

"정말 그랬을 수도 있잖아요."

"아니라. 그 돈 가지고 외제차를 사서 타고 다니더래. 그걸 알고 친구들이 욕을 해댄께 아예 연락을 끊어버렸다더만."

호영 형은 고개를 절레절레 저었다.

"그러다가 작년 가을에 또 나타난 기라. 아무 일도 없었던 것처럼. 차는 진작에 사고가 나서 폐차하고 땡전 한 푼 없이 거지꼴로. 그래가꼬 몇 달 잠잠히 있는가 싶더만 요새 또 살살 본성을 드러내고 있어. 그러니 사람들이 상대해주고 싶겠냐고."

"아……, 그렇겠네요."

"차 사고가 크게 났던 모양이라. 허리 쪽을 다쳐서 인자는 노가다도 못할 정도라더라고. 그런께 요새 와서는 농약장사를 하겠다고 하는 기라. 자기 집엔 돈이고 땅이고 남은 기 거의 없은께 하다하다 인자는 문

중 땅을 넘보고 있어. 말도 안 되는 일이지. 그것도 어려운께 보는 사람마다 투자하라고 하는데, 그걸 누가 하것노."

형은 피식 웃었다.

"어쩌다 술 취해서 꼬막집 여자랑 하룻밤 잤던 모양이더라고. 그 뒤로 하릴없이 자꾸 꼬막집을 기웃거리더만. 농약방을 하면 같이 살자는 식으로 꼬드기고 있는갑던데 잘 안 넘어오나봐. 꼬막집 전세비라도 어찌해볼라고 그러는가본데 쯧쯧……. 어쨌거나 니를 빨리 찾아서 다행이다. 갑자기 니를 데리고 가논께 다들 뭔 일인지 걱정하고 있었거든."

3…

일 년쯤 뒤에 나는 홀로 마을을 찾았다.

출석일도 모자라고 시험마저 안 본 과목이 많아 애저녁에 제적 처리가 된 상황이었다. 그런데도 시위가 있을 때마다 앞에서 마이크를 잡았다. 붙잡히면 따질 것도 없이 군대에 가야 할 판이었다. 그래서 잠시 호영 형 집에 머물기로 한 것이었다.

시간은 많고 딱히 할 일은 없었다. 낚싯대를 빌려 근처 저수지에 나갔다. 붕어가 물든 미끼만 채가든 상관없었다. 호영 형은 바늘도 없이 낚싯대를 드리웠다는 강태공과 동급이라고 놀렸다. 하지만 머릿속에 헝클어진 낚싯줄이 가득차 있어 혼란스러웠다.

하루는 저수지 반대편에서 웅호 형의 모습이 나타나 적이 놀랐다. 어디선가 정보과 형사가 동시에 들이닥칠 것만 같았다. 하지만 주변을 둘러보아도 그런 기미는 없었다.

"어이, 주동자. 뭐가 좀 잡히나?"

뭐라고 대꾸해야 좋을지 몰라 그의 얼굴만 보았다. 농활 왔을 때보다 기가 많이 죽어 있었다. 어찌 보면 여유가 있어 보이는 표정이었다. 그러고 보니 목소리에도 날카로움이 많이 사라진 것 같았다.

"고기 안 잡히기로 유명한 덴데 잡힐 리가 있것나. 여기 낚시하러 오는 놈은 니뿐일 끼다."

형은 검은 비닐봉지에서 소주와 튀긴 건빵 과자를 꺼냈다.

종이컵에 반쯤 따라주고 잔을 부딪치는 시늉을 한 뒤 잔을 비웠다.

"아까 지남서 본께 니가 있길래 반갑아서 와본 기라. 도바리치는 중인갑네?"

나는 대답 대신 종이컵을 반쯤 비웠다.

"걱정하지 마라. 설마하니 내가 집안 아재를 신고하것나."

형은 자기 잔을 채운 뒤 곧바로 비웠다. 이내 두 번째 병뚜껑을 땄다. '꼬마실비집'의 그 여자가 떠올랐다. 술기운이 오르면 지난 번처럼 다짜고짜 2차 가자고 잡아끌 것만 같았다.

하지만 예전보다 훨씬 말수가 줄어든 그는 수면을 응시할 뿐이었다. 말을 하고 싶어질 때마다 대신 건빵을 씹는 것이 아닐까 싶기도 했다.

삼십여 분 정도 지났을까. 그가 갑자기 몸을 일으켰다.

"갈란다. 고기 많이 잡아라."

이번에도 나는 뭐라 대꾸해야 좋을지 몰라 그의 얼굴만 보았다. 그 사이에 그는 휘적휘적 왔던 길을 되짚어 가버렸다.

"당연하지. 알거지가 됐는데 입이 백 개라도 할 말 없지."

저녁에 만난 호영 형은 비아냥거렸다. 그간의 내막은 이랬다.

워낙 웅호 형이 졸라대는 통에 여러 사람이 십시일반해서 돕기로 했다. 그렇게라도 하지 않으면 무슨 일을 벌일지 모르니 아예 크게 어긋나게 않게 하자는 쪽으로 의견이 모아진 것이었다. 먼저 웅호 형의 아버지가 얼마 남지 않은 천둥지기 논을 팔아 보탰다. 그러자 동네 농민회와 청년회, 작목반에서도 거들었다. 어차피 농사를 지으려면 농약과 비료를 써야 한다는 필요성이 제기되었다. 농약방을 열면 새 출발한다는 의미에서 술도 덜 먹고 누구보다 열심히 살겠다는 다짐을 열 번이고 스무 번이고 받고 또 받았다. 그때마다 웅호 형은 호언장담했다.

"걱정하지 마라. 내 이름에 호랑이도 있지만 곰도 있다 아이가. 곰처럼 참고 견디는 거 나도 할 수 있다 이기라. 나도 한번 한다면 하는 사람이라. 내가 나중에 백 배, 이백 배로 갚을 낀께네. 두고보라먼!"

그러나 갚겠다는 놈치고 은혜 갚는 사람 없고, 두고보자는 놈치고 무서운 놈 없다고 했다. 개업을 하고 장사를 시작할 때 활짝 웃던 얼굴이 날이 가고 달이 갈수록 어두워졌다. 반 년쯤 뒤 심상치 않음을 눈치챈 호영 형이 다그치자 곪고 썩은 것들이 고구마 줄기처럼 달려나왔다. 농약방을 담보로 대출을 받은 돈이 전세보증금보다 두세 배나 많은데 한 푼도 남아 있지 않았다. 게다가 농약 회사에서 외상으로 가져다쓴 농약 대금을 갚지 못해 더 이상 물건을 줄 수 없다는 통보까지 받았다. 그것뿐만이 아니었다. 아는 사람은 안다고, 모르는 사람은 그때부터 신용을 쌓는다고 여기저기 외상으로 농약을 주었다. 당연한 말이지만 줄 땐 기분 좋게 주고받을 땐 굽신거려도 받기 어려운 게 외상 아니던가. 그런데 더 가관인 것은, 심지어 외상준 것과 받은 내역을 제대로 꼼꼼히 기록조차 해두지 않았다는 거였다.

"다른 건 다 그렇다 치더라도 대출받은 돈 다 어쨌냐고 족쳤지. 그런데 나 참, 어이가 없어서……."

호영 형은 고개를 절레절레 저었다.

"꼬막인지 꼬만지 그 술집 여자한테 줬다는 기라. 아들이 급성 백혈병에 걸려서 죽게 생깃다면서 눈물을 줄줄 흘리더라나 뭐라나. 늙은 여시 같은 년한테 옴팍 당한 기라."

여자가 석녀여서 결혼에 실패했음을 웅호 형이 알 리 없었다. 백혈병에 걸릴 아들이 없는 여자는 돈을 챙겨 잠적해버렸다. 여자에게 아들이 있는지 여부를 간단히 면사무소나 파출소에 가서 알아볼 생각조차 하지 못한 그가 농약방 문을 닫아걸고 찾으러 다녀보았으나, 여자가 "까꿍! 나 여기 있지롱" 하고 스스로 모습을 드러내기 전에는 찾기 어려웠다. 결국 농약방은 폐업하였고 빚은 고스란히 동네에서 떠안게 되고 말았다.

"그런께 저리 코가 빠져 있을 수밖에 없지. 저 인간은 그래도 싸. 해놓은 짓을 보면 분통이 터져서 원. 지 앞가림도 못하는 주제에 남한테 폐까지 끼치는 얼치기, 반푼이."

호영 형의 목소리가 점점 커지는 동안 나는 연거푸 소주잔을 비웠다. 자식의 제적을 알리는 통지서를 들고 대학의 낯선 사무실 문을 여는 아버지의 모습이 떠올랐다. 아버지는 구제할 수 있는 방법을 물었고 제발 사람 하나 살리는 셈치고 도와달라고 하셨다고 했다. 그런 아버지에게 시선도 주지 않고 무시하는 교수도 있었을 테고 함부로 손가락질하며 훈계하는 직원도 있었을 것이다. 이미 만취할 만큼 마셨으나 정신은 유리알처럼 맑아져갔다.

그날 밤은 유난히 길고 또 길었다.

4…

군대 제대 후 아파트 건설 현장에 갔다. 어차피 제적된 상황이고 앞으로 무엇을 어떻게 할 것인지 일하면서 생각해볼 요량이었다. 막노동이 몸에 익으면 계속 그 일을 할 생각도 있었다. 그 경험을 바탕으로 어쩌면 노동문학을 할 수도 있겠다 싶었다.

"덩치가 있은께 힘을 좀 쓸랑가 어쩔랑가……."

반장은 아래위로 훑어보며 의구심을 떨치지 못하며 말끝을 흐렸다.

어쨌거나 그렇게 해서 목수 데모도てもと 일을 하게 되었다. 목수일하는 사람들 옆에서 자재나 연장 날라주고 작업 받쳐주는 일이었다. 말이 보조 또는 조수였으나 실제로는 잡부에 가까웠다. 종일 무거운 거푸집이나 삿보드(지지대supporter)와 같은 자재를 설치하고 콘크리트 타설작업이 끝나면 해체해 위층으로 옮기는 작업을 반복했다. 손발이 느려 터졌다고 타박을 받고 제대로 하지 못한다고 욕을 먹었다. 하루 일이 끝나면 다 타고 겨우 형태만 유지하고 있다가 일순간 무너져 재가 되고 마는 나무 같은 일상은 힘겹고 고달팠다. 무엇보다 대못에 발바닥

을 찔리고 손발톱이 빠지는 등 다치는 일이 잦았다. 일머리가 없어서이기도 했겠지만 늘 깨지고 찢어지는 일이 많아 일을 지속하기 어려웠다.

"학교로 돌아가는 게 낫겠다."

지하서클에서 함께 활동했던 선배가 제안했다. 대학원에 다니는 동기와 후배 몇이 동조했다. 여전히 결정을 내리지 못하고 미적대자 일단 들어와서 더 생각해보자고 했다. 집에서도 그러길 바랐다.

자르고 복귀시키는 일을 오래 전부터 반복해온 터라 모두들 정부에서 구제책을 내놓을 것임을 알고 있었다. 아니나 다를까 '학원사태 등과 관련되어 징계에 의해 제적된 학생을 구제'한다는 명목 아래 '화합조치' 방침이 나왔다. 그에 따라 다시 학생 신분을 회복했다. 보통 학생들이 휴학했다 돌아가는 경우 복학이라 했지만 우린 그들과는 구분해 복교라고 했다. 그들은 구제해주었으니 화합이 가능하다고 생각했을 테지만 우리는 그들이 유화적인 태도를 보였으되 실제로 변한 것이 아니기 때문에 화합이 쉽지 않을 것이라 보았다.

여전히 군부의 잔재는 남아 있었고 공안정국은 지속되었다. 이를 돌파하기 위해서는 구심점이 필요했다. 이런저런 요구들이 빗발쳤다. 하지만 개인적으로 예전과 같은 방식을 유지하는 것에 망설여졌다. 졸업 이후의 사회생활과 연계되는 준비를 하고 싶었다. 글을 쓰고 싶었고 그런 일을 하면서 살고 싶었다. 그럼에도 불구하고 당시 시국에서 가장 필요한 일을 모른 척할 수도 없었다. '애국적 사회 진출' 운운하면서 태도를 분명히 해달라고 압박하는 후배도 있었으니까.

"니가 장남인데 동생들 본보기가 돼야 안 되겄나."

그 무렵 몸 여기저기가 고장나기 시작해 자주 병원 신세를 지게 된 어머니는 간절한 눈빛으로 말했다. 탱크처럼 견고해 보이던 아버지도 찌그럭쩌그럭 소리를 내며 빈번히 체인이 벗겨지는 낡은 자전거처럼 변해 있었다.

효자 소리 듣기는 애저녁에 틀렸고 그렇다고 착한 아들 소리 듣는 것도 바라진 않았다. 휘둘리고 싶지 않았지만 무시할 수도 없었다. 거창하게 역사적 부름 어쩌고 내세우기도 낯간지러운 일이지만 그렇게 내세우는 사람들에게 엄지를 세워줄 수는 있었다.

그런 때 다시 웅호 형이 나타났다. 처음 그가 내 앞에 우뚝 걸음을 멈추었을 때 미처 알아보지 못했다. 감청색 유니폼과 모자를 쓰고 있었기 때문이기도 하지만 거무죽죽해진 얼굴빛이 아무래도 낯설었다.

“와 그리 놀라노? 처녀귀신이라도 본 거 맹키로…….”

실제 나이는 마흔 중반이나 중후반일 텐데 아무리 봐도 쉰 후반이나 예순 정도는 되어보였다. 그동안 고생을 많이 했나보다 싶었다.

“나 여기서 수위로 일한다 아이가. 니 군대 가고 한 일 년쯤 뒤에 시작했지. 그때 농약방 망했다 아이가. 내가 딱 죽게 생깄는데 무슨 짓인들 못하겄노. 너그 농활 왔을 때 학생처장이 총장 됐다 아이가. 그 양반한테 찰싹 달라붙었지 머. 정보과 형사들 똥구멍도 팍팍 쑤시고. 그런께 두세 달 있다가 수위 자리를 따악 주대. 그리된 기라.”

그는 여전히 술을 많이 마셨다. 또 여전히 이런 이야기 저런 이야기 늘어놓기를 좋아했다. 묻지 않아도 마치 “이게 궁금했지? 내가 자초지종을 이야기해줄게” 하는 식이었다. 앞뒤가 바뀌고 중구난방으로 헤뜨린 이야기를 대강 정리해보면 다음과 같다.

먼저 꼬리를 친 건 꼬막실비집 여자였다. 술에 취해 인사불성이 된 자신과 관계한 뒤 그 사실을 이용해 접근했다는 거였다. 급기야 농약방을 개업하자 하루에도 몇 번씩 전화를 하고 술시가 가까워지면 가게에 매일이다시피 찾아왔다. 그리고 없는 아들까지 들먹여가면서 기구한 팔자를 늘어놓고 눈물을 짜는데 안 넘어갈 도리가 없었다. 석녀인지 금녀인지 몰랐다. 결국 돈을 갖고 야반도주를 했는데 육 개월 동안 전국을 이 잡듯 뒤졌지만 찾지 못했다. 지금이라도 와서 돈을 그대로 돌려주고 손이 발이 되도록 싹싹 빌면 모를까 그러기 전에는 찾으면 반쯤 죽여놓겠다. 전적으로 여자의 농간 때문에 일어난 일이고, 자신의 잘못이라면 그녀의 말을 믿은 죄밖에 없다. 자신에게 돈을 빌려준 사람들도 그런 자신을 이해해주어야 한다.

그 전에 듣거나 보았던 내용과 많은 부분이 달랐고 결론도 이상했지만 아무 말도 하지 않았다. 괜히 이야기가 길어져 그날 밤 내로 끝나지 않을 수도 있을 것 같아서였다. 부모 말도 밥 먹듯 어겨온 그가 집안 아저씨의 말을 잘 듣는 조카는 분명 아니었기 때문이다.

"씨펄, 완전히 꼬막년 때문에 내 인생 꼬막이 돼뿟다 아이가."

이 부분은 질문을 하지 않을 도리가 없었다. 꼬막집 여자 때문에 꼬막이 되다니 추리나 유추, 짐작이나 상상력을 동원해도 전혀 납득이 되지 않았다. 기껏 "새 됐다"든지 "좆됐다"는 속어적 표현과 비슷한 맥락이 아닐까 싶을 뿐이었다.

"하아, 니는 대학생이라는 기 그것도 모리나. 그란께네 등록금이 아깝다는 소리가 나오는 기라. 잘 들어봐라이. 꼬막, 그런께 내 인생이 꼬이고 막히뿟다, 그거 아이가. '꼬이고'의 꼬, '막히뿟다'의 막, 앞글자만 따서 '꼬막'."

속으로 실소가 터져나왔다. 그렇게 말도 안 되는 농담이 나올까 싶었다. 그래도 전혀 내색하지 않았다. 이미 상당한 시간이 지났지만 자리가 더 길어질 것 같아서였다. 그럼에도 불구하고 그는 자기 하고 싶은 말은 굳이 상대가 묻지 않아도 다 하는 사람이었다.

"꼬막에는 참꼬막도 있고 새꼬막, 피꼬막도 있다 아이가? 니 그거 알제?"

피로감이 엄습해왔다.

"참꼬막은 머인고 하먼, 참말로 더럽게 꼬이고 막히뿟다, 그기라."

눈앞이 흐려지면서 침침해지고 있었다.

"새꼬막은 머시냐, 쌔빠지게 고생해도 꼬이고 막히뿟다."

뒷목까지 뭉치고 결려서 뻐근해졌다.

"또 피꼬막은 안 있나, 피터지게 고생해도 꼬이고 막히뿟다, 그 뜻 아이가."

온몸에 힘이 일시에 빠져나가는 듯했다.

"그런께 겔론적으로 내 말은 머시냐. 처음 잘 때는 간간하고 쫄깃하고 세상에 그거보다 맛있는 기 없더라 말이라. 근데 그거 땜에 좇나니 인생이 꼬이고 막히뿌는 '꼬막인생'이 되더라. 그러니까 '꼬막인생' 안 될라쿠모 나맨치로 엄한 거 쳐다보지 말고 잘하는 거를 계속해라, 그 말이라. 하아, 이런 거는 비싼 등록금 주고도 못 배우는 기다. 나맨치로 잘하던 거를 계속해라. 알것나, 내 말?"

제법 취한 그는 사창가에 가자고 막무가내로 우겼다. "아저씨뻘인 동생을 진짜 어른으로 키워주겠다"는 거였다. 취한 사람은 취하지 않았을 때보다 최소 두서너 배 힘이 더 세었다. 취한 그에게 덜 취한 내가 질질 끌려가는 모습은 사뭇 기이했다.

통유리 안쪽에 반쯤 벗은 여자들이 진열된 골목에서 나는 도망치듯 그곳을 되돌아나왔다. 그의 고함소리가 짱돌처럼 날아와 등을 때렸다.

"야, 이 겁쟁이 새끼야. 대조도 못하는 병신새끼야!"

별의별 욕설이 길 잃은 유탄처럼 쏟아졌다. 사창가를 벗어나 쨍한 목소리가 들리지 않게 되자, 이제 더 이상 그와 마주치지 않도록 해야겠다는 생각이 들었다.

그런데 이상했다. 그의 목소리가 들리지 않을 곳인데도 쨍한 목소리가 다시 들려오는 것이었다. "여기 주동자가 누고?" 동시에 그와 정보과 형사들이 속삭이던 모습, 학생처정과 직원들에게 무언가를 설명하던 장면이 오버랩되었다. "나맨치로 엄한 거 쳐다보지 말고 잘하는 거를 계속해라, 알것나?" 감청색 유니폼과 모자를 쓴 그가 이쪽을 가리키며 눈빛이 날카로운 사내들에게 속삭이는 장면이 '플래시백flashback'으로 재생되었다.

5…

복고한 그해, 강경대가 백골단에 맞아죽었다.

박승희, 김영균, 천세용, 김철수가 분신했다.

김귀정이 또 백골단의 쇠파이프에 맞아 쓰러져 다시 일어나지 못했다.

그해 봄, 더 이상 앉아 있을 수만은 없었다. 나는 “잘하던 것을 계속” 하기 위해 몸을 일으켜 광장으로 뛰어나갔다.

상처를 치유하는 푸른 힘

— 하아무 소설집 『푸른 눈썹』

정호웅/ 문학평론가, 홍익대 교수

1. 평사낙안平沙落雁, 아름답고 서러운

평사낙안이란 말이 있다. '드넓은 모래밭에 기러기들 내려앉는' 풍경의 아름다움을 표현한 시구이다. 모래밭이라 했으니 옆에는 늦가을이나 한겨울 햇빛을 반사하며 빛나는 호수나 강이 고요히 출렁이고 있을 터, 그것은 고요한 적막의 풍경이기도 하다. 게다가 찬바람 가르며 날아가는 기러기들이 잠시 쉬기 위해 내려앉는 것임에, 거기에는 구만리 장천 아득히 뻗은 멀고 험한 나그넷길의 서러움도 깃들어 있다. 평사낙안, 아름답지만 적막하고 서러운 풍경이다.

구례, 화개를 지나 하동읍을 향해 강폭을 키우며 천천히 흘러가는 섬진강의 왼쪽에 펼쳐져 있는 평사리의 평사는 바로 이 평사낙안을 가리키는 말, 지리산을 뒤에 지고 앞으로는 드넓은 악양벌과 유유한 섬진강 긴 흐름을 품어 참으로 아름다운 곳이다. 그러나 그 안에는 적막과 서러움이 깃들어 있으니, 이를 직관한 작가 김동리는 바로 옆 화갯골의 아름다운 자연을 배경으로 별리의 한, 역마살의 덫에 걸린 사람의 한을 다룬 소설「역마」를 지었다. 이곳 산자락에 아름다운 한의 문학을 일군 작가 박경리의 삶과 문학을 기리는 〈박경리문학관〉이 들어선 것도 이와 무관하지 않을 터, 그것은 지리산과 섬진강의 어우러짐처럼 자연스럽다.

평사리에 가면 〈박경리문학관〉의 사무국장으로 일하는 소설가 하아무 씨를 만날 수 있다. 크고 야무진 몸매, 서두르는 법이 없는데 행동은 민첩하고 일 처리는 꼼꼼하다. 문학관 사무국장의 일은 물론이고, 하동 나아가서는 경남 지역 문학판에서 이런저런 일을 기획하고 실행하는 데 그처럼 적역인 이가 따로 있을까 싶다. 그러나 앞장은 아니다. 2선이다. 하아무는 뒤에서 궂은일을 도맡아 짊어지는 2선의 일꾼이다. 1977년에 막을 연 1인극 〈빨간 피터의 고백〉으로 연극판을 흔들었던 배우 추송웅을 닮아 둥글고 넓적한 얼굴에는 언제나, 겸연쩍어하는 듯하기도 하고 수줍어하는 것 같기도 한, 또는 그 둘 다인 듯싶기도 한 미소가 감돈다. 겸손하고 어진 품성의 소유자임에 틀림없다.

소설집『푸른 눈썹』에 실린 9편의 중단편을 읽으며 나는 조금 민망해졌다. 한마디로, 깊은 슬픔과 고통의 세계가 거기 펼쳐져 있었다. 나는 다만 그의 얼굴에 감도는 미소만을 보았을 뿐, 그 안쪽에 깃든 슬픔과 고통을 또는 온 세상에 가득 찬 슬픔과 고통을 껴안고 같이 앓는 보살의 마음을 읽지는 못하였던 것이다.

하아무의 문학은 주변부 존재들의 깊은 슬픔과 고통의 삶을 담고 있어 어두운, 그러나 그 슬픔과 고통을 딛고 일어서서 앞길을 열어 나아가는 굴강屈强의 정신이 이끌고 있어 밝은, 평사낙안의 풍경과도 같은 아름다운 한의 문학이다.

2. 작가의 자질

하아무 소설의 중심인물은 하나같이, 안간힘을 다하지만 가난하고 불안정한 삶에서 벗어나지 못하는 가여운 존재이다. 폄하와 냉대의 차가운 눈길이, 이기적 욕망이, 배신이, 그리고 평화로운 일상 속으로 문득 밀고 들어와 가족을 해치는 느닷없는 폭력이 그들을 내몰아 그런 가난과 불안정의 삶에 가둔다. 그들은 감당하기 어려운 큰 고통과 깊은 슬픔으로 언제나 어둡고, 찢겨 피 흘리고 있다. 때로는 타자를 향하는 날카로운 살의에 갇히기도 하고, 자신을 겨누는 자기 파괴의 욕망에 휩쓸리기도 한다. 그들은 「빨간 피터」의 주인공이 그러하듯 "스스로의 자아를 외면하고 저잣거리든 산문이든 그 울타리에 자신을 밀어넣고 살아가기" 어려운 존재들이고 "근본적으로 늘 혼자인"(「빨간 피터」), '갓길'의 존재들이다. 그런 그들의 내면은 "절망과 고통과 슬픔이 바닥을 모를 만큼 깊어진 우울증과 더해져" "무간지옥과도 같"(「부서지고, 부서져서, 부서지니」)고, 그들에게 적대적인 이 세상은 '지옥'(「빨간 피터」)과도 같다.

그 고통과 슬픔의 세계 첫머리에 세월호 사건 때 비명에 죽은 젊은 생명의 남은 가족이 무너져가는 과정을 치밀하게 그린 「날마다 죽는 사내」가 서 있다. 「날마다 죽는 사내」는 지금까지 나온 세월호 사건 소재 소설 가운데 단연 돋보이는 수작으로 문학사에 올릴 만한 작품이다. 어느 날 문득 단란한 한 가정에 날아든 가족의 죽음 소식은 무시무시한 폭력이 되어 이 가정을 짓밟았다. "절대로 안 죽는다고, 다시 일어설 거라고" 다짐하지만 아이를 잃은 부모는 날마다 죽어 죽음의 집에 갇혔다. 죽은 아이의 동생이 적은 일기의 한 구절처럼 이 가정은 "큰 무덤이 되어가고 있다", "살아 있는 것은 죽음보다 못하고, 이 세상은 악마가 살기에 더 어울리는 곳"이 되고 말았다. 몇 겹이나 되는지 알 수 없는 악몽에 갇혀 몸부림치는 '나'의 꿈 이야기는 죽음의 집에 갇힌 이들 가족의 처참한 상황의 상징이다.

> 하지만 그림자라든가 성기를 드러낸 얼굴들, 멍청한 어른들 따위의 이야기는 바뀌지 않고 되풀이된다. 꿈속에서라도 아이를 만나고 싶지만 어찌된 일인지 볼 수가 없다. 한번만이라도 좋으니 나와달라고 꿈속에서, 꿈 밖에서 애원해도 이룰 수가 없어 애가 탔다.
>
> 언제나 마지막은 모든 풍경이 기우뚱 기울고 차가운 바닷물이 온 세상에 차오르는 장면이 다. 어릴 적 배웠던 개헤엄도 소용없고 거북이나 물고기로 도섭을 부려도 마찬가지다. 숨을 곳도 없고 탈출은 꿈도 꿀 수 없고 그럴만한 시간도 주어지지 않는다. 이내 신음소리를 삼키고 짠 바닷물이 위와 폐를 가득 채워버리고 마는 것이다. 꿈에서 벗어나면 된다고 되뇌어보지만 꿈의 문을 열면 또 다른 꿈속이다. 문을 열고 나가도 꿈속이고 잠 속이다. 도대체 동시에 몇 개의 꿈을 꾸고 있는지 짐작조차 할 수

없다. 문을 열고 나가기를 반복하다가 그는 녹초가 되고 만다.

—「날마다 죽는 사내」 중에서

악몽을 시달리다 그 꿈의 문을 열면 새로운 악몽이 펼쳐지고, 그 꿈의 문을 열면 또 다른 악몽의 방이 열리는, 악몽의 연쇄에 그는 갇혔다. 아무리 몸부림쳐도 출구를 찾을 수 없다. 어쩌면 애당초 출구가 존재하지 않는지도 모른다. 이 출구를 찾을 수 없는 또는 애당초 출구가 존재하지 않는 악몽의 연쇄에 갇힌 상황은 죽음의 집에 갇힌 이들 가족의 상황과 상동적相同的이다.

이처럼 죽음의 집에 갇혀 절대의 고통과 슬픔으로 무너져 내리는 이들을 한국 사회와 그 구성원들은 물론 깊이 연민하여 돕고자 하였고 그들과 함께하고자 하였다. 그러나 다른 한편, 한국 사회와 그 구성원들은 비정하여 그들을 멀리하였으며, 비난하고 억압하는 경우조차 있었다. 「날마다 죽는 사내」는 특히 후자에 주목하여 그 실상을 구체적으로 그림으로써, 상처 입은 존재를 대하는 태도와 관련한 진실 하나를 뚜렷이 드러내었다. 인간은, 인간 사회는 때로 이처럼 비정하기도 하다는 진실의 드러냄!

이와 더불어 우리는 고통과 슬픔의 늪에 빠져 허우적거리는 인물의 안타까운 행로를 그리는 작가의 붓길이 조금도 흔들리지 않는다는 사실을 주목해야 한다. 하아무의 작가적 자질을 확인케 하는 것이기 때문이다. 소설가 이문구의 말을 통해 이 점에 대해 살펴보기로 하자. 이문구의 단편 「유자소전」의 서술자는 주인공 유자의 마지막 투병을 두고,

"일주일이 넘도록 전화가 없자 병원에서 먼저 진실을 알려왔다. 간암. 여명 3개월. 남은 기간의 투병 생활에 대해서는 차마 쓸 수가 없다"(이문구, 「유자소전兪子小傳」, 『유자소전』, 벽호, 1993, 64쪽)라고 하였다. 이 서술자는 작가의 분신이니 이 말은 곧 이문구의 말이다. 작가는 「작가의 말」에서 "내가 정작 쓸 수가 없어서 어쩔 수 없이 건너뛰고 넘어간 것은 참담하기 이루 말할 수 없었던 그 투병의 모습이었다. 그 모습 자체야말로 진짜 소설감이었던 것이다. (…) 내가 만약 작가적인 자질이 넉넉한 작가라면 결코 생략할 수도 없고 또 생략해서도 아니 될 일이었다"(같은 책, 12~13쪽)라고 하였다. 차마 쓸 수 없는 것도 있는 것, 그 쓰지 않음은 그 참담함을 드러내는 하나의 방법일 수 있다. 그러나 언제나 그럴 수는 없는 것, 아무리 참담하다 하더라도 작가는 눈 부릅떠 정시하고 그려내어야만 한다. 이문구의 말대로 "작가적인 자질이 넉넉한 작가"가 아니면 감당하기 참으로 어려운 일이 아닐 수 없다. 하아무는 참담함이 만들어내는 슬픔이나 분노와 같은 떨치기 어려운 감정을 통제하며 대상을 바로 보고 그 진실을 그려내었다. 아무나 할 수 없는 일, 하아무의 작가적 자질을 새삼 확인한다.

어느 날 갑자기 증발해버린 어린 딸 때문에 무너져내리는 부부의 이야기인 「부서지고, 부서져서, 부서지니」도 진실의 드러냄이라는 측면에서 읽을 수 있다. 세상 그 무엇보다 소중하고 세상 그 무엇으로도 대체할 수 없는 존재인 딸을 잃었으니 그들은 막바로 상실과 공포 그리고 절망의 지옥에 갇혔다. 딸이 돌아오지 않으면 모든 것이 의미 없는 것, 그들에게 이 세상은 다만 적일 뿐이다. 가까운 지인도 예외가 아니다.

그들은 그 적들과 맹목의 싸움을 멈추지 않는, 모든 관계 밖으로 스스로를 밀어낸, 그들 아닌 존재 마성의 인간이 되었다.

> 적은 물리쳐도 나타나고 또 나타나기를 반복했다. 마치 인해전술을 펴기라도 하는 것처럼. 밀려드는 적도 많지만 쓰러졌다 다시 일어나 공격하기도 했다. 죽음을 모르는 좀비처럼.
>
> —「부서지고, 부서져서, 부서지니」 중에서

인간 삶의 도처에는 이처럼 눈 없는 폭력이 잠복해 있어 어느 날 문득 우리를 치기도 한다는 것, 그 파괴력은 가공할 정도로 커서 속수무책이라는 것, 우리 인간은 이처럼 연약한 존재라는 것 등의 진실이 여기, 섬뜩하게 드러났다.

고속도로를 달리던 중 두 번이나 연속하여 타이어가 펑크 나는 바람에 낭패당한 사나이의 이야기인 「갓길에서」도, 그 사고가 느닷없이 닥친 폭력과도 같은 것이라는 점에서 「부서지고, 부서져서, 부서지니」와 나란히 놓을 수 있다. 그러나 그 폭력은 주인공의 가난, 불안정한 삶의 현실에 깃들었다가 때를 만나 밖으로 얼굴을 내민 것이기도 하다는 점에서, 「부서지고, 부서져서, 부서지니」의 폭력과는 구별되기도 한다. 이 점에 주목하면, 타이어 펑크 때문에 갓길에서 언제 올지 모르는 도움의 손길을 하염없이 기다려야 하는 상황은, 중심에서 소외된 주변부의 존재 곧 갓길의 존재이기에 가난하고 불안정한 삶을 살아왔으며 앞으로도 그럴 수밖에 없는 주인공의 현실을 은유한다고 할 수 있을 것이다.

「y의 근현대여성사」는 우리 근현대사의 절름발이 전개 속에서 형성된 파괴적인 관념의 폭력성이 얼마나 무서운가를 보여주는 작품이다. 외조모, 어머니, 주인공인 그녀 이 여성 3대의 처절한 삶을 압축하는 '나쁜 피' 관념이 그녀를 안팎에서 짓밟는다.

> 아이고, 이 일을 어짜노. 이기 다 피가 나빠서 그런 기다. 어떤 잡놈의 씬지, 어떤 놈의 피가 얼매나 섞인 건지 당최 알 수가 없은께. 나도 그렇고 느그 할매도 그렇고, 니년도 마찬가지고……. 이기 다 업본 기라, 업보.
>
> ―「y의 근현대여성사」 중에서

외손녀의 병을 알게 된 노모의 말이 충격적으로 드러내듯, 그녀의 외조모는 일본군의 성노예였고 그녀의 어머니는 양공주였으며 그녀는 한때 요정에서 일하며 매춘으로 돈을 벌어야 했다. 그런데 우리의 근현대사가 낳은 비극적 희생자들인 이 가여운 여성들을 폄하하고 냉대하는 한국 사회의 차가운 눈길이, 그리고 무엇보다도 외조모, 어머니, 주인공인 그녀 이 여성 3대의 처절한 삶을 압축하는 '나쁜 피' 관념이 그녀의 내면에 자리잡아 고통의 극한으로 내몬다. 견딜 수 없다. 그녀의 내면은 갈갈이 찢겨 마침내는 심각한 분열 상태에 빠졌다. 현실을 왜곡하고, 상상 속의 허구를 실재라 믿으며, 그 허구를 향한 절대의 살의에 갇히고 말았다. 작품 마지막이 잘 보여주듯이 그 살의는 곧 자신을 겨누는 자기 파괴의 욕망이기도 하다.

3. 배신의 윤리학과 풍자의 언어

100년이 넘는 한국 현대소설사에서 배신의 문제를 깊이 다룬 작품은 매우 드물다. 애인 최무경의 헌신과 정성 그리고 사랑을 짓밟고 제국 일본의 국책을 따라 떠나는 전향 지식인 오시형을 통해 배신의 주제를 파고든 문학사적 문제작인 김남천의 「경영」, 「맥」 연작을 겨우 들 수 있을 정도이다. 이 점에서, 하아무의 소설에 배신의 모티프가 자주 나온다는 사실은 주목할 만하다.

2039년을 배경으로 인간이 한갓 도구로 쓰이는 인간 도구화의 현실, 과학기술이 인간을 지배하는 '과학기술/인간'의 관계가 역전된 현실을 상상하여 그린 「어떤 전쟁」은 이런 미래가 머지않아 현실이 될지도 모른다는 체념적 비관 또는 우울한 경고를 담고 있는 작품으로 읽을 수 있다. 다른 한편 「어떤 전쟁」은, 배신의 주제를 다룬 소설로도 읽을 수 있는데, 이 상상의 세계 속 사람들의 사고와 행위 그리고 인간관계를 지배하는 것은 "살아남는 게 중요한 거잖아. 그래, 승자가 살아남는 게 아니라 살아남는 자가 승자"라는 굳은 믿음이다. 살아남기의 윤리라 이름 붙일 수 있는 이 믿음 앞에 배신은 "국어사전에도 나오지 않는" 시대착오적인 죽은 말에 지나지 않는다. "부모 자식 간에도 물고 물리고, 형제 간에도 밟고 올라서는 게 당연시되는 시대"인 것이다. 모두가 모두를 배신하는 시대니 모두가 지옥의 삶을 살게 될 것임은 자명하다. 섬뜩하다. 그런데 2039년이면 고작 20년 뒤, 우리는 이미 그 지옥 같은 미래에 바투 다가서 있는 것이 아닌가! 그렇다면 우리의 삶은 하마 이 소설 속 인물들의 삶과 크게 다르지 않는 지옥의 삶일 것이다. 그렇다면 더욱 섬뜩하다. 「어떤 전쟁」은 지옥과도 같은 미래 상상의 소설이면서 마찬가지로 지옥과도 같은 현재에 대한 우울한 진단의 소설이다.

「꼬마실비집」의 한복판에도 배신의 모티프가 외눈알을 번득이며 독자를 쏘아보고 있다. 운동권 학생들의 동태를 감시하여 형사들과 대학 내 담당자들에게 알리는 말하자면 밀정의 일로 이익을 챙기는 사내의 배신이 그것이다. 그의 배신은 작품 곳곳에 울리는 "여기 주동자가 누고?"라는 "쨍한 목소리"와, 주인공의 머릿속에서 재생되는 밀고 장면의 은밀하게 "속삭이던 모습"을 통해 그 비열성을 뚜렷이, 효과적으로 드러낸다. 이것만이 아니다. 그는 가까운 사람들의 애정과 기대를 배신하여, 가족과 집성촌에서 함께 자란 동족의 친구들을 속여 피해를 보게 하였고 마침내는 문중 땅을 팔아먹으려는 짓까지 서슴지 않았다. 이처럼 철두철미 배신의 삶을 살아온 배신의 존재는 우리 소설 어디에서도 따로 만날 수 없으니 개성적인 인물 창조의 한 모범이라 할 것이다.

그런데 이 악당의 언행을 그리는 작가의 언어는 읽는 이의 웃음을 유발하는 골계의 언어이다.

"꼬막에는 참꼬막도 있고 새꼬막, 피꼬막도 있다 아이가? 니 그거 알제?"

피로감이 엄습해왔다.

"참꼬막은 머인고 하먼, 참말로 더럽게 꼬이고 막히뿟다, 그기라."

눈앞이 흐려지면서 침침해지고 있었다.

"새꼬막은 머시냐, 쌔빠지게 고생해도 꼬이고 막히뿟다."

뒷목까지 뭉치고 결려서 뻐근해졌다.

"또 피꼬막은 안 있나, 피터지게 고생해도 꼬이고 막히뿟다, 그 뜻 아이가."

온몸에 힘이 일시에 빠져나가는 듯했다.

"그런께 겔론적으로 내 말은 머시냐. 처음 잘 때는 간간하고 쫄깃하고 세상에 그거보다 맛있는 기 없더라 말이라. 근데 그거 땜에 좆나니 인생이 꼬이고 막히뿌는 '꼬막인생'이 되더라. 그러니까 '꼬막인생' 안 될라쿠모 나맨치로 엄한 거 처다보지 말고 잘하는 거를 계속해라, 그 말이라. 하아, 이런 거는 비싼 등록금 주고도 못 배우는 기다. 나맨치로 잘하던 거를 계속해라. 알것나, 내 말?"

—「꼬마실비집」 중에서

악당의 악성을 드러내고 그 한복판을 겨누는 적의와 부정의 언어이지만 재미있어 웃음을 유발하는 골계, 그 가운데서도 풍자에 해당하는 언어라 할 것이다. 이 작품에는 배신을 일삼는 이 악당이 꼬마실비집 여주인에게 넘어가 큰돈을 사기당하고 마는 에피소드가 들어 있어 통쾌한 웃음을 유발하는데, 배신의 존재에 대한 작가의 풍자적 부정 의식이 끌어들인 것일 터이다.

풍자의 언어가 작품 전체를 채우고 있는 작품도 있는데 「멘붕시대」이다. 이 작품의 중심에도 배신의 모티프가 자리잡고 있다. 어느 날 집을 나가 소식 한 자 없다가 문득 나타나 마음을 흔든 뒤 짐만 떠안기고 다시 말없이 사라지는 악당의, 길러준 양어머니의 은혜에 대한 모진 배신이 그것이다. 그의 배신은 이에 그치지 않는다. 고향과 고향 사람들도 가차 없이 배신한다. 이 같은 배신의 인물이 시골 소읍에 일으킨 소동을 그리는 작가의 언어는 다음처럼 풍자적이다.

그럴 무렵엔 이미 소읍의 온갖 사내 명색은 다 'WXY'를 드나들기 시작했다. 말단들도 십시일반해서 목구멍 때 벗기러 가고, 예비군훈련 마친 기념으로 지갑 털어서 가고, 선생들은 보충수업 수당받아 가고, 술집하는 사장들도 뭐가 얼마나 좋은지 선진지 견학삼아 가고, 도구통파도 서울 계집은 촌가시나보다 쫄깃하다는 말이 사실인지 확인하러 갔다. 심지어 심방하고 시주받으러 간 것인지 목사와 중도 어둠 타고 가더라는, 미확인 비행물체UFO를 보았다는 식의 주장까지 떠돌았다.

"미인계다. 치사한 새끼, 몽땅 구멍동서 맨들어서 입을 막을라고 그라는 기다!"

조또는 동네방네 다니며 고함을 질러댔다. 하지만 곧 동네방네 모든 사내들의 힐난을 들어야 했다.

"못난놈, 사내의 아랫도리 이야기는 문제 삼는 기 아니다."

얼마 후, 절구때와 'WXY'에 갔다온 뒤로 조또는 입을 다물었다. 경찰은 아니지만 그들도 술값을 내지 않았다.

—「멘붕시대」 중에서

날카롭게 부정적인 대상의 부정성을 폭로하고 비판하지만 읽는 이를 웃게 만드는 풍자의 언어이다. 하아무의 작가적 개성 하나는 바로 이 풍자의 언어이다. 한국소설사에는 풍자 소설이 매우 드물다. 이기영, 채만식, 최일남, 이문구, 윤흥길 등이 풍자작가의 계보를 형성하고 있는데, 이들은 전북과 충남 곧 금강 유역 출신이라는 공통점을 지니고 있다. 정확하게 알 수는 없지만, 이 지역에서 풍자소설의 맥을 잇는 작가가 줄이어 나오는 문학사적 현상이 이 지역의 언어와 깊이 관련되어 있음은 틀림없다. 풍자의 언어를 능숙하게 구사하여 지은 지리산과 섬진강의 작가인 하아무의 풍자소설은, 풍자소설이 금강 유역 출신 작가의 전유물이며, 영남 지역 출신의 작가는 풍자소설을 쓰기 어렵다는 오래된 편견을 깨뜨린다. 어쩌면 이 풍자의 언어가 하아무 문학을 더 넓고 깊게 열어 큰 문학, 개성의 문학으로 세우게 될지도 모른다.

4. 창조적 노동의 힘

지금까지 살핀 바 하아무 소설 세계는 안팎으로 무너지고 부서지는 이들이 토하는 절망의 신음, 하늘에 가닿는 원한의 울부짖음으로 가득 차 아수라 지옥과도 같다. 이 점에서 하아무 문학은 비참의 문학이다. 그런데 이 같은 비참과 절망의 상황 저 깊은 곳에서는 견디는, 움트는, 나아가고 솟는 신생의 기운이 이미 꿈틀거리기 시작했다. "폐허 속에서 피는 꽃"처럼 "일그러졌으나마 온기는 사라지지 않는 세계"(「날마다 죽는 사내」)를 향해 움직이는 생명의 기운이 그것이다. 그 생명의 기운이 하아무 소설의 인물들이 "또 다른 빛 하나"를 마음에 품게 하고 비참과 절망의 바닥에서 스스로를 일으켜 세우도록 한다. 이 소설집의 표제작인「푸른 눈썹」이 이를 잘 보여준다.

이모와 이질 두 여인이 있다. 재첩조개가 많이 나기로 유명한 하저구 출신이라 택호가 하저구댁인 이모는 원양어선을 타던 남편을 젊어 잃었고, 가난 속에서도 정성을 다해 기른 아들을 사고로 잃었다. 조카 재은은 참혹한 사고로 어린 딸을 너무나 일찍 떠나보냈다. 그리고 쏟아지는 비난의 말과 눈길을 혼자 감당해야 했다. 남편조차 그녀를 비난하며 떠났다. 깊이를 알 수 없는 상실감의 블랙홀이 바로 발 아래 검은 입을 벌리고 있으니 언제 그 속으로 빠져들지 모른다. "애처로운 눈빛" "안타까운 눈빛"으로 서로를 바라보는 연민의 마음이 두 사람을 감싸안아 간신히 견디게 한다.

그러나 상처를 치유할 수 있는 힘을 스스로 기르지 못한다면 그들은 일어설 수 없다. 차밭을 가꾸고, 때맞추어 찻잎을 따 녹차를 만드는 힘들고 오랜, 온 정성을 다하는 세심한 집중의 노동 창조의 노동이 그녀들의 마음 깊숙한 곳에 그런 힘을 기른다. 겨울 추위 속에서도 멈추지 않는 차나무의 생명운동이 참새 혓바닥(작설雀舌) 같은 푸른 싹을 밀어 올리듯, 좋은 차를 만드는 창조의 노동이 참혹한 상처를 치유하는 푸른 힘을 싹틔운다.

덖고 비비는, 살청과 유념 과정은 몇 번 더 반복된다. 효명 스님은 차밭에서 시작해 제다실까지의 경로가 수행 그 자체라고 했다. 재은이 절에 들어가 온갖 번뇌를 끊고 심신을 닦고 싶다고 했을 때였다. "차밭이며 제다실이 절이고 법당인데 굳이 절을 찾을 필요가 있나. 차 만드는 일 자체가 인욕忍辱 수행이야."

—「푸른 눈썹」 중에서

"차밭에서 시작해 제다실까지의 경로가 수행 그 자체"이고 "차 만드는 일 자체가 인욕忍辱 수행"인 것, 그 수행에서 생긴 푸른 힘과 시간의 위대한 치유력 그리고 서로를 연민하는 따뜻한 마음이 그들을 슬픔과 고통 그리고 절망의 구렁에서 일으켜 세울 것이다.

그 힘겨운 나아감의 행로와 나란히 차를 따고 만들 때 부르는 민요 소리가 나지막이 흐른다. 세 행씩 나누어 작품 곳곳에 배치했는데 묶으면 다음과 같다.

피네 피네 찻잎 피네 화개동천 작설찻잎
따세 따세 차를 따세 연두색깔 봄을 따세
따세 따세 차를 따세 임 생각도 함께 따세

접동접동 접동새야 네가 울면 봄이 가고
봄이 가면 한 잎 두 잎 화개동천 꽃 지는데
이 소쿠리 차 소쿠리 언제 채워 집에 갈까

쌍계 칠불 깊은 절에 쇠북소리 범종소리
우전 세작 귀한 차는 부처님께 공양하고
입하 지난 중작 대작 일년내내 집안 약차

청동화로 곱돌솥에 돌돌돌돌 차를 달여
우리 낭군 감기몸살 씻은 듯이 풀어주고
우리 아기 이질 설사 닦은 듯이 낫게 하세

여기에 "백설 덮인 상상봉에 싹을 내는 차나무는 강풍에도 겁이 없다. 곡우 때는 땅김 나고 우수 경칩 봄기운에 강남제비 봄소식이 이내 품에 알려왔소. 한 잎 두 잎 따는 손이 임의 생각 잊을까요"라는 노래에 들어 있는 것으로, 서술자의 말에 나오는 "백설 덮인 상상봉에 싹을 내는 차나무는 강풍에도 겁이 없다"를 더하면, 오랜 세월 화갯골의 차 노동자들이 불러온 노동민요 〈차 따는 노래〉의 거의 전체가 이 작품에 담긴 셈이다.

차 따는 노동의 힘겨움을 한탄하는 마음이 들어 있기도 하지만, 눈도 바람도 겨울 추위도 이기며 싹을 내는 차나무의 강한 생명력을 예찬하는 마음, 연두색으로 피어난 봄 찻잎의 아름다움을 느끼는 마음, 부처님을 정성껏 받드는 마음, 가족의 건강을 바라는 마음 등이 어여쁜 아름다운 노래이다. 오랜 세월 이곳 화개동천의 농민들이 불러온 이 구비전승의 노동민요가 작품을 구성하는 여러 요소를 하나로 꿰어 엮으니, 내용과 형식이 조화롭게 어울리는 좋은 소설 하나가 이루어졌다. 〈동다송東茶頌〉(1837)의 시인인 다승茶僧 초의 선사의 삶을 다룬 한승원의 장편『초의』와 나란히 세울 수 있는 '차 소설'이 "찻잎이 다관 속에서 기지개를 켜듯", "청명"한 향을 풍기며, 천 년 차나무를 품고 우뚝한 화갯골 봉우리처럼 솟아올랐다.

하아무 소설집
푸른 눈썹

지은이_ 하아무
펴낸이_ 조현석
펴낸곳_ 북인
디자인_ 푸른영토

1판 1쇄_ 2020년 03월 20일
출판등록번호_ 313 - 2004 - 000111
주소_ 121 - 842 서울 마포구 서교동 467 - 4, 301호
전화_ 02 - 323 - 7767
팩스_ 02 - 323 - 7845

ISBN 979-11-6512-004-7 03810

이 도서의 국립중앙도서관 출판예정도서목록(CIP)은 서지정보유통지원시스템 홈페이지(http://seoji.nl.go.kr)와 국가자료종합목록시스템(http://www.nl.go.kr/kolisnet)에서 이용하실 수 있습니다. (CIP제어번호 : CIP2020010007)

이 책은 경남문화예술진흥원의 콘텐츠창작소 입주 프로젝트의 일환으로 발간되었습니다.